LES POMMES NOIRES

FRANÇOIS MARTAINE

LES POMMES NOIRES

TALLANDIER

A Irène, ma compagne de vie
et ma partenaire d'écriture,
à notre fils Xavier en souvenir
de son ancêtre d'il y a 4 siècles.

« Il avait une terre, du pain,
une maison, il était libre. »
Aris Fakinos (*L'Aïeul*)

Prologue

Dans la partie la plus reculée des montagnes lorraines, à quelques lieues de l'Allemagne et de la Bourgogne, loin du dernier relais de poste et des marchés de grains, au milieu de forêts hantées par les loups et les lynx, au bout d'un mauvais chemin, se trouvait le village de Gérardmer. La Lorraine était alors un Etat souverain, un duché indépendant depuis six siècles relié au Saint Empire romain germanique par des liens de vassalité devenus peu à peu purement symboliques. Son duc Charles III s'efforçait de préserver sa neutralité au milieu des guerres de Religion qui agitèrent la France jusqu'à l'avènement d'Henri IV. Le voisinage du royaume, de l'Empire, et des possessions espagnoles de Bourgogne et de Flandre provoquait cependant le passage fréquent d'armées de tous bords qui dévastaient le pays.

A première vue on ne pouvait pas croire que Gérardmer abritait près de six cents âmes sur son territoire montagneux et peu hospitalier. Dans la vallée il n'y avait qu'un petit bourg, blotti autour d'une église modeste et récente, deux forges de maréchal bruyantes et noires, et une dizaine de cabarets et de tavernes. A part les maisons du tabellion, du curé, et de quelques notables, les autres ressemblaient plutôt à des granges de pierres et de bois, avec des toits de bardage grossier et des ouvertures étroites. Entre les maisons, point de rue. Seulement des chemins qui conduisaient aux champs et qui se croisaient au gré des bavardages entre voisins.

Si le village lui-même était modeste, c'était que la majorité des habitants, les Géromois, vivaient dans des maisons éparses, dans les moindres clairières de la montagne, ces clairières qui portaient le beau nom de répandise, un nom gourmand évoquant des nids de vie dans leurs papillotes de verdure.

En cette fin du XVIe siècle, les Géromois ne vivaient que de l'élevage des vaches et de la fabrication d'un fromage réputé à la Cour de Nancy. Hors de cela, il n'y avait guère d'autre ressource : le seigle mûrissait mal à cause des hivers trop longs et les autres céréales point du tout. Il fallait beaucoup de fromages pour acheter les grains indispensables sur les marchés des environs. Le lin poussait un peu, mais on devait quand même acheter du drap aux marchands ambulants. La chasse était réservée aux officiers du duc de Lorraine, la coupe du bois sévèrement contrôlée, la pêche assujettie au paiement d'une taxe. C'était une vie dure, toujours à la limite de la nécessité et soumise au hasard des saisons. Dès que l'hiver était plus rude ou le foin moins abondant, il devenait difficile de s'acquitter des impôts et de la dîme, laquelle se payait à Gérardmer en beurre et en fromages.

En contrepartie des conditions climatiques inhospitalières et par opposition avec les autres paysans habituellement corvéables envers le seigneur dont ils exploitaient le domaine, les Géromois étaient propriétaires de leur terre. Ils l'avaient reçue du duc de Lorraine avec charge de la défricher, ils étaient jaloux d'en conserver le moindre pouce pour leur élevage, et ils n'avaient à payer qu'un impôt foncier annuel, le cens.

Propriétaires de leur répandise et de leur troupeau ces marcaires étaient un peu comme une armée d'abeilles dans les cellules d'un rucher, transformant l'herbe des prés en un fromage savoureux. Avant chaque été, le curé faisait le tour des granges pour bénir le bétail et le protéger ainsi des maladies, des bêtes sauvages, des vagabonds et du Diable. Puis les pâtres conduisaient ces troupeaux par des chemins bordés de murets de pierres jusqu'aux herbages des chaumes que les Géromois louaient au duc de Lorraine tout au long des sommets vosgiens, et qu'ils avaient baptisés de noms pleins de tendresse : Balveurche, Sérichamp ou Belbriette.

Note : Pour toutes les particularités historiques ou régionales, le lecteur se reportera au lexique à la fin du roman.

I

La chaume de Belbriette

1

La dernière étoile s'attardait au-dessus du vallon de Belbriette, si paisible qu'il paraissait un lac de gazon entre les rives sombres de la forêt. Le ruisseau qui lui donnait la vie ne se distinguait que par ses lèvres aux moustaches de roseaux, berceau des poules d'eau et des hérons blancs. Les trois granges à bétail assises à la rustre au flanc du coteau ne voulaient pas croire que la nuit, cette nuit la plus courte de l'an, tirait à sa fin. Et pourtant une silhouette passait déjà d'une grange à l'autre, une hotte sur le dos, et prélevait sa récolte de fromages parmi ceux qui séchaient sur une planche hors de portée des renards. Puis elle s'éloignait d'un pas vif, en sifflotant. C'était Paulus, le second fils de Colas Chan Coline qui gardait en été le troupeau de son père dans la montagne. Il était impatient d'arriver à Gérardmer depuis que le tirage à la courte paille l'avait désigné pour descendre au bourg pendant que les deux autres pâtres s'occuperaient de ses vaches. Tout au long de ce mois de juin 1586 ils avaient parlé de la fête de la Saint-Jean, la plus importante de l'année, celle où l'on fêtait par toute la Lorraine l'été, la jeunesse, l'amour, le jour le plus long, les récoltes à venir, et les grâces divines, bien sûr, dont elles découlaient. Fête cependant plus païenne que religieuse dans cette partie reculée que dédaignaient les prédicateurs. Quelques années plus tôt c'était aux Géromois de se déplacer à deux lieues de leur village pour écouter la messe à Gerbépal et s'y faire enterrer en des trajets périlleux. Un curé vivait maintenant à Gérardmer, mais il n'était pas le plus important des notables du lieu. Les nécessités de la vie ne laissaient guère aux montagnards le loisir de penser à leur âme. Et si la Saint-Jean était ponctuée comme ailleurs par la bénédiction du feu, elle était d'abord ici la fête des fromages, le jour de la vente aux enchères annuelle où les pâtres étaient les héros.

Cette nuit Paulus avait très peu dormi. Ses jambes fourmillaient d'envie de danser et, dans sa tête, le désir d'une fille allait et venait comme une bête en cage. Encore une fois il avait rêvé de Mathiatte, la nouvelle servante d'une taverne géromoise tenue par une veuve plantureuse, la grosse Mougeotte. Selon Petitcolas, le plus hardi de ses deux compagnons, la Mathiatte était la plus belle fille du bourg, et pas farouche avec les clients. Ses cheveux dépassaient en boucles de son bonnet blanc et son sourire suffisait à envoûter les garçons. Pour décrire son regard, sa bouche charnue et ce corps qu'il ne connaissait pas, Petitcolas employait des mots intimes et provocants, des mots que Paulus avait effeuillés à son tour doucement dans son rêve, et qui avaient laissé sur son lit de fougère le souvenir de son émotion.

Quand il traversa le ruisseau en cette aube de la Saint-Jean, Paulus eut la vision fugitive d'une chevelure de femme : était-ce de longues herbes noires qui ondulaient au fil de l'eau ou simplement le reflet de son fantasme qui le reprenait ? Il n'avait jamais vu Mathiatte, mais la description de Petitcolas avait été si éloquente qu'il pensait la reconnaître facilement. Elle était devenue la Femme, elle s'alanguissait dans la courbe de la rivière, elle provoquait son désir sur une roche bombée au milieu du gazon. Il la voyait partout surgir de l'ombre, il l'entendait murmurer sous la mousse ou dans les arbres, et ce n'était que le souffle des sapins qui l'accueillait, complice.

Quand il ne pensait pas à Mathiatte, Paulus repassait dans sa tête, une fois de plus, la journée qu'il allait vivre.

Une journée qui serait pleine comme le grenier à la fin de l'été quand il débordait de foin pour l'hiver. A la montagne on aimait bien faire des réserves pour les mauvais jours. C'était d'abord un besoin vital et c'était devenu une manière de vivre. Paulus avait vu ses parents faire des réserves de tout : de grain bien sûr, mais aussi de feuilles de ronce, de brimbelles séchées, de pousses de sapin, de serpolet, de noisettes... En ce jour de Saint-Jean il allait lui aussi engranger des souvenirs nombreux et variés.

Paulus émergea de l'atmosphère intime de la forêt et aperçut bientôt la maison des Chan Coline aplatie derrière un rond de pré, juste entre la rive du lac et la montagne. Elle ressemblait à une grange à bétail mais plus grande et améliorée. Le toit, d'une surface impressionnante, reposait sur des solives puissantes et grossièrement sciées. Les cloisons de bois s'appuyaient sur des murs de pierre épais qui ne montaient pas plus haut que les fenêtres. A l'intérieur, la maison était divisée en deux par des planches le long des poutres maîtresses. Un côté entier était réservé à l'étable où ne vivaient en cette saison que la mule et le cochon. La famille se resserrait de l'autre côté, partagé en un cellier, deux chambres et la pièce principale qu'on appelait le poêle. Celle-ci, la seule pièce chauffée de la maison était celle où l'on vivait, celle où l'on faisait tout, la cuisine comme les fromages, celle où l'on cuisait le pain et où se prenaient les repas. Le poêle était le cœur de la maison. Quant aux chambres, elles n'étaient adoucies en hiver que par la chaleur du bétail.

En arrivant à la maison, Paulus s'étonna de ne voir personne. Il fit le tour de la grange et découvrit sa mère Pauline, pliée en deux au milieu du jardin en train de sarcler.

— Bonjour, Maman Pauline !

Sa mère sursauta, faillit piétiner une salade, reprit son équilibre et sourit. Son plus jeune fils avait gardé une façon de l'appeler qui lui mettait le cœur en joie. A dix-huit ans il était encore son petit dernier.

— Tu m'as fait peur, mon petit !

Elle sortit du jardin, et ses lourdes jupes noires qui tombaient à trois pouces de la terre laissaient à peine apparaître les mouvements des sabots, courts, rapides et précis. Son dos voûté portait à lui seul toutes les années où elle s'était courbée pour travailler la glèbe, pour faner ou pour pétrir la pâte à pain. Dans son âme aussi elle avait plié l'échine de ses rêves de jeunesse, baissé le front de ses fiertés pour se soumettre aux choix et aux ordres de son mari. Cette docilité était naturelle et normale. Dès son enfance l'exemple de ses parents l'y avait préparée. On ne vivait pas autrement à Gérardmer. Dans toutes les familles l'homme était le maître. La femme, soumise, le servait. Au fil des années la servitude s'imprimait dans les yeux et dans le dos. La femme devenait une petite vieille toujours plus tôt que son mari.

Pauline prit dans ses mains les fortes épaules de son fils et l'embrassa.

— Mon petit ! Tout va bien là-haut ?

Elle avait le visage ridé comme une vieille pomme. A cinquante-cinq ans ses cheveux était déjà tout gris. Tirés en arrière et noués en chignon, ils rendaient sa tête petite, toute petite. Ses lèvres étaient si pâles et si fines qu'elles se voyaient à peine. Mais dans ses yeux, depuis l'arrivée de Paulus, brillait une petite lumière. Ses enfants étaient toute sa joie. Après de nombreuses fausses couches et la perte de deux garçons en bas âge, Pauline désespérait d'avoir des enfants. Son mari, déçu, en était devenu irritable et lui avait mené la vie dure. Enfin elle avait mis au monde Nicolas et Paulus, à deux ans d'intervalle. Deux fils, c'était inespéré ! Sa vie lui avait alors paru plus belle. Pauline n'avait pas ménagé sa peine, elle s'était usée au travail, mais elle en était heureuse car ses enfants étaient maintenant des hommes.

— Puisque tu es là, je te ferai des beignets, dit-elle.

Paulus avait embrassé sa mère sans remarquer son émotion. Il était tout à ses projets et ne pensait qu'à voir son père pour aller à l'enchère des fromages.

— Tu repars tout de suite ?

La voix de la femme s'était mise à trembler. Avec un soupir elle ajouta, comme à regret :

— Ils sont près du champ de lin...

Paulus traversa le Pré Rond. Un peu plus loin le terrain en pente raide avait été redressé en marches d'escaliers par des générations de marcaires. En dégageant les pierres du pré, en remontant des roches de la rive du lac, ils avaient érigé ces murets entre lesquels la terre, plus plate, permettait la culture du lin, des fèves et des choux. Il trouva son père et son frère au pied d'un de ces murs qui s'était disloqué et avait pris un aspect ventru et dangereux. La fonte des neiges avait entraîné quelques pierres et maintenant des roches plus grosses menaçaient de s'ébouler.

Colas Chan Coline et son fils aîné étaient en train de caler des perches de bois pour soutenir deux blocs de granit vacillants. Entre hommes on ne perdait pas de temps aux embrassades. D'une voix rude et sans lâcher la perche sur laquelle tapait Nicolas, le père dit à Paulus :

— Tu tombes bien ! Tu vas pouvoir m'aider à refaire le mur !

— Mais j'ai apporté les fromages pour la vente aux enchères...

Nicolas assena un dernier coup, reposa à terre la masse de bois aux faces usées comme une corne, et redressa sa longue silhouette mince. Dans l'ombre du chapeau, ses yeux, d'un bleu presque gris, se distinguaient à peine sous les sourcils en broussaille et les pommettes saillantes lui donnaient un air sombre et farouche. On pouvait se demander si ses yeux toujours plissés étaient ouverts ou fermés. D'un naturel taciturne il avait la bouche sévère et le menton autoritaire d'un homme qui n'aimait pas être bousculé dans ses habitudes.

Paulus, comme son frère, portait le vêtement uniforme du vacher, la blaude et le haut-de-chausse de gros drap gris, le chapeau noir à large bord qui protège de la pluie autant que du soleil, et les sabots de bois que façonnait leur père dans un bloc de bouleau. Cependant il était très différent de son aîné. Court, trapu, les mains larges, solide sur ses jambes comme un coq en son poulailler, il ne restait jamais longtemps tranquille et aimait bavarder avec d'autres garçons. Actif et dynamique, les cheveux très foncés plantés bas sur le front, des sourcils décidés, un nez proéminent, des joues carrées et autoritaires, il avait la bouche charnue d'un jeune homme qui aimait la vie. Ses yeux pétillants et largement ouverts témoignaient son intérêt pour tout ce qui l'entourait. De sang vif, il avait une façon surprenante de faire bouger ses oreilles d'un imperceptible mouvement de mâchoire.

Paulus n'avait pas connu son grand-père paternel décédé quelques années avant sa naissance, mais chacun reconnaissait en lui l'ancien Chan Coline Xenablaire, né vers 1500 et marcaire à Gérardmer, un joyeux luron entreprenant que tout le monde respectait, une personnalité forte qui légua son prénom comme patronyme à sa postérité.

Ce n'était pas pourtant vers Paulus que semblait aller la préférence paternelle lorsque le vieux Colas Chan Coline précisa d'un ton qui n'admettait pas de réplique :

— C'est Nicolas qui portera les fromages au bourg.

Paulus sentit ses plans s'effondrer. Une fois de plus il resterait à la maison pendant que son frère irait au village. Il rumina en silence sa déception. La journée de la Saint-Jean, cette journée tant attendue, allait consister à refaire le mur ! Sa fougue d'adolescent le faisait sombrer dans un désenchantement d'autant plus amer que ses rêves étaient plus dorés. Il n'avait plus envie de rien et en regardant Nicolas s'éloigner, il lui trouva l'allure d'un vilain épouvantail.

Son père lui désigna la roche qu'il fallait remonter jusqu'au mur et Paulus se plongea dans l'effort pour oublier sa déception. Il bascula la pierre sur le pré, s'arcbouta contre elle avec ses épaules, souffla très fort et d'un coup la fit retomber d'un pan sur elle-même. Puis il recommença, sans s'arrêter, avec un acharnement inflexible.

Le vieux Colas Chan Coline le suivait de près, surveillait que la roche ne roule pas sur le côté. Mais Paulus lui laissait à peine le temps de la toucher. Il se battait avec le bloc de granit, comme s'il s'agissait de son frère aîné. Les aspérités de la pierre lui râpaient les doigts, mais il ne les sentait même pas. Quand la pente était plus aiguë, la tâche devenait surhumaine. Alors il se butait. Il voulait être le plus fort et jurait d'une voix rauque :

— Saleté de roche ! Je t'aurai !

Une sorte de cri de bête lui écorchait la gorge tandis qu'il poussait de toutes ses forces. Peu à peu Paulus se rapprocha du mur avec son énorme boulet. Dans cette bataille de géants, il se lançait tout entier et sans aucune retenue. Avec son tempérament de lutteur, même après sa désillusion, il prétendait encore vaincre. En calant ses pieds dans le pré il labourait l'herbe molle avec ses sabots, ses épaules et ses mains étaient meurtries, mais il continuait toujours. Il voulait réussir et il y parvint.

— Nicolas, lui, n'aurait jamais pu la monter tout seul, cette roche ! Trois-vingts-loups, qu'est-ce qu'elle était lourde !

Il jurait toujours par des noms de bêtes. Les rats, les corbeaux, les buses, tout y passait et surtout les loups. Il les renforçait par le nombre vingt, puissant et fatidique, et selon son humeur il disait trois-vingts, quatre-vingts, jusqu'à six-vingts et même au-delà. Si Paulus épargnait Dieu dans ses jurons, c'était moins par souci religieux que par prudence. Le duc de Lorraine avait interdit de mêler le sacré aux injures sous peine de sanctions qui pouvaient aller des coups de bâton au bannissement pour trois ans.

Pendant que Paulus récupérait, le vieux recherchait des pierres pour caler les roches du mur. L'exploit de son fils ne l'impressionnait pas. Toute sa vie, il avait soulevé ou retenu sur son dos de lourdes charges, que ce soit des pierres ou des schlittes, ces traîneaux que l'on chargeait lourdement d'une pile de bois et qu'on descendait de la forêt en les laissant glisser derrière soi.

La vie avait ployé le dos du père comme celui de Maman Pauline. En soixante ans elle en avait fait aussi un vieillard. Son visage s'était tassé depuis la perte de quelques dents. Sa barbe blanche masquait parfois de légers tremblements du menton, ses joues sèches, tirées sur les os paraissaient fragiles, mais son âme avait résisté. Elle était toujours droite, fière et inflexible. Le vieux Colas Chan Coline voyait tout, de son regard dur et perçant. Il réglait tout, de sa voix ferme et ne revenait jamais sur une décision. Il était le maître de la maison. Maman Pauline n'était que son ombre.

Pour réparer le mur, Colas Chan Coline commandait son fils comme un capitaine aurait dirigé sa compagnie. Pour ajuster parfaitement les roches, il fallait son expérience, l'expérience de générations habituées à réaliser un travail qui devait durer plus d'une vie d'homme. Si les roches étaient exactement emboîtées et alignées, le mur devait tenir jusqu'à l'arrière-petit-fils de Colas Chan Coline. On prenait son temps pour faire les choses, mais les choses bravaient l'éternité. Seule la nature elle-même pouvait en avoir raison. Il n'y aurait qu'à surveiller le mur pour éliminer impitoyablement le moindre arbre qui viendrait prendre ses racines entre les pierres et risquerait de les disjoindre.

Quand le soleil fut à son zénith ils retournèrent dans la grange où une odeur alléchante les accueillit. Il y avait de la soupe aux pois et du lard. Dans une écuelle, au bout de la table, fumaient des beignets tout chauds.

— Qu'est-ce que c'est que ça? grommela le vieux Colas. On gaspille la farine alors qu'on est encore à un mois de la moisson!

Pauline se précipita pour remplir de soupe l'écuelle de son mari et tenta timidement de le rassurer :

— Je tiendrai jusque-là avec ce qui me reste dans la huche. Paulus est avec nous aujourd'hui. Et puis, c'est la Saint-Jean, j'ai voulu faire un peu la fête...

Le vieux Colas Chan Coline s'assit en émettant un grognement qui pouvait aussi bien signifier l'approbation que le mécontentement. Tout dépendait de ce qu'il allait faire ensuite. Sa femme et son fils étaient suspendus à ses gestes. La table entière avait perdu son sourire.

Colas Chan Coline, indifférent à leurs regards inquiets, prit sa cuillère en bois, un morceau de pain et se mit à boire sa soupe bruyamment. Maman Pauline, soulagée, plongea sa louche dans la marmite et servit son fils copieusement. La maison retrouva sa sérénité et les beignets se remirent à fumer avec leur délicat parfum d'anis des champs.

Les yeux plongés dans son écuelle, les bras plus lourds que d'habitude, Paulus mangeait en songeant au repas que son frère prenait sur la place du village. Le lard et même les beignets en perdirent beaucoup de leur saveur.

Colas Chan Coline ne s'accorda qu'une courte pause et entraîna bientôt Paulus vers le muret. Il dut remonter un autre bloc, se battre de nouveau avec le granit et adosser les pierres contre la montagne avec minutie. Le mur devait soutenir toute la terre du coteau, le champ de lin et, plus haut encore, toute la façade de la forêt.

L'après-midi lui pesait de plus en plus. Maintenant qu'il n'avait plus d'espoir, il n'attendait que le moment de remonter à Belbriette.

Le mur était presque achevé mais Paulus n'en tirait aucune satisfaction. Tout ce mal qu'il s'était donné ne profiterait qu'à Nicolas, l'aîné qui garderait la maison et les terres. Quant à lui, il devrait installer son foyer ailleurs s'il voulait échapper à la servitude envers son frère. En ce jour de Saint-Jean qu'il imaginait si radieux, Paulus voyait son avenir incertain et noir. Sans perspective, sans ouverture, comme les pierres qui maintenant sous ses yeux formaient un mur droit et sans faille. Dans son cœur il pleurait. Des larmes sèches, silencieuses, comme il en coule d'un rocher brisé par le gel. Il fallait qu'il fît très froid et qu'il eût bien mal, le rocher, pour qu'il pleurât ainsi.

Le vieux Colas Chan Coline, en revanche, regardait son mur avec contentement. Il pourrait de nouveau dormir tranquille, la terre ne s'affaisserait plus.

A cet instant arriva Nicolas. L'air détaché, il annonça que l'enchère était revenue à un marchand des environs puis il ajouta :

— Après le repas je suis allé à la taverne de la grosse Mougeotte avec le fils du maréchal. Il y avait l'animation des grands jours !

Tout à coup le vieux Colas Chan Coline se tourna vers Paulus et lui dit :

— Le mur est fini. Tu peux aller à la Saint-Jean si tu y tiens !

Paulus regarda son père, interdit, sans trop y croire. Le vieux se tenait la barbe et avait dans les yeux un sourire plein de connivence. Ainsi son père avait compris. Il savait que son fils cadet aimait la fête. Il l'avait retenu pour travailler dans la journée mais avait prévu, sans doute depuis longtemps, de lui donner sa soirée. D'un coup Paulus en oublia sa peine, il était même content d'avoir réparé le mur et le trouvait réussi. Peu lui importait maintenant que ce soit pour son frère aîné. Il remercia et partit très vite, ivre d'allégresse et le cœur léger. Il ne ressentait plus la fatigue de la journée, elle s'était envolée comme pollen au vent. Autour de lui la prairie bavardait.

Lorsqu'il arriva au centre du bourg, il y régnait une grande animation. Les jeunes gens finissaient de dresser le bûcher de la Saint-Jean. Claudon et Bastien juchés sur un chariot commençaient à jouer de l'épinette. Déjà quelques danseurs tournaient autour d'eux en chantant. Les violoneux ambulants avaient pris position sur une énorme roche plate que l'on appelait « l'Aumeraye », habituellement le lieu des mendiants. Les jours de fête, les ménestrels s'y installaient, eux qui vivaient aussi de la générosité publique en échange de laquelle ils apportaient chaleur et gaieté.

Les habitants du village et des coteaux continuaient à affluer. On venait pour la fête et aussi pour le simple plaisir de se retrouver. En passant devant la taverne de la grosse Mougeotte, Paulus aperçut une jeune femme inconnue. Un pichet de vin à la main, une grappe de gobelets dans l'autre, elle virevoltait prestement entre les hommes. Elle avait retroussé les manches de sa chemise blanche, le corselet bleu maintenait haut sa poitrine, et tandis qu'elle échappait d'une pirouette à une main audacieuse, ses bras nus et son ample jupe rouge cramoisi formaient autour d'elle une danse provocante. Tout son corps était une invite à l'amour. C'était Mathiatte. Paulus, le souffle coupé, ne pouvait en détacher ses yeux.

— Hé, voilà Paulus ! Ton frère nous avait dit que tu ne viendrais pas. Assieds-toi donc avec nous.

La belle servante lui adressa un large sourire qu'il prit pour une avance. Il en fut tout troublé, mais déjà une autre table réclamait la fille. Paulus n'eut pas le temps de la voir revenir avec un autre pichet, d'autres cris joyeux saluaient son arrivée et l'entraînèrent vers le chariot où Claudon et Bastien jouaient de l'épinette. A leurs côtés, Marion, la jeune sœur de Bastien âgée d'une quinzaine d'années, avait encore les joues rondes de l'enfance. Sa coiffe blanche discrètement nouée sous le menton par les longs rubans des « hauts jours » était ourlée de boucles blondes. Très vite elle baissa ses yeux bleus, gênée par le regard de Paulus qui ne pouvait s'empêcher de la comparer à la femme de la taverne. A côté de Mathiatte, Marion était une enfant. Pourtant elle avait dans son visage et sa tenue quelque chose de charmant. Quelque chose comme le mystère des jeunes pousses de fougère qui contiennent un univers de graines et de verdure. Ou comme de la tendresse des premières feuilles encore fripées mais prometteuses. Il y avait sur le visage de Marion l'ombre et la lumière d'une âme inquiète et généreuse.

— Elle n'est pas mal, ma petite sœur ? dit Bastien en voyant le regard de son ami s'attarder sur elle.

Paulus prit un air détaché et haussa les épaules de l'air d'un garçon qui en avait vu d'autres. Marion en eut le feu aux joues et jeta un regard offusqué à son frère. Cette timidité loin de décourager Paulus, le rendit plus hardi. Il ne voulut pas attendre davantage le moment de danser, saisit la jeune fille par la main et la fit virevolter vivement. La jupe de drap bleu myrtille se soulevait autour d'elle comme les ailes lourdes et feutrées d'un papillon de nuit. Son corsage pudiquement lacé jusqu'au cou ne laissait apparaître que le haut des poignets. Elle était tendre et fraîche, Marion, telle une jonquille en bouton qui réserve ses charmes et Paulus riait. Il ne vivait que son aujourd'hui.

La nuit tombée, le vicaire arriva pour bénir cérémonieusement le bûcher, préalable obligatoire à la fête profane. Le feu crépita rapidement et tous les jeunes poussèrent un même cri de liesse : la Saint-Jean commençait vraiment.

Paulus se trouvait au premier rang avec Marion, le visage brûlant, les yeux captivés par les flammes qui s'élevaient haut, formant une danse d'amour entre la terre et le ciel. Un même élan poussa la jeunesse à danser autour du feu en une ronde endiablée où les rires et les chants couvraient la musique. Puis un cortège se forma, traversa la place où les aînés dansaient la soyotte et disparut dans les chemins du bourg. La musique se perdait au loin, entraînée par les adolescents qui chantaient et la diffusaient avec eux. A l'extrémité du bourg une vieille femme accueillit la fête qui venait, exubérante, jusque sous ses fenêtres. Tout le village appartenait à la jeunesse pour cette nuit de réjouissance.

Le cortège s'arrêta pour se consulter un instant. Allait-on revenir sur la place ? Il était trop tôt pour danser à sa fantaisie. Il fallait attendre que les vieux rentrent chez eux, à l'heure de la fermeture des tavernes. La jeunesse s'impatientait dans le noir lorsque quelqu'un lança une idée saugrenue :

— Et si on descendait en cuveau le ruisseau de Forgoutte ?

Cette proposition fut aussitôt approuvée et les garçons descendirent au bord de l'eau sous les cris d'encouragement des filles massées sur le pont. Dans la nuit, la fuite du torrent était à peine visible. L'eau noire se confondait avec les roches. On ne distinguait que des bouquets d'écume blafarde et des reflets de lune, étirés çà et là comme des guirlandes argentées. Le bruit du glissement de la rivière et le courant d'air froid qui l'accompagnait, rendaient le torrent de Forgoutte impressionnant. C'était une bête sauvage qu'ils avaient à leurs pieds, un monstre prêt à les happer et qu'il faudrait mater. Le fils du Parmentier se décida le premier à mettre son cuveau à l'eau. Pendant qu'on retenait l'embarcation improvisée, il s'y accroupit.

— Vous pouvez lâcher ! cria-t-il courageusement.

Le torrent ténébreux l'emporta brutalement, le fit tournoyer, buter d'une roche à l'autre. Le garçon s'accrochait aux bords du cuveau, poussait des cris et disparut dans l'obscurité. On le retrouva plus loin, agrippé à un rocher.

Ses concurrents prétendirent mieux faire, mais la performance du Parmentier ne paraissait pas si facile à renouveler. Sous le poids des plus lourds, le cuveau raclait le fond et s'immobilisait tout de suite. Un autre perdit l'équilibre et fut roulé par le flot furieux sur quelques pas. Des cris fusèrent, de rire et de frayeur mêlés, et on se lança pour le repêcher. Après cette baignade improvisée, deux jeunes gens furent encore la proie des eaux. Le torrent semblait avoir pris le mors aux dents et ne plus vouloir se laisser chevaucher. Les hurlements de la rive et du pont redoublaient.

— A l'eau ! à l'eau ! criaient maintenant les filles.

Les derniers hésitaient désormais à se lancer quand Paulus entra à son tour dans la compétition. Bien que surpris par le froid du torrent à travers le bois, il banda fermement ses muscles, parvint à se repousser loin du premier rocher, en évita un autre et se retrouva tourné vers l'amont, happé par le courant fou. Soudain un choc dans le dos le projeta dans l'herbe du rivage. Instinctivement il s'y accrocha. Il était arrivé aussi loin que le Parmentier et sauvé de la baignade humiliante.

Paulus vit alors passer un dernier candidat. C'était Laurent, le fils du coutelier qui parvenait tant bien que mal à s'orienter grâce à un gourdin qu'il utilisait comme un gouvernail de fortune. Toute la jeunesse en délire courait le long du torrent de Forgoutte en encourageant Laurent qui s'arrêta bien plus bas, hors du village, enlisé dans le sable d'un méandre. L'eau était devenue calme, domestiquée et le fils du coutelier un héros. On porta Laurent en triomphe dans un cuveau. Ce qu'il gagna cette nuit-là, ce fut plus qu'un moment de griserie ou qu'un plaisir fugitif, ce fut un nom. Un nom qui allait lui rester pour la vie et qui ferait parler de lui. En repartant vers la place, au milieu des acclamations et des chants, on décida de le surnommer « La Rivière ».

Les jeunes Géromois revinrent sur la place plus excités qu'en partant. Alors que la vue et la chaleur du feu avaient réveillé en Paulus son besoin d'amitié, alors que pendant la ronde il avait éprouvé un plaisir tendre à tenir la main de Marion, la lutte énergique contre le génie obscur et sauvage du torrent avait effacé dans son âme le charme de la jeune fille. De nouveau Paulus ne pensait plus qu'à Mathiatte. Il marchait en avant, impatient de la retrouver.

Autour des ménestrels, les danseurs étaient déjà moins nombreux. Les vieux étaient rentrés chez eux et les tavernes se vidaient. Soudain Paulus et ses compagnons s'arrêtèrent interloqués. Au pied des musiciens, juste sous les torches, trois étrangers dansaient avec des filles de Gérardmer. Parmi elles, Paulus reconnut la Mathiatte et La Rivière s'écria :

— Le plus grand, celui qui danse avec Mathiatte, je le reconnais ! C'est une brute de La Bresse, un certain Bonabel.

A ce mot tous les garçons s'indignèrent. C'était un scandale, une bravade inadmissible. Les Géromois n'aimaient déjà pas que les jeunes gens des environs viennent toucher leurs filles, mais des garçons de La Bresse, c'était le comble ! Depuis la nuit des temps, sans qu'on sache pourquoi, régnait entre les deux villages une rivalité particulière, parfois belliqueuse. Sur la montagne qui les séparait, les pâtres se battaient souvent pour quelques touffes d'herbe et un bon Géromois n'épousait jamais une Bressaude.

— On ne va pas laisser faire une chose pareille, s'écria Paulus.

— Pour ça non, on va leur faire voir, à ces mangeurs-de-pierre, à ces têtes-de-corbeau !

Tous les garçons s'approchèrent des intrus, coudes serrés, prêts à l'attaque, mais leur nombre intimida les Bressauds qui s'éclipsèrent.

— Vous avez vu ces poules mouillées, cria Paulus assez fort pour que les Bressauds l'entendent.

La musique reprit et Paulus se lança dans la danse à corps perdu. Il voyait Mathiatte passer d'un garçon à un autre et quand il put la retenir, le parfum de la jeune femme le troubla. Son cœur se mit à battre plus fort. Les yeux de feu, le corsage largement délacé, le corps si proche, tout dans la jeune femme était une découverte qui l'enivrait. Mathiatte sentit son émotion et prit un plaisir mutin à mettre sa poitrine en avantage. Un regard insistant, le frôlement d'une main négligente et Paulus se sentit tout excité. Il avait un désir fou de cette femme et soudain, dans un tourbillon, elle plaqua sa bouche dure et experte sur la sienne. Ce premier baiser, bref et sauvage, acheva de mettre son corps en émoi. En poursuivant la danse, Paulus ne sentait plus que le goût de cette bouche, la pression de ces seins. Il en perdit la tête et sa semence dans son haut-de-chausse. Il ne voulait plus lâcher Mathiatte et aurait dansé avec elle jusqu'au matin.

Autour d'eux les danseurs devenaient rares. Les jeunes gens s'éclipsaient furtivement, par couples, et s'en allaient dans les prés se faire un nid pour leurs amours éphémères. Le lendemain, les marcaires se plaindraient, comme tous les ans, de cette herbe gâchée, piétinée en forme de cœur. Soudain, Paulus sentit une main brutale qui le tirait par l'épaule. Surpris d'être interrompu, il se retourna et se trouva face au grand Bressaud.

— Alors ! Je suis une poule mouillée ?

— Sûrement puisque je l'ai dit.

— Tu me laisses la fille ou je te fais la tête comme du lait caillé, foi de Bonabel !

Paulus regarda autour de lui et s'aperçut que plusieurs de ses compagnons étaient partis. Cela expliquait le regain d'audace des Bressauds, mais il ne se laissa pas impressionner.

— Retourne chez toi, vieille buse déplumée !

— Et toi va boire le lait de ta mère, fils de truie !

Ils se surveillaient de près. Un cercle s'ouvrit autour d'eux et Paulus repoussa d'un geste Claudon qui voulait venir à son aide.

Il se jeta sur le Bressaud en lançant de grands coups de poing à la volée. Bonabel laissa passer la première fureur du Géromois, puis en deux coups secs lui mit le nez en sang et l'étourdit. Alors Paulus s'accrocha à son adversaire, parvint à le faire rouler à terre et s'acharna sur lui. Cette bagarre ne ressemblait en rien à ses jeux avec Petitcolas, il se battait pour une fille et pour son honneur, il jetait toutes ses forces dans la lutte comme si sa vie entière en dépendait. Il croyait enfin le dominer, lorsque Bonabel se dégagea d'un mouvement brusque, se remit sur ses pieds et fit briller dans sa main la lame d'un couteau.

Des murmures fusèrent autour d'eux.

— Mon Dieu !

— Attention, Paulus !

Celui-ci sortit son couteau sans hésiter. Les deux garçons se toisèrent un instant, les bras écartés, haletants, le couteau pointé.

Soudain Bonabel se jeta sur son rival. Un cri de douleur suivit aussitôt. Paulus avait sauté habilement de côté et son couteau avait entaillé profondément le bras de Bonabel. La bataille tourna en une mêlée confuse. Bonabel, assis à l'écart, se tenait le bras en grimaçant, autant de dépit que de douleur. Les Bressauds vaincus par le nombre, se retirèrent pendant que les Géromois, redevenus les maîtres de la place, acclamaient Paulus.

— Tu lui as donné une bonne leçon, à cette brute de Bressaud !

— Paulus n'en a fait qu'une bouchée !

— Il l'a saigné comme un cochon !

— C'est tout ce qu'il méritait, ce porc de Bonabel !

— Venir toucher nos filles, quelle honte !

— Ces Bressauds, ça pue comme du foutre de vache et ça n'a pas plus de tête qu'un oiseau !

Paulus ne se rendait plus bien compte de ce qui se passait. Il était enivré par sa victoire et par ses amis qui le portaient sur leurs épaules. Autour de lui, malgré les torches, il ne reconnaissait plus les visages. Une grande fatigue l'écrasait.

Des voisins, alertés par le bruit de la bagarre, accouraient aux nouvelles. Soudain la foule s'écarta, Claudon et La Rivière reposèrent Paulus sur le sol et devant lui des visages inconnus le regardaient sévèrement. Croyant à une farce, les nerfs à bout, il éclata de rire.

— Qu'est-ce qu'ils ont ceux-là ? Vous avez vu leur tête ?

La voix claqua sèchement.

— Alors vous ne pouvez pas danser sans vous battre !

La dureté de la voix dégrisa Paulus brutalement. Il reconnut le maire de Gérardmer, flanqué d'un sergent de la Prévôté qui venait surveiller le bourg à chaque Saint-Jean.

— C'est toi qui as blessé Bonabel ?

— Oui ! Ce fumier de Bressaud m'avait provoqué en voulant danser avec une fille de chez nous ! fanfaronna-t-il dans un élan de fierté inconscient.

— Tu as fait couler le sang, je dois te donner une amende !

Cette fois il fut tout à fait réveillé. Une amende pour avoir défendu l'honneur de Gérardmer ? C'était trop injuste ! Après tout, Bonabel avait sorti son couteau le premier. Une amende ! Que dirait son père ? Paulus était atterré. Il essaya de se défendre, expliqua en détail ce qui s'était passé, mais le sergent ne voulut rien entendre. Le maire dit simplement :

— Crois-moi, Paulus, je te conseille de te tenir tranquille si tu ne veux pas que l'amende soit trop lourde !

Paulus aurait voulu crier son indignation, appeler tous ses compagnons à se révolter contre le sergent. On ne pouvait pas laisser les étrangers et surtout les Bressauds nous souffler nos filles ! Mais que pouvait-il faire ?

Claudon lui prit le bras. Lorsqu'ils sortirent du bourg, la lune était couchée. Tout était noir autour de Paulus et dans son cœur. Il ne lui restait que le faible scintillement des étoiles dans le ciel et le réconfort de son ami qui marchait en silence près de lui.

2

Depuis trois jours une pluie persistante tombait sur la chaume de Belbriette. Le ciel avait coulé sur les montagnes des Vosges un grand masque de nuée qui épousait creux et ballons. Paulus ne sortait les vaches que le temps nécessaire pour les faire paître. Ce jour-là il les conduisit au bord de la chaume, près de la lisière et s'assit au pied d'un grand sapin pour surveiller son troupeau. Le dos bien appuyé contre l'écorce barbue, il regardait tomber devant ses pieds de grosses larmes de pluie, puis se mit à creuser un morceau de bouleau avec son couteau. Normalement il prenait beaucoup de plaisir à creuser une écuelle, à modeler le manche d'une cuillère, mais aujourd'hui il le faisait machinalement, il avait la tête ailleurs. Depuis la Saint-Jean, il ne pensait plus qu'à l'amende et se demandait quel en serait le montant. Il se rappelait aussi la grande colère de son père et les lamentations de sa mère. Le vieux Colas Chan Coline était d'autant plus furieux contre son fils que lui-même avait toujours réussi à échapper aux amendes de la Prévôté.

Pourtant il en pleuvait de ces peines sur les Géromois ! Gérardmer dépendait de la Prévôté d'Arches, le receveur venait prélever les impôts et les sergents étaient chargés de la tranquillité publique. Sous ce prétexte, ils donnaient souvent des amendes pour des motifs variés et parfois futiles : pour un juron blasphématoire, pour de la viande consommée dans une taverne la veille d'une fête où l'on devait jeûner, pour quelques coups de poing échangés dans une dispute, pour un cabaret trouvé ouvert à l'heure de la messe ou pour un chahut dans l'église. Les sergents semblaient à l'affût des moindres occasions d'accroître ainsi les recettes de la Prévôté. Les marcaires de la montagne avaient aussi affaire aux gardes forestiers qu'on appelait les bangards. La forêt appartenait au duc de Lorraine et chaque arbre coupé sans autorisation était sanctionné par une amende. Les bangards, nombreux et rusés, avaient l'ouïe fine pour déceler les bruits de hache et l'œil averti pour reconnaître, sous un beau tapis de mousse, une souche dissimulée.

Le vieux Colas Chan Coline n'avait pourtant jamais été pris. Il ne coupait les arbres que par très mauvais temps quand les bangards évitaient de sortir et recourait à une technique plus discrète que la hache, le surcenage qui consistait à enlever l'écorce tout autour du tronc. L'arbre séchait et une fois mort il l'abattait sans risque.

— En soixante ans, je n'ai jamais eu d'amende ! avait dit son père, et toi, tu n'as pas vingt ans, et tu vas nous ruiner pour une bagarre avec un Bressaud !

Quand Paulus avait repris le chemin de Belbriette au lendemain de la Saint-Jean, il avait cru que l'horizon des chaumes lui rendrait son insouciance. La forêt lui était d'abord apparue comme un refuge en dépit des menaces qui pouvaient courir dans l'obscurité des grands sapins aux branches emmêlées. Il s'était rappelé la première montée vers Belbriette avec le troupeau, la mule, et son chargement brinquebalant de seaux, de cuveaux et de formes à fromage que son père Colas Chan Coline avait façonnés lui-même en bois d'épicéa. Il avait pensé aussi à ses deux compagnons de pâturage, le solide et gaillard Petitcolas qui avait avec lui des empoignades interminables, et le jeune et frêle Jean Gayé qui lui inspirait une sorte de compassion. Ce dernier n'était à Gérardmer qu'en été, lorsqu'il trouvait un emploi saisonnier de garçon vacher, et il passait le reste de l'an dans une petite masure à moins de quatre lieues dans la forêt de Tendon où son père vivotait du travail du bois.

Au moment où le chemin avait déposé Paulus à l'orée du gazon de Belbriette, le parfum de l'herbe chaude l'avait profondément réconforté. Puis il avait retrouvé sa grange au toit d'essies et aux murs de sapin grossièrement équarris, l'odeur familière du bétail qui imprégnait tout l'intérieur, le chaudron où le lait du matin caillait en silence, la planche qui attendait ses fromages, le lit de fougère dans un coin. Pourtant rien n'avait pu reprendre comme avant. La « brocote » qu'il se confectionnait en faisant bouillir le petit-lait et en étendant l'écume jaunâtre sur une tranche de pain gris n'avait plus la saveur des premiers jours. Même les truites que Jean Gayé avait grillées au feu de bois en espérant lui rendre sa bonne humeur lui étaient apparues bien fades. Et Petitcolas n'avait pas reconnu Paulus quand il avait refusé de le suivre dans son braconnage. Depuis son retour à Belbriette l'amende croupissait en lui comme un poison.

Les yeux fixés sur le bois qui s'arrondissait peu à peu en forme de cuillère, Paulus retourna encore une fois toutes ces idées dans sa tête et se rappela un incident survenu l'année précédente. A la Saint-Rémy, des Géromois s'étaient battus avec des garçons des environs, l'un d'eux avait blessé un étranger d'un coup de couteau et avait récolté une amende de vingt-cinq francs. Vingt-cinq francs, cela représentait la valeur d'une trentaine de fromages !

Des frissons lui parcoururent le corps. Il se leva et décida de rentrer les vaches pour les traire. Avec des gestes d'automate, il plaça l'entonnoir en bois sur le couvercle du chaudron, y posa la touffe de lycopode, et versa le seau de lait au fur et à mesure de la traite. Peu à peu, en sentant l'odeur du lait, encore animale et presque maternelle, en voyant les grosses bulles tourner dans l'entonnoir pendant que le chaudron chantait son contentement, Paulus se sentit mieux et presque apaisé. Ce jour-là il retrouvait dans le lait son meilleur ami. Le lait avait l'arôme de la tendresse et le goût profond des choses sur lesquelles on pouvait s'appuyer. Il était tout le contraire des parfums futiles qui vous tournent la tête un instant comme une fleurette rare, un pichet de vin ou une femme du bourg. Le lait était l'odeur de la vie, la vraie fleur de la chaume. Avec le lait, en fabriquant ses fromages, Paulus pansait sa plaie.

Le lendemain la pluie s'arrêta enfin et Petitcolas descendit au bourg porter les géromés et se renseigner sur l'amende. Les deux autres pâtres regroupèrent les trois troupeaux près de la grange de Paulus et discutèrent une fois de plus du procès-verbal qui l'attendait.

— Si j'ai vingt-cinq francs à payer, je n'oserai pas redescendre avant l'automne.

— Tu n'as jamais été mêlé à une bagarre jusqu'à présent, le sergent sera plus indulgent ! répondit Jean Gayé en essayant de le réconforter.

— Je préférerais être condamné à des coups de bâton que de coûter une amende à mon père !

Paulus mâchonnait de l'herbe nerveusement en regardant sans cesse en direction de Gérardmer. Jean Gayé qui sentait son angoisse tenta de modérer son impatience.

— Petitcolas n'est pas prêt de revenir ! Avant qu'il ait fait le tour du village et des tavernes...

A ce mot Paulus eut une pensée fugitive pour Mathiatte. Elle était devenue très secondaire depuis qu'il était préoccupé par cette amende.

Soudain ils aperçurent deux silhouettes qui pénétraient au bout de la chaume et se dirigeaient vers les granges. Paulus et Jean Gayé se regardèrent étonnés. Ce devait être une paire de vagabonds comme il en passait dans la vallée et qu'on hébergeait souvent. Ils partageaient le repas, dormaient dans le grenier et repartaient le lendemain. Mais les deux hommes qui approchaient aujourd'hui ne ressemblaient pas aux vagabonds habituels. Ils paraissaient trop bien habillés pour des mendiants, trop détachés pour des larrons et trop simples pour des bourgeois. En les voyant s'approcher de la grange de

Jean Gayé, Paulus et son ami remontèrent vivement la prairie.

— On ne veut pas vous voler, rassurez-vous ! lança l'un d'eux d'un air ironique.

C'était un homme vigoureux, au regard droit, avec une longue houpette blonde qui lui tombait sur le front et qu'il rejetait souvent en arrière d'un geste de la tête sec et bref comme une ruade. On l'appelait « Cheval d'Avril », nom pompeux qui aurait pu être celui d'un gentilhomme ou d'un capitaine de lansquenets. Il portait d'ailleurs une grande épée au côté et sous son pourpoint une ceinture magnifique en cuir, incrustée de plaques d'argent. Son compagnon, d'apparence beaucoup moins noble, avait un œil borgne et inspirait peu confiance. Il portait sur son dos une besace bien remplie et aux pieds de belles chaussures qui tranchaient avec son haut-de-chausse percé. Il s'appelait « La Grue ».

Jean Gayé n'était pas rassuré alors que Paulus, poussé par la curiosité et confiant dans la bonne mine de Cheval d'Avril, les invita à se reposer un moment et à partager leur repas.

L'après-midi passa très vite en compagnie de Cheval d'Avril qui se révélait intarissable sur sa vie. Bourguignon d'origine, il s'était engagé dans l'armée lorraine sous les ordres du capitaine d'Haraucourt et l'avait suivi dans plusieurs campagnes. Depuis son congé, il se vantait de travailler peu et vivait de marchottage. Connaissant bien les richesses et les besoins de chaque village, il apportait à l'un ce qu'on trouvait abondamment dans l'autre et encaissait ainsi un coquet bénéfice au passage. Il allait de vallée en plaine avec des pièces de drap, de la vaisselle d'étain, des vêtements, parfois même un cheval selon les occasions.

Paulus s'étonnait de ne pas l'avoir vu proposer ses produits chez son père, mais le marchotteur fréquentait plutôt les marchés et les foires. D'ailleurs il ne restait jamais longtemps au même endroit. Quelquefois il se lançait dans un commerce plus lointain, allait jusqu'en

France y vendre des cuirs de Lorraine et en rapportait des nappes et des linceuls de Troyes.

Incités par le regard admiratif de Paulus, Cheval d'Avril renchérit sur son existence et ses découvertes. Avec emphase il raconta les champs immenses où les paysans labouraient la terre avec plusieurs bœufs, les maisons bourgeoises de Troyes où les femmes portaient des gorgerettes de batiste, les carrosses des princes qu'il reconnaissait et qu'il saluait au passage. Il se vanta d'avoir échappé maintes fois, grâce à son épée, aux voleurs qui voulaient le détrousser. Il se flatta d'avoir connu les plus beaux minois de tous ces pays et mis son point d'honneur à leur laisser en souvenir de son passage un bracelet d'argent ou une petite bague.

Pendant qu'il écoutait ces merveilles aux couleurs d'épopée, Paulus ne parvenait pas à détacher ses yeux des belles chaussures de cuir luisant que les étrangers portaient aux pieds. Lacées jusqu'au-dessus des chevilles par des cordelettes de chanvre soigneusement nouées, elles ressemblaient à celles que son père gardait précieusement dans un coffre pour les jours d'exception. Quant à Jean Gayé, il n'en avait jamais vu de si près. Les chaussures étaient pour lui un luxe inaccessible que seuls les notables pouvaient s'offrir.

Ces marques d'intérêt inattendues émoustillèrent Cheval d'Avril qui entreprit de taquiner encore davantage leur curiosité.

— Et savez-vous combien elles m'ont coûté, mes chaussures ? Pas un denier ! C'est un cordonnier lorrain qui me les a données !

Devant la mine sceptique des deux pâtres, le marchotteur expliqua qu'il avait trouvé un soir au bord d'une rivière un petit vieux qui toussait, les pieds nus dans l'eau froide.

— Il voulait mourir, le pauvre vieux. Sa femme n'était plus là, ses enfants n'avaient plus besoin de lui. Il se sentait inutile, alors il avait laissé ses sabots partir dans le courant et il attendait la mort. Nous l'avons tiré hors de l'eau, frictionné avec énergie, et conduit à la maison la plus proche. C'était celle de ce brave cordonnier.

— Et il vous a donné ces chaussures ?

— Oui, il a même dit que c'était la moindre des choses. Le vieux, c'était tout de même son père !

A l'heure de la traite, les pâtres étaient encore tout imprégnés des anecdotes de l'aventurier qui n'avait ni terre, ni foyer, ni attache, mais qui vivait avec tant de panache et de sensibilité. Paulus vit ce jour-là dans cette vie de marchottage une manière possible d'échapper au joug des sergents et aux limites d'une destinée de cadet. Puisque son frère aîné garderait la grange de leur père, il ne pourrait réaliser ses ambitions d'adolescent qu'en franchissant les montagnes pour négocier sur les marchés d'Allemagne ou de France et rapporter à Gérardmer des produits rares ou inconnus.

Pendant ce temps le lait avait caillé et Paulus se mit à tailler méthodiquement la masse gélatineuse avec le tranchant d'une peuchotte en bois, d'abord en grandes bandes, puis en petits cubes. Ce fut au tour de Cheval d'Avril de le dévisager avec étonnement.

— Je n'ai jamais vu fabriquer du fromage avec autant de concentration. On dirait un prêtre devant son ciboire !

Le marcaire fut un peu choqué par cette comparaison irrévérencieuse envers la religion que sa mère plaçait si haut, mais cette impression fut vite dissipée par l'éloquence de son visiteur.

— Je n'aurais pas cru que le lait pouvait se découper en morceaux et qu'on pouvait y dessiner de la sorte les mailles d'un filet.

Flatté de cette admiration, Paulus mit encore plus de soin à tailler les dernières bandes de caillé. Prenant ensuite l'écumoire, il appuya au centre du chaudron pour y recueillir avec une louche l'excédent de petit-lait, puis il emplit soigneusement les formes à fromage. Maintenant Cheval d'Avril se taisait et c'était Paulus qui expliquait :

— Les rainures dans le couâron, c'est pour faciliter l'écoulement du petit-lait.

C'était aussi ce qui donnait aux géromés leurs stries caractéristiques, comme des rides qui s'atténuaient avec l'âge quand les fromages s'affinaient. Tout en manipulant ses géromés Paulus sifflotait, ce qu'il n'avait pas fait depuis la Saint-Jean. Sa bonne humeur lui était revenue, mais elle s'envola aussi vite quand il entreprit de saler les fromages. Le sel, denrée précieuse qu'il fallait acheter au tavernier — il en détenait le monopole —, lui rappela cruellement l'argent que son amende allait coûter à sa famille.

Jusque-là son père se glorifiait d'avoir toujours eu de quoi s'acheter du sel en vendant ses fromages. Certaines années, quand le prix en était trop élevé, on mêlait au sel de la cendre de bois, mais on n'avait jamais dû le remplacer par un mélange de cendre et d'urine d'enfant comme le faisaient les plus démunis. L'idée que son amende pût nuire à sa famille mit de nouveau Paulus en émoi.

Le retour soudain de Petitcolas capta toute son attention.

— Tu ne t'en tires pas trop mal, dit celui-ci. Le sergent t'inflige une amende de dix francs.

— Pas trop mal, tu dis ? Cela fait une douzaine de fromages ! Tu te rends compte ? Mon père va être fou furieux !

Cheval d'Avril se fit expliquer la situation et proposa qu'on lui confiât dix fromages, en promettant de rapporter vingt francs à son retour. Paulus était très tenté par cette offre qui lui permettait de garder l'estime de son père en payant lui-même l'amende. Dix fromages pour vingt francs, c'était une affaire à ne pas manquer. Mais en même temps cela paraissait trop beau pour être vrai. Il regarda un peu mieux le visage de l'inconnu et se demanda s'il ne voulait pas le duper, quand il remarqua une courte balafre près de son oreille. Blessure de guerre ou trace de bataille avec des sergents ?

Tout au long du repas Paulus discuta. Il limita l'affaire

à cinq fromages pour dix francs et demanda l'argent tout de suite. Cheval d'Avril, sentant sa méfiance, proposa de lui signer sur-le-champ une obligation de dix francs qui l'assurait du paiement à son retour et qu'il pouvait éventuellement céder à un tabellion contre de l'argent frais. Dans la nuit qui fraîchissait, ils n'en finissaient pas de marchander, denier par denier comme de vrais maquignons. Enfin ils se mirent d'accord sur quatre francs en argent et une obligation de six francs. Cheval d'Avril prit dans son pourpoint une feuille de papier, une plume et un petit flacon d'encre et s'intalla pour écrire soigneusement son obligation. Paulus ouvrait de grands yeux étonnés : cet homme savait tout faire, il savait même écrire ! En désignant du doigt une grande arabesque au bas de la feuille, il demanda :

— Qu'est-ce que c'est toutes ces lignes enroulées ?

— C'est ma signature ! répondit-il avec un sourire franc qui désarmait les plus méfiants.

Paulus le regarda avec admiration. A Gérardmer on ne signait que d'une croix. Seuls les notables comme le tabellion et le curé savaient écrire et dessinaient, eux aussi, de superbes signatures enjolivées.

Il avait repris confiance, mit le papier dans sa poche et offrit alors une dernière gorgée de lait, ce qui amusa fort Cheval d'Avril.

— Tu n'es pas comme les autres, Paulus ! D'habitude on boit le vin du marché. Avec toi, c'est le lait !

— Ce n'est pas le lait du marché, c'est le lait de l'amitié !

Le lendemain matin, un courant d'air frais réveilla Paulus dès potron-minet. La porte était ouverte. Près de lui, sur le tas de fougère où le marchotteur avait dormi, il n'y avait plus personne. Ni Cheval d'Avril, ni ceinture, ni grande rapière. Paulus bondit hors de la grange : sur la planche où séchaient les fromages, il en manquait, non pas cinq comme convenu, mais sept. A leur place se trouvait une piécette dérisoire, un denier dont les bords étaient rognés par le temps.

3

Plusieurs semaines s'étaient écoulées depuis la visite de Cheval d'Avril. Les compagnons de Paulus se moquaient de lui, chacun à sa manière. Petitcolas lui donnait de grandes tapes dans le dos et lui disait qu'il s'était fait rouler par les boniments du marchotteur comme une veuve par un curé. Jean Gayé avait au contraire un ton compatissant pour le plaindre des fromages perdus et des six francs que Cheval d'Avril ne paierait jamais.

Paulus s'en défendait en rendant ses bourrades à Petitcolas et en répondant à Jean Gayé d'un ton péremptoire :

— Avec le papier que j'ai en poche, je me ferai payer quand je voudrai. Cheval d'Avril reviendra, vous verrez ! Je ferai d'autres marchés avec lui, que cela vous plaise ou non. D'ailleurs dix francs pour sept fromages, c'est une affaire !

Comme Paulus ne voulait pas revoir son père sans lui rendre l'argent de l'amende, Petitcolas et Jean Gayé descendaient à tour de rôle dans la vallée et en rapportaient les nouvelles. Dans le bourg on parlait d'un larron qui avait volé deux cuirs de vache chez le tabellion et des truites dans son vivier, de trois soldats qui avaient fait la cour à Mathiatte, de la récolte de seigle qui serait encore insuffisante cette année. Mais on ne parlait plus de la Saint-Jean et de l'amende de Paulus. Quand ses compagnons remettaient les fromages au vieux Colas Chan

Coline, lui-même n'y faisait plus allusion. Mais Paulus connaissait les longs silences de son père et savait qu'il n'en était pas pardonné pour autant.

Au cours de cet été 1586, ses rapports avec les deux autres pâtres de Belbriette prirent une tournure différente. Petitcolas demeurait le compagnon de jeu avec qui il aimait plaisanter, mais depuis la bagarre avec Bonabel, Paulus n'avait plus envie de jouer à la lutte. Leurs rapports devenaient moins proches comme si leurs corps en s'éloignant rendaient leurs âmes plus distantes.

Avec Jean Gayé il nouait au contraire une amitié plus fraternelle. Paulus avait toujours éprouvé envers lui, à cause de sa famille misérable, le besoin de le protéger, mais cet été ses soucis avaient inversé les rôles. A son tour, Jean Gayé partageait les préoccupations de son ami et lui témoignait sa sympathie en lui tenant compagnie dans la prairie, en venant jouer de la flûte le soir auprès du feu ou en le rejoignant dans ses promenades solitaires en forêt. Ils marchaient à quelque distance l'un de l'autre, en récoltant les brimbelles ou les framboises, d'abord sans rien se dire, puis ils se mettaient à parler avec sérieux de leurs soucis, de leurs idées ou de leurs ambitions. Le cœur ne parle bien d'angoisse ou d'avenir que dans la pénombre du sous-bois ou de la nuit tombante, loin du tapage des mots faciles. Dans la forêt, les grands sapins laissaient parfois un espace plus aéré où parvenait un peu de soleil filtré par les hautes branches, un puits de lumière où s'épanouissaient au sol les brimbelliers aux baies replètes et les coussins potelés de bruyère. C'était là dans ces puits de douceur au cœur de la forêt que Paulus et Jean Gayé s'arrêtaient souvent pour parler. Les mots qu'ils prononçaient étaient les beaux mots de justice et de liberté, des mots feutrés de paix et de lumière qui ouvraient de grandes ailes nacrées et s'envolaient avec ambition. Pour une amende qui l'avait blessé, Paulus remettait en cause toutes les peines et toutes les injustices du monde. Pendant longtemps ils parlaient ainsi à voix réfléchie et décidée de requête au duc de Lorraine, d'amendes à supprimer, de décrets à changer, de liberté à gagner, d'injustice à réparer. Jean Gayé recevait une terre, une grange et un troupeau à lui. Paulus devenait si important à Gérardmer que le receveur d'Arches écoutait ses avis. Que le monde pouvait être beau et la vie plus facile dans ces rêves de Belbriette !

Jour après jour Paulus et Jean Gayé se sentaient ainsi plus proches. Autour d'eux la prairie prenait peu à peu son teint doré de septembre. Le long du ruisseau les roseaux germaient en épis bruns et veloutés et, dans les coins humides, la fougère déployait des colonnes denses et verdoyantes. C'était le bon moment pour en récolter les frondes et les mettre à sécher en provisions de litières pour l'été prochain.

Un jour que Jean Gayé était descendu au bourg, Paulus alla couper la fougère à la lisière de la forêt. A mesure qu'il avançait courbé en deux, il faisait fuir tout un peuple d'insectes. Sans le savoir, il dénouait les pièges, piétinait les chemins et déplaçait les villages d'un autre univers. Il ne leva la tête que pour un chevreuil qui s'arrêta, surpris, à l'orée de la forêt, avant de s'enfuir sous la futaie. Paulus s'en étonna : c'était plutôt le soir qu'il voyait quelque chevrette. Il tendit l'oreille vers la forêt, regarda la chaume et les troupeaux tranquilles.

Un cri de geai troubla soudain le silence. Paulus connaissait si bien les habitudes des bêtes de Belbriette qu'il se sentit mal à l'aise, comme si quelqu'un l'observait. En partant vers sa grange avec un premier chargement de fougère, il ne remarqua rien d'anormal, étendit les feuilles à sécher près de la maison et retourna faire un second voyage. Derrière son dos, la hotte à foin projetait de longues ombres et dans le même temps d'autres ombres, silencieuses, glissaient furtivement de la forêt jusqu'à sa grange.

Il revint bientôt, le dos courbé sous un amas de fougère. Il s'arrêta au coin de sa maison, voulut faire glisser la hotte de ses épaules mais n'eut pas le temps de se dégager. Trois garçons fondirent sur lui, le bourrèrent de coups et le firent rouler dans l'herbe. Un montant de la hotte se brisa, la fougère roula sur lui. Empêtré dans son harnachement, il ne pouvait pas se défendre. Malgré la brusquerie de l'apparition, il avait reconnu Bonabel parmi ses assaillants. Il appela Petitcolas à son secours, mais deux garçons l'immobilisèrent pendant que Bonabel se plantait devant lui un couteau à la main. En quelques mots entrecoupés d'injures, le Bressaud lui dit que sa blessure au bras l'avait empêché de travailler pendant des semaines. Il était donc juste que Paulus paie à son tour.

— Tu trembles maintenant qu'on vient t'arranger ta jolie petite tête de lait !

Les coups se mirent à grêler sur le jeune pâtre qui perdit connaissance. Au loin, sur la chaume, Petitcolas accourait avec les chiens, armé de sa hache.

Quand Paulus revint à lui, il ne vit d'abord que le ciel bleu puis un visage qui se penchait, les yeux inquiets.

— Tu m'as fait peur, chuchota Petitcolas, si tu voyais dans quel état ils t'ont mis, ces cochons !

Le malheureux, défiguré, se redressa doucement sur ses coudes. Il était allongé au milieu d'un épais matelas de fougères piétinées, il avait du sang sur sa chemise et son visage tuméfié lui faisait mal. En se relevant, il constata les dégâts. Les Bressauds avaient jeté par terre les géromés qui séchaient, le gazon était maculé de fromages piétinés et dans la grange les plus frais étaient en bouillie sur le sol. Ce spectacle l'accabla plus que les coups qu'il avait reçus et il en eut les larmes aux yeux. Heureusement Jean Gayé avait emporté dans la vallée tous les géromés prêts à être affinés. Mais qu'expliquerait-il à son père, la prochaine fois ?

Paulus se remit peu à peu. Ses deux amis avaient décidé au nom de leur amitié de lui donner quelques fromages pour que son père ne remarquât pas les dommages. Depuis qu'ils vivaient ensemble sur la chaume, ils formaient une sorte de communauté, aux liens plus étroits qu'un village.

Le visage de Paulus avait enflé de tous les côtés. Sa

bouche fendue s'était cicatrisée, mais elle était encore si gonflée et si douloureuse qu'il ne pouvait se nourrir que de gorgées de lait. Petitcolas était tenté d'organiser une expédition punitive à La Bresse, mais Jean Gayé, timoré de nature, trouvait son idée inutilement dangereuse. Paulus prit alors sa décision. Il en avait assez des bagarres et ne relancerait pas la vengeance. Sans attendre plus longtemps Cheval d'Avril, il descendrait au village, vendrait l'obligation au tabellion et rembourserait l'amende à son père. Il ne pourrait pas dissimuler les coups qu'il avait reçus, mais grâce à ses compagnons il n'aurait pas à parler de la perte des fromages. Toute cette malheureuse histoire serait finie et il pourrait repartir de l'avant.

Lorsque Paulus descendit à Gérardmer, il se rendit directement chez le tabellion. Une grande déception l'y attendait.

— Il s'est moqué de toi ton marchotteur ! Ce n'est pas une obligation !

— Mais il l'a écrite devant moi, il me l'a lue ! Et ça, c'est bien sa signature !

— Le drôle ne risquait rien à signer ! Ce qu'il a écrit ne l'engageait guère : « Je reconnais que les fromages de Paulus sont les meilleurs et je le remercie pour les six francs qu'il me donne généreusement. » C'est un sacré farceur ton prétendu marchand !

Paulus dut se rendre à l'évidence. Il avait été roulé et ne récupérerait jamais ses six francs. En repartant à Belbriette, il se dit que la vie était plus dure qu'il ne la rêvait sur les chaumes. Il avait encore bien des choses à apprendre et cela paraissait plus ardu de connaître les hommes que de savoir tailler des sabots ou fabriquer du fromage. On ne peut pas se fier à l'apparence des hommes comme à l'aspect du bois ou du lait. C'était une dure leçon qu'il n'était pas prêt d'oublier.

Quand il revint sur la chaume, il s'aperçut que l'automne était déjà bien avancé. La prairie rasée et piétinée portait comme des rides les traces du bétail. Lorsque les pâtres en redescendraient avant les frimas, ils auraient puisé de la chaume tout ce qu'elle pouvait donner. Ils la laisseraient usée d'avoir porté les troupeaux, telle une femme épuisée par des naissances successives. La chaume serait plate et terne comme des seins vidés par des allaitements trop longs.

II

La grange des Relles Gouttes

1

La neige recouvrait montagnes et vallées. Sous le soleil glacé, les grands sapins, droits et fiers, affrontaient le sifflement de la bise venue des longues steppes d'Europe centrale. De Bohême et de Silésie arrivaient des galopades de blizzard, des hordes de vent aux dents acérées qui charriaient avec elles des migrations de loups faméliques.

Cette année, plus encore que d'habitude, l'hiver était à Gérardmer une véritable invasion de froid et de mort. Le soleil lui-même n'arrivait pas à se réchauffer et le lac éclatait parfois en détonations effrayantes quand la couche de glace se brisait contre les rochers du rivage. D'autres craquements sinistres marquaient la chute d'un grand arbre, écrasé par le poids de la neige. Ces craquements étaient avec les hurlements des loups et les croassements lugubres des corbeaux les seuls bruits de cette période engourdie. Les prés se réfugiaient sous la neige pour échapper aux morsures de l'hiver, les ruisseaux exposés à la froidure souffraient en grosses larmes glacées. L'hiver à Gérardmer était la saison morte, la saison où les pierres expiraient, le cœur fendu par le gel, tranchantes comme une épée. En hiver la mort était aux aguets.

Chaque année, de novembre à mars, les Géromois se terraient sous la neige comme les prairies. Tout le bourg hivernait, les maisons se calfeutraient pour garder leur chaleur : même la forge du maréchal et l'atelier du coutelier maintenaient porte close. Chacun avait chez soi sa réserve de bois, de farine, de foin et vivait au ralenti en attendant le retour du printemps. Les vieux n'étaient jamais sûrs de revoir fleurir les jonquilles. Les vaches, engourdies de rester si longtemps sans sortir, beuglaient longuement avec nostalgie.

En ce matin de février 1594, des silhouettes noires et voûtées parcouraient à petits pas en traînant leurs sabots les frayées, ces petits chemins creux qu'on perçait dans la neige avec obstination. S'il y avait cette animation inhabituelle, c'était que toutes les femmes du bourg allaient à l'église à l'enterrement d'une des leurs, la vieille mère du tabellion. Sur tous les bancs, les langues allaient bon train. On s'étonnait d'une absence, on se demandait comment le fossoyeur arriverait à creuser la terre gelée, mais les préoccupations principales étaient ailleurs. Dans l'église et dans les cabarets où l'on se retrouvait ensuite, on parlait surtout de cet hiver terrible qui n'en finissait pas et qui emportait peu à peu les plus résistants des vieux Géromois.

— La mère du tabellion n'a pas survécu non plus, elle avait pourtant de quoi manger à sa faim. Qu'allons-nous devenir ?

— Je n'avais plus de farine dans ma huche. Pour en acheter à Thomasson le Vieux, j'ai dû lui céder un coin de pré. Où trouverons-nous le foin pour nos vaches, l'an prochain ?

— Le tabellion m'a prêté de l'argent moyennant une obligation que je devrai rembourser à la Saint-Rémy. Pourvu que l'année soit bonne !

Depuis deux ans, le temps avait été désastreux en Lorraine, avec des hivers plus durs que d'habitude, des gelées tardives qui avaient détruit même les baies de la forêt, des étés pluvieux qui avaient fait pourrir l'herbe sur pied. La récolte de seigle et de fèves avait été catastrophique. Sur les marchés des environs le prix des grains avait augmenté de moitié au moment où les vaches des marcaires, privées de fourrage, produisaient moins de lait.

La plupart des Géromois en étaient réduits à la disette. Pour survivre, beaucoup d'entre eux avaient dû mettre en gage des terres, puis les vendre. D'autres souscrivaient des obligations, mais à l'échéance, ils devaient en arriver à la même extrémité car la récolte ne leur permettait pas de rembourser leur emprunt.

Thomasson le Vieux était un des rares bourgeois de Gérardmer à tirer profit de l'endettement et de la pénurie. Il possédait de nombreuses terres qu'il louait, faisait du commerce et tenait la plus belle taverne du village. Au début de la disette, il avait fait crédit aux Géromois pour leur fournir les céréales et le sel, puis il les contraignit peu à peu à s'acquitter de leurs dettes en lui cédant leurs prés et leur bétail qu'il leur louait ensuite à bon compte. Plus les marcaires s'appauvrissaient, plus il devenait riche. On racontait qu'il faisait des repas avec plusieurs viandes pendant que les Géromois trompaient leur faim avec de la soupe aux pousses de sapin.

Ces actes de vente et de prêt que concluait Thomasson le Vieux auraient dû contenter le tabellion Claudel. Selon le tarif officiel, à raison de six à quinze gros par acte, il aurait pu faire fortune, si des élans de compréhension et de sympathie pour ses compatriotes ne l'avaient souvent poussé à réduire ses honoraires pour ceux qui étaient dans le besoin. Les Géromois le reconnaissaient et l'appelaient pour cela « Claudel le Juste ». Pour aider les marcaires démunis et leur éviter de vendre leurs terres, le tabellion se procurait de l'argent auprès des marchands des environs et le prêtait au taux légal de sept pour cent.

Le troisième personnage important en cette époque de grand dénuement était Priam le chaptollier qui tenait les comptes de la fabrique et gérait à ce titre les dépenses de l'église. Il demandait des aides et venait ainsi au secours des plus misérables en leur fournissant le pain. Mais pour en recevoir, il fallait être inscrit sur la liste des pauvres, des mendiants ou des infirmes. En cet hiver 1594, il aurait fallu y porter la majorité des Géromois, ce qui était bien impossible.

Pour les Chan Coline aussi ces deux années, 1592 et 1593, avaient été difficiles. Le vieux Colas avait dû consacrer ses économies à acheter du regain puis il avait dû vendre sa jument pour payer ses impôts et ce dernier hiver il n'avait pas pu trouver assez de foin.

Chaque matin, le vieux Colas Chan Coline montait à l'échelle dans le grenier. Il n'était pas question d'y aller par l'extérieur car la neige s'adossait jusqu'en haut de la porte. Il commençait par respirer la bonne odeur du foin, une odeur qui ne quittait jamais la maison et qui était sa richesse et sa vie. Allait-elle pour la première fois l'abandonner ? Il parcourait le grenier, mesurait du regard le volume décroissant du fourrage et se lamentait. Il connaissait exactement la quantité indispensable pour nourrir ses bêtes jusqu'au printemps et il savait bien qu'il ne tiendrait pas jusque-là. Jamais depuis trente ans il n'avait vu une succession d'années si funestes.

Le vieux Colas restait de plus en plus longtemps au grenier comme s'il pouvait trouver là un remède contre l'épuisement tragique des réserves. Moins il y avait de foin, moins il pouvait redescendre et aller voir ses vaches. Il savait combien ses belles bêtes grasses étaient devenues efflanquées, osseuses, faméliques. Leurs pis pendaient lamentablement vides, les os se dessinaient de plus en plus nets sous la peau et bientôt on verrait tout leur squelette. Les années de vaches maigres portaient bien tristement leur nom.

Pourtant il n'y avait pas que les réserves de foin qui s'épuisaient. Dans la huche aussi il restait bien peu de farine de seigle et on la mélangeait avec des fèves broyées pour faire le pain. La récolte de légumes avait été dérisoire et le peu de lait que donnaient les vaches ne laissait guère de fromages à vendre. Dans le même temps, la famille s'était agrandie. Craignant de n'avoir plus longtemps à vivre, Colas Chan Coline avait tenu à arranger la vie de ses enfants. Il avait d'abord uni son fils aîné Nicolas à

Katherine, fille d'un marcaire du bourg, qui lui avait donné sa première petite-fille. Puis l'automne précédent, malgré la disette, le vieux Colas avait marié son cadet Paulus avec Marion, la fille d'un autre marcaire. Celui-ci l'avait dotée d'une terre en haut des Relles Gouttes où le jeune couple pourrait bâtir une grange. En attendant, Paulus et Marion vivaient sous le toit des Chan Coline.

Au début de l'hiver Maman Pauline était morte, épuisée et desséchée. Dans les derniers jours elle ne pouvait plus rien avaler, ni pain, ni lait. Etait-ce à force de manger de moins en moins, de se priver pour son mari et ses enfants ? Etait-ce l'angoisse d'un avenir qu'elle pressentait sombre ? Etait-ce la vie simplement qui se retirait d'elle ? Elle était partie sans une plainte et soudain Paulus avait regretté de ne pas lui avoir accordé plus d'attention. Avec elle la maison avait perdu un peu de son âme silencieuse et beaucoup de sa douceur.

Assis sur une grosse poutre du grenier, en face du tas de foin qui rapetissait, le vieux Colas imaginait ses pauvres vaches mourant l'une après l'autre. Jamais elles ne pourraient résister jusqu'à la nouvelle herbe. Il se rappela que la gentiane était plus haute que d'habitude l'été dernier, signe d'un hiver long et vigoureux. Le vieux pensa aussi à ses enfants qui travaillaient en dessous de lui. La faim les affaiblissait de jour en jour. Katherine avait de moins en moins de lait pour allaiter son enfant et Marion était enceinte à son tour.

Colas Chan Coline ne pouvait pas avoir vécu toute sa longue vie, entretenu sa maison, augmenté son troupeau et son pâturage, marié ses deux fils à de braves filles d'ici, pour finir dans une telle détresse. Il ne pouvait plus supporter l'idée de voir mourir de faim ses vaches et peut-être, un jour, un de ses enfants.

Ce matin-là, plus que les autres jours, il se sentit las de la vie et de cette misère soudaine. Il pensait à la mort comme à un soulagement pour rejoindre sa pauvre femme, pour ne plus voir souffrir autour de lui en se sentant impuissant. Pour la première fois de son existence il ne pouvait plus agir, ni même décider. Un frisson le parcourut tandis qu'il songeait. Entre les planches du mur un courant d'air froid s'infiltrait sournoisement.

Dans la maison cependant tout semblait bien vivant. Des fromages, certes moins nombreux, séchaient sur des planchettes suspendues au plafond, des nattes d'oignons largement entamées pendaient au mur, au coin du feu Nicolas tressait un panier et sa femme s'activait à préparer la pâte à pain. Tout respirait la vie et pourtant, quand Katherine ouvrit la huche, elle se lamenta :

— Il ne reste de la farine que pour une fournée.

Dans un geste découragé, Nicolas se contenta de hausser les épaules sans rien dire. Le manque de nourriture avait accentué sa maigreur. Il avait les yeux fatigués et le front plissé par les soucis. Mis à part la couleur de la barbe et des cheveux on aurait pu le prendre pour son père.

Katherine racla soigneusement le fond de la huche pour rassembler le peu de farine qui restait. Ses manches retroussées découvraient des bras minces et son visage tendu n'avait déjà plus d'âge. C'était une femme énergique, froide et autoritaire qui avait pris en main la tenue de la maison depuis la mort de Maman Pauline.

— On ne peut pas continuer comme ça avec toutes ces bouches à nourrir. Ton frère, ta belle-sœur, et toutes ces vaches que ton père s'obstine à garder ! S'il en vendait une à Thomasson le Vieux, il aurait de quoi s'acheter des grains...

— Ne dis jamais ça devant lui ! Ce serait la pire des humiliations que d'aller voir ce bourgeois qui abuse des marcaires.

A travers la cloison de bois qui séparait le poêle de l'étable, Paulus les avait entendus. Il n'en revenait pas de l'audace de sa belle-sœur. De quel droit se mêlait-elle ainsi de leurs affaires et surtout de leur bétail ? Comment pouvait-elle qualifier Marion et lui-même de bouches à nourrir ? Pourquoi pas de bouches inutiles ? Ils accomplissaient tous les deux la même part de travail et Paulus, tout cadet qu'il était, s'estimait chez lui. Katherine ne l'entendait sans doute pas de la même façon et Paulus s'inquiéta d'autant plus que Nicolas paraissait lâche et indifférent. Il n'avait pas relevé la remarque désobligeante à leur égard comme si elle lui paraissait naturelle. S'il avait réagi à propos de Thomasson le Vieux, c'était uniquement parce qu'il connaissait bien leur père et craignait encore ses colères.

Paulus se remit à balayer entre deux vaches. Leurs hanches et leurs côtes décharnées donnaient à leur peau l'apparence d'une housse jetée sur leur squelette. Emu par leurs yeux noirs, humides et pitoyables, Paulus avait pour chacune d'elles un geste affectueux, grattait leur joue, passait la main sur leur museau. La langue râpeuse y cherchait une trace de nourriture, un reste de la maigre ration de fourrage distribuée le matin. Les pauvres bêtes beuglaient leur faim et Paulus, le cœur déchiré, se promit de leur apporter quelques branches de sapin avant le soir.

Il posa enfin son balai et se rapprocha de Marion qui trayait. Ils s'étaient mariés pratiquement sans se connaître. Ils ne s'étaient pas choisis, mais la vie que leurs pères leur avaient assignée s'était peu à peu colorée de sentiments paisibles et profonds. Paulus aimait sincèrement Marion et appréciait son courage au travail, sa discrétion et sa bonté. Marion avait été à rude école dans son enfance, sa mère étant morte quand elle avait dix ans. L'âpreté du labeur journalier lui paraissait normale et elle n'avait jamais un mot de résistance quand sa belle-sœur la commandait. Elle était la plus jeune, la dernière entrée dans la maison, elle savait qu'elle devait se soumettre. Et malgré les critiques elle gardait le sourire au cœur.

— Pourquoi tu me regardes comme ça? demanda Marion gênée par le regard silencieux de son mari.

— Parce que je t'admire et que tu souris malgré nos malheurs!

— Les beaux jours reviendront et la vie nous paraîtra plus belle!

— Oui, l'été prochain, quand nous serons dans notre grange...

Chaque fois qu'ils étaient seuls, ils parlaient de leurs projets, de la grange qu'ils allaient construire, des enfants qu'ils élèveraient. Leurs rêves leur étaient plus familiers que leurs corps, mais c'est en fiançant leurs pensées qu'ils fondaient leurs plus belles amours. Dans l'ombre tiède de l'étable, le seul endroit de la maison où ils pouvaient être seuls, Paulus et Marion commençaient ainsi à bâtir leur vie sur de solides fondations d'entente et d'harmonie.

Un appel brutal les arracha soudain à leur intimité.

— Tu n'as pas encore fini, Marion ? Va donc puiser de l'eau au lieu de traîner !

C'était sa belle-sœur qui l'interpellait depuis le poêle, la seule pièce chauffée de la grange. Paulus commençait à la trouver odieuse et chuchota à l'oreille de sa femme :

— C'est encore « La Froboussote » !

Marion le regarda avec un léger sourire de connivence. Il avait trouvé depuis peu ce surnom, un sobriquet qui convenait bien à sa froide belle-sœur qui brisait leur tête-à-tête. Ils étaient seuls à le murmurer entre eux, cela les soulageait un peu, c'était leur secret et leur vengeance innocente.

Marion se hâta cependant d'aller dehors et Paulus, réalisant tout à coup que son père n'était pas redescendu du grenier, s'engagea sur l'échelle. Il trouva le vieux Colas Chan Coline affaissé sur une poutre, une épaule appuyée contre la cloison froide. Il ne bougeait pas et regardait fixement devant lui les restes de foin. Alors Paulus eut peur, peur de perdre son père, peur de voir la mort revenir si vite dans leur maison, peur que ne vienne leur tour avant la fin de cet hiver inexorable. Il se précipita vers son père, lui prit la main, l'appela, le secoua. Le vieux sortit de sa torpeur et regarda son fils comme s'il ne le reconnaissait pas.

— Mon père, ne restez pas ici. Il fait froid. Venez dans le poêle !

Le vieux ne dit rien et se laissa emmener par son fils.

En le soutenant sur l'échelle, Paulus fut très étonné de sentir son père aussi frêle qu'un enfant, lui qui avait été un roc et un géant.

Katherine grommela, Paulus installa son père le plus près possible du feu et Marion se hâta de chauffer la soupe de branches de sapin qu'elle agrémenta d'un petit oignon. Le vieux but sa soupe sans un mot, le regard vide, avec des gestes économes et mécaniques. Quand les femmes le mirent au lit, il se laissa faire sans réagir.

Cette situation ne pouvait pas continuer. A vouloir entretenir toutes les vaches, elles périraient l'une après l'autre de faim avant le printemps. Il fallait décider leur père à vendre une bête. Si on lui parlait de Thomasson le Vieux, il se mettrait dans une colère à laquelle il ne survivrait pas. Le tabellion prêterait sans doute de l'argent contre un bout de pré en gage, mais si on ne pouvait pas rembourser, ce pré ferait grand défaut pour la fenaison de l'été prochain.

De chaque côté de la table les deux frères se parlaient sans élever la voix et cette discussion, pour une fois, les rapprochait. Paulus espérait avoir construit sa grange dès l'été suivant et y vivre avec Marion.

— Ce sera mieux ainsi, chacun chez soi.

Les deux fileuses, au coin du feu, la tête baissée sur leur quenouille, ne perdaient pas un mot.

— Il y a bien une solution pour les bêtes, reprit Nicolas.

— Je sais, mais je n'ose pas y penser.

Les deux frères songeaient à la même idée, vendre une vache au Cugnin de Xonrupt. Il se chargerait d'abattre la bête et de vendre la viande.

— Dites-le, mais dites-le donc ! Pourquoi vous ne tuez pas une vache ! éclata Katherine.

— Tais-toi, malheureuse ! souffla Nicolas.

— Pourquoi me tairais-je ? Je ne veux pas crever de faim à côté de toutes ces bêtes. Je sais que le vieux leur a donné en cachette les dernières feuilles de chou. Si vous n'aviez pas cette sacrée fierté et s'il n'était plus là, il y a longtemps que je serais allée vendre une vache à Thomasson le Vieux !

— Fais donc taire ta femme, dit Paulus, si notre père l'entendait !

Plus Nicolas essayait de la raisonner, plus Katherine explosait. Les privations accumulées, le creux douloureux qu'elle avait chaque jour dans l'estomac, l'impatience retenue, l'inquiétude pour son enfant, tout débordait maintenant et la mettait à bout de nerfs.

— Jamais je n'aurais dû quitter le bourg pour vivre dans ce coin perdu ! Vous y vivez comme des sauvages !

— Mais tais-toi donc, la Froboussote ! cria Paulus hors de lui.

Il avait laissé échapper ce sobriquet qui fit à Katherine l'effet d'une gifle. Toute rouge elle laissa tomber sa quenouille et s'effondra en larmes. Dans le calme qui revenait peu à peu, une voix faible appela Paulus depuis la chambre. Le vieux Colas attira son fils vers lui et murmura :

— Va chez le Cugnin. Prends la plus maigre, la plus fatiguée et vas-y.

Paulus serra la main de son père : il savait combien il devait souffrir pour en arriver là. Très vite pour ne pas avoir le temps de penser à ce qu'il faisait, il choisit la vache la plus épuisée, évita en sortant le regard ému de Marion et partit dans la vallée. La neige fraîche avait en partie comblé la frayée. Le froid s'infiltrait dans ses sabots, traversait la fougère et le mordait à travers ses chausses. Paulus avançait rapidement en tirant la vache derrière lui, le cœur serré comme une pierre dans un torrent glacé.

2

La vente de la vache avait apporté un répit temporaire. Paulus était revenu avec une hotte pleine de farine et l'odeur du pain avait ramené la détente dans la maisonnée. Cependant Katherine surveillait du coin de l'œil Paulus et Marion. Chaque fois qu'ils chuchotaient elle tendait l'oreille et les soupçonnait de dire du mal d'elle. Depuis qu'elle savait le vilain surnom qu'ils lui avaient attribué, elle s'acharnait davantage sur la jeune femme.

— Marion, tu n'as pas lavé le cuveau ! Marion, va me chercher de l'eau à la fontaine !

Elle prenait un malin plaisir à lui faire mettre les mains dans l'eau glacée. Elle voulait la pousser à bout, la faire pleurer, et allait jusqu'à rogner sur les tranches de pain qu'elle lui coupait. Marion ramassait les miettes et ne disait rien.

Paulus et sa jeune femme n'avaient que l'étable pour se retrouver et oublier toutes ces tracasseries, mais Katherine avait repéré leur manège et venait maintenant soigner les bêtes.

Avec un soupir Paulus prenait alors sa hache et son manteau et partait vers la forêt couper des branches de sapin. Chaque jour il devait aller plus loin pour trouver un jeune arbre. Il choisissait de préférence les épicéas aux aiguilles plus touffues et revenait avec sa récolte de branchage, la dernière nourriture des vaches affamées.

Un matin, alors qu'il était au bois, des bruits de voix étrangères l'alertèrent. Aussitôt il pensa aux larcins qui se multipliaient depuis le début de l'hiver. On ne comptait plus les pains et les pourpoints dérobés. Les marcaires fermaient soigneusement leurs portes, mais des vagabonds transis ou des jeunes gens affamés parvenaient toujours à forcer les serrures et à fracturer les coffres. Soucieux de voir sa famille attaquée par quelques larrons, il se hâta de regagner la grange.

Ce qu'il découvrit en franchissant le seuil du poêle le frappa de stupeur. Trois soldats armés de longues rapières et vêtus de capes grises s'étaient installés à table et réclamaient à boire et à manger. L'un d'eux était marqué d'une affreuse balafre de l'oreille à la joue et les autres étaient édentés. Tous trois avaient le faciès dur et insensible des soldats habitués à satisfaire leur moindre désir en arrachant par la violence ce qu'ils n'obtenaient pas sur-le-champ.

Les deux femmes, terrorisées, se tenaient devant la porte de la chambre, les mains crispées, le visage livide. Nicolas, debout devant les trois hommes de guerre, était visiblement soulagé par le retour de Paulus. Très vite celui-ci comprit leur impuissance en face des trois soldats armés. Il fallait donc les amadouer. Il demanda à Marion d'apporter une boule de pain et du fromage dont les soudards ne firent qu'une bouchée. Ceux-ci en réclamèrent encore et Paulus leur en redonna malgré son désespoir à les voir engloutir sans vergogne ces pains qu'ils consommaient eux-mêmes avec tant de parcimonie, et qui leur avaient coûté une vache. Les deux femmes en ouvraient des yeux exorbités. Le balafré les interpella :

— Venez donc vous asseoir avec nous, belles dames. On n'a jamais laissé une femme dans le besoin, pas vrai vous autres ?

La bouche pleine, les deux bretteurs acquiescèrent de la tête en pouffant de rire. Paulus qui avait entendu parler de ces soldats qui violentaient les femmes entreprit de détourner leur attention en leur apportant un reste d'eau-de-vie qu'ils avalèrent d'un trait. Nicolas copia le manège de son frère, alla chercher leur dernière bouteille d'alcool et les servit largement pendant que Paulus flattait leur vantardise en les questionnant sur leur vie.

La soldatesque commençait à être bien repue. Rotant et détendu, le balafré se présenta sous le nom d'Abraham. Il était le seul à être originaire des environs et expliqua qu'il avait travaillé à Gérardmer à confectionner du charbon de bois. Il s'était engagé dans l'armée lorraine pour éviter la faim et ne le regrettait pas. Dans tous les villages où il passait, il était accueilli à bras ouverts et bien nourri. Les deux autres, Jean de Lay originaire de Nancy et Hannichon l'édenté, un transfuge de Bourgogne, s'étaient engagés dans l'armée pour les mêmes raisons. Tous trois appartenaient à la Compagnie du capitaine de Saint-Paul qui avait participé à la guerre contre les huguenots.

— C'est par chariots entiers qu'on a ramené les huguenotes à Nancy !

— On les a vendues aux enchères publiques comme du bétail, précisa Hannichon, l'air méprisant.

— Une belle affaire pour les maquerelles ! Mais on s'en était bien payé avant, reprit le balafré.

Les deux soudards, gavés et rigoleurs, prenaient plaisir à étaler grossièrement leurs exploits tandis que Jean de Lay, la face imberbe couverte de boutons salaces, se tenait à l'écart, la mine renfrognée.

— Tu n'as pas connu ça, tu es trop jeune, mais tu verras, les femmes sont toutes des ribaudes. C'est juste bon pour prendre son plaisir.

Tout en parlant, Abraham montra une petite bourse d'herbes sèches qu'il portait à la ceinture.

— Et je ne suis pas méchant avec les femmes, même quand j'ai dû les forcer. Je leur donne toujours un peu de ces herbes pour faire passer leur fruit !

Paulus sentait un profond dégoût monter en lui tandis

que Jean de Lay déclarait, pour ne pas être en reste avec ses compagnons :

— A la guerre, on en voit de toutes les façons. Pour vous, dans les montagnes, isolés comme vous êtes, ce ne doit pas être si drôle !

— Penses-tu, reprit Abraham avec un rire gras, ils n'ont pas l'air comme ça, mais ils s'amusent comme ils peuvent. J'ai entendu parler d'un pâtre qui copulait avec sa jument !

Les trois soldats rirent aux éclats en se tapant sur les cuisses et en débitant les plaisanteries les plus infâmes. Paulus n'avait jamais entendu parler des femmes avec un tel mépris. Il était écœuré, mais se contint pour ne pas exciter leur colère. Il continua au contraire à leur parler et eut soudain une heureuse idée.

— Je n'ai pas de vin à vous offrir mais je connais une taverne à Gérardmer qui a toujours un bon petit vin d'Allemagne...

Les yeux des soudards se mirent à briller et Abraham donna le signal du départ. Une fois les trois énergumènes disparus, Paulus poussa un grand soupir de soulagement et dit à son frère :

— Nous venons de jouer un bon tour à Thomasson le Vieux en leur recommandant sa taverne !

La visite inopinée de la soldatesque avait épuisé encore une fois les réserves de pain et de fromage. Paulus et Nicolas durent se résoudre à vendre une deuxième vache et l'hiver s'obstinait dans sa violence. Le vent se mit à souffler, lugubre sous les essies du toit. Il s'infiltrait sous la neige, chuintait entre les planches et soufflait la fumée sur les cendres. Dehors le hurlement des loups se faisait plus pressant. La maison, les idées s'imprégnaient d'air macabre.

Le vieux Colas Chan Coline n'avait plus ouvert la bouche depuis que la vache avait été conduite chez le Cugnin. Il vivotait, mangeait à petites bouchées, ne se levait que pour s'asseoir au coin du feu. Il ne mettait plus les pieds dans l'étable et ne voulait plus voir le foin s'amenuiser dans le grenier. Cet hiver interminable était pour lui le présage d'une sinistre fin de siècle. Obsédé par l'imminence de la mort, il rompit enfin son silence pour dire à son cadet :

— Mon fils, va me chercher le tabellion.

Paulus se rendit aussitôt au village. Il n'était pas revenu chez le sieur Claudel depuis la fameuse obligation de Cheval d'Avril. Une vieille servante l'introduisit dans la chambre qui servait de bureau. Une odeur étrangère y régnait et dominait celle du feu de bois qui veillait dans l'âtre. Tous les murs étaient couverts d'étagères où s'empilaient lourdement des livres et de gros dossiers manuscrits. Sur la table trônaient des plumes, des burettes d'encre, un bloc de cire, un chandelier de cuivre et un paquet de feuilles de papier à grain grossier. L'odeur qui l'intriguait était celle du papier. L'encre devait couler ici comme le lait dans ses cuveaux en période grasse. Tous ces dossiers qui dormaient avaient fini par imprégner la pièce aussi fortement que les vaches dans l'étable.

La plupart de ces dossiers provenaient de l'ancien tabellion Jean Claudel et dataient de quelques décennies. Parmi eux devaient se trouver les lettres patentes du duc de Lorraine qui acensaient les terres de ses ancêtres. Cette pièce était un peu la mémoire de Gérardmer, tout ce qui était important, tout ce qui touchait la terre et la famille, venait s'inscrire dans ces feuilles.

Le tabellion avait gardé de ses études à Nancy la passion des cartes et de la lecture. Il s'était procuré à grand prix une carte des célèbres chanoines géographes de Saint-Dié qui avaient été les premiers au monde à représenter le Nouveau Continent sur une planisphère et qui l'avaient baptisé Amérique en l'honneur d'Americo Vespucci. Celle qui était accrochée au mur représentait le duché de Lorraine avec des montagnes, des petites maisons autour d'un clocher pour symboliser les villages. Quant aux livres, le sire Claudel possédait surtout des livres d'auteurs grecs et latins.

L'univers du tabellion était extraordinaire et excitait la curiosité de Paulus. Que pouvait trouver cet homme dans ces livres ? Comment pouvait-il se plaire au milieu de tant de papier ?

Le bruit de la porte le tira de sa réflexion. Le sire Claudel le salua et le fit asseoir sans cérémonie. Agé de la quarantaine, il était habillé simplement et n'avait rien de commun avec les receveurs et autres officiers de Prévôté qui venaient parfois à Gérardmer. Son pourpoint était seulement plus neuf et son visage plus pâle que les autres Géromois. Quand il regardait les gens, ses yeux avaient une intensité particulière. Son sourire et sa poignée de main nette et franche lui avaient gagné toutes les sympathies et expliquaient en partie le beau nom qu'on lui avait attribué.

Dès que Paulus lui eut parlé de la mystérieuse demande de son père, Claudel le Juste se munit de papier pour le suivre. Les deux silhouettes partirent au pas, Paulus à pied et le tabellion sur son cheval. Le long du chemin, les sapins croulaient sous la neige.

L'abord sympathique et simple du tabellion encouragea Paulus à lui poser les questions qui le tourmentaient. Pourquoi les biens des pauvres allaient-ils au duc de Lorraine ? Pourquoi les sergents laissaient-ils les soldats piller impunément ? Claudel le Juste sourit de la candeur de ses remarques et lui expliqua que le droit de mortemain remontait à la nuit des temps. Il était aussi intangible que les impôts et les Géromois avaient déjà de la chance d'échapper aux corvées et aux obligations de four banal. Quant aux soldats, leurs ravages impunis étaient aussi une tradition éternelle, une compensation aux risques pris dans les batailles.

Paulus l'écouta sans être convaincu et dit son étonnement devant la disproportion des peines infligées pour des larcins que commettaient de pauvres gens affamés.

— Je pense quelquefois à la misère des parents de mon ami Jean Gayé. Si son père volait un pain, il serait enchaîné, fouetté, peut-être banni pendant que les violences des soudards restent impunies !

Claudel le Juste regarda son jeune compagnon de route avec plus d'attention et sa voix se fit plus grave pour exprimer sa propre inquiétude devant les procès qu'il jugeait trop sommaires.

— Un procès n'est parfois qu'une parodie de justice, malheureusement.

— Et ne peut-on rien faire contre un jugement injuste ?

— Il y a des cas où les juges reviennent sur une sentence, si on adresse une requête au duc de Lorraine et si elle est acceptée.

Paulus pensa que s'il avait un jour à soutenir un procès, il consulterait le tabellion. Il ne pourrait pas trouver de meilleur avocat que Claudel le Juste.

A leur arrivée, le vieux Colas Chan Coline expliqua qu'il voulait arranger le partage de ses biens entre ses deux fils.

— Je veux que ce soit fait tout de suite. On ne sait pas ce que nous réserve la Gueuse !

Toute la famille se rassembla en silence autour de la table tandis que le tabellion dépliait sa feuille de papier. Nicolas, sûr de son droit d'aîné sur la maison, attendait tranquillement les décisions du père, Katherine s'impatientait du temps que le tabellion mettait à préparer sa plume. Seuls Paulus et Marion se regardaient avec une certaine inquiétude. Selon les usages lorrains, il n'y avait pas de droit d'aînesse, mais un testament prévoyait habituellement de laisser la maison principale au fils aîné.

Le père commença par recommander son âme à Dieu puis énonça lentement ses volontés. Le bétail qui survivrait à la disette, les meubles et les ustensiles à fromage seraient répartis également entre les deux frères. L'aîné garderait la maison et les terres mais en contrepartie nourrirait son père jusqu'à son dernier jour. Chaque année à la Saint-Nicolas et à la Sainte-Pauline il devrait faire dire une messe pour le repos de l'âme de ses parents.

Quant à Paulus, il recevrait une grande pièce de pré qu'ils avaient dans la vallée.

Paulus écouta le testament de son père sans broncher. Il savait depuis longtemps qu'il aurait à bâtir sa propre grange et aujourd'hui il prenait conscience qu'il n'habitait plus chez son père, mais chez son frère. Un nouveau foyer s'imposait plus que jamais. Pour Nicolas, la vie s'annonçait plus facile. De tout ce qu'il venait d'entendre, seule l'exigence des messes le surprenait.

Le tabellion acheva d'écrire, signa minutieusement en prolongeant ses deux initiales de volutes entrelacées et tendit sa plume au vieux Colas Chan Coline. Celui-ci apposa sa croix en bas du papier, deux traits croisés tout simples qui scellaient définitivement le sort de ses deux fils. Tout semblait terminé lorsque le vieux Colas se ravisa et fit ajouter qu'il cédait spécialement son arquebuse à son fils cadet. Ce n'était pas là un mince cadeau qu'il léguait et Paulus, ému, l'apprécia pleinement. Il savait combien son père en prenait soin. C'était son grand-père, le vieux Chan Coline Xenablaire qui avait donné cette arme à ses parents au moment de leur installation isolée près du lac. Cela devenait ainsi une tradition de transmettre l'arme à celui qui quittait la maison pour fonder sa propre grange à la lisière des bois, faire reculer la forêt sauvage et le domaine des loups, ensemencer un jardin nouveau dans les écarts des montagnes, repousser un peu plus haut la frontière de Gérardmer.

3

Les premières récoltes et les premiers foins étaient encore loin mais on commençait à sortir les vaches qui recherchaient avidement les touffes d'herbe nouvelle en épargnant les jonquilles. Les femmes récoltaient avec minutie tous les pissenlits et en faisaient un légume à chaque repas. Depuis que les ruisseaux de la montagne n'étaient plus prisonniers des glaces, les hommes se risquaient à braconner.

Un matin, alors que Paulus revenait avec quelques truites, il se sentit envahi par une force nouvelle, une lucidité soudaine et rassurante. Tout à coup son avenir lui paraissait plus clair, plus évident, plus sûr. Il ne devait pas attendre plus longtemps les beaux jours pour bâtir sa maison aux Relles Gouttes. La vie était à saisir au vol comme une truite au fil de l'eau. Il y avait tant à faire pour s'installer avant le prochain automne dans la nouvelle répandise et Paulus n'avait pas envie de vivre un nouvel hiver avec Nicolas et la Froboussote.

Depuis son mariage, la disette et le testament de son père, Paulus avait acquis beaucoup de maturité. Ses rêves s'étaient métamorphosés en projets, son ambition s'était incarnée dans cette répandise des Relles Gouttes, dans la nouvelle grange qu'il allait y bâtir. C'était pour lui une nouvelle naissance qui le passionnait. Il voulait monter dès aujourd'hui avec Marion pour choisir l'emplacement de leur maison.

Paulus et Marion cheminèrent côte à côte en silence pendant que s'estompait l'écho des protestations mesquines de Katherine. Lorsqu'ils aperçurent au loin le coteau des Relles Gouttes, une bouffée de délivrance les envahit et ils se prirent par la main.

— Regarde, Marion, comme nous serons bien là-haut !

A mi-côte, ils s'arrêtèrent un instant dans la maison natale de Marion qui appartenait à son frère depuis le décès de leur père. Elle se retrouvait chez elle, à l'aise, heureuse. Devant un rosier sauvage, elle se rappela les petits paniers qu'elle se tressait pour y déposer les « chopéku », ces petits fruits rouges de l'églantier qui représentaient dans ses jeux des pommes ou des œufs. Elle était alors toute petite, c'était avant la mort de sa mère et elle eut des larmes dans les yeux en évoquant ce souvenir.

— Un jour, ma mère m'a surprise avec mes paniers. Elle m'a grondée car elle attendait les premières gelées pour cueillir les chopéku et en faire de la confiture. Je me suis sentie très coupable et je n'ai plus jamais recommencé.

Marion sembla alors plonger très loin dans les racines de son enfance puis ajouta en regardant Paulus d'un air profond :

— Elle avait raison, ma mère, il ne faut pas jouer avec ce qui se mange.

Le soleil du printemps faisait naître de légère taches de rousseur sur les joues de Marion et son visage parut à Paulus encore plus charmant. Attendri par la découverte de Marion enfant et amusé par ses jeux, il regretta soudain de ne pas l'avoir connue dans sa jeunesse.

— Parle-moi encore de toi, Marion, on ne se connaît pas au fond.

Marion rougit légèrement et entraîna son mari vers la lisière de la forêt.

— Tu vois ces noisetiers ? C'est ici que j'ai recueilli un jour un bébé chardonneret.

Marion prit plaisir à raconter comment elle nourrissait l'oisillon avec du lait dans lequel elle écrasait des fourmis. Pour qu'il puisse boire, elle puisait une goutte de liquide avec son doigt et la faisait glisser dans son bec. Ses ongles étaient devenus pour l'oiseau le bec de sa mère.

Paulus écoutait avec émerveillement ce souvenir d'enfance qui dévoilait chez sa femme un trésor de tendresse.

Un autre point rapprochait intimement Paulus et Marion : l'amour de la liberté. Paulus l'avait goûtée sur la chaume de Belbriette, et s'impatientait de la retrouver dans sa répandise. De son côté, Marion qui n'avait que dix ans à la mort de sa mère, avait toujours été autonome pour tenir la maison de son père et elle souffrait profondément d'avoir à se plier aux exigences et aux vexations de sa belle-sœur. Pour eux, la liberté n'était pas dans l'insouciance du papillon mais dans le labeur et le dynamisme de la fourmi. L'indépendance du marcaire n'avait rien à voir avec celle du violoneux. C'était une liberté profonde qui peinait et se cachait sous les efforts et le travail, qui resplendissait dans les résultats, dans une maison dont on était le maître, dans un territoire où l'on était chez soi, dans un bétail dont on était fier, dans les enfants qui prolongeaient cette œuvre. La répandise n'était pas seulement le beau nom des clairières où se répandaient les troupeaux, c'était aussi le berceau de la liberté et le fondement de la justice. La répandise, c'était la faculté pour chaque marcaire de vivre sa vie, de s'enraciner dans sa terre et de s'y perpétuer.

Paulus et Marion s'engagèrent sous les arbres le long d'un étroit sentier où ne passait que le bétail, en été, vers les chaumes. Ils montaient sans parler en enjambant de grosses racines, contournaient des roches, écoutaient le ruisseau des Relles Gouttes qui gargouillait en contrebas. Puis le jour apparut derrière les sapins et ils débouchèrent enfin dans leur répandise. Ce n'était pas une clairière ou une simple pièce de pré, c'était tout un monde qui s'offrait à leur découverte. En cet endroit la montagne semblait prendre un répit avant de continuer son ascension. La répandise était comme une petite vallée réfugiée à peu de distance des sommets, doucement vallonnée et paisible, loin du bourg et des grands chemins. La montagne et la forêt l'entouraient entièrement comme un cirque sauvage et le ruisseau des Relles Gouttes débouchant en cascades la traversait en son milieu.

— On croirait voir la chaume de Belbriette en plus petit ! se réjouit Paulus.

Sa nouvelle terre était en effet une chaume en réduction, elle respirait la liberté des cimes et le secret des sapins. La forêt, les oiseaux et les renards seraient ses voisins. La forêt signifiait aussi l'isolement et la menace des loups, mais il ne redoutait pas la solitude, et les loups lui paraissaient moins dangereux que les bandes de soudards. Cette terre des Relles Gouttes dépassait ses espérances et Marion était ravie de voir son mari si comblé. Ils parcoururent la répandise d'un bout à l'autre en appréciant le terrain, en contournant les creux de joncs et les plaques de neige qui subsistaient aux endroits les plus ombragés. Ici les jonquilles n'étaient encore qu'en bouton mais sur les hauts, la végétation savait rattraper son retard dès la venue des beaux jours. En observant l'orientation de la prairie et la course du soleil, ils tombèrent d'accord sur l'emplacement de leur grange, au-dessus du ruisseau des Relles Gouttes, à l'endroit le mieux exposé. Paulus piqua des branches pour en marquer les angles, avisa un ruisselet dont il pourrait amener l'eau à la fontaine, puis repéra les pierres qu'il pourrait utiliser pour la construction. Marion de son côté ne sortait plus du vaste rectangle que son mari avait délimité. Elle se croyait déjà dans sa grange, voyait la place de l'étable, du poêle et de la chambre, imaginait la fontaine et le four à pain.

La décision de Paulus était prise, dès le lendemain il irait à Tendon solliciter l'aide de Jean Gayé. Dans le même temps il se demanda comment son ami avait supporté la disette et se rappela sa grande indigence.

— Quand je pense qu'il ne connaîtra sans doute jamais notre bonheur. Pourtant il y a tant de forêts à défricher, il y aurait bien une place pour chacun !

— Ou bien il faudrait qu'il épouse une fille de Gérardmer et que son père lui donne un bout de pré.

Paulus acquiesça sans y croire. Les Géromois se mariaient entre eux, les marcaires accordaient la main de leurs filles à des fils d'autres marcaires plutôt qu'à des pâtres ou des manouvriers. N'était-ce pas ce que leurs parents avaient conclu pour eux ? A ce moment-là, Paulus prit conscience de la chance que la vie lui offrait.

4

Plusieurs semaines avaient passé. Paulus travaillait dur à sa maison avec Jean Gayé et Bastien son beau-frère. Ils avaient d'abord emprunté les bœufs du Cugnin pour remonter les pièces de sapin grossièrement équarries, de simples poutres qui se transformaient peu à peu en solives, en entraits, en chevrons, en faîtage. Bientôt, par le miracle de leur assemblage et le soin des charpentiers improvisés, ces rudes produits de la forêt allaient s'anoblir. En voyant la pile de poutres s'élever dans la clairière, Paulus était fier de sa moisson de bois, une récolte d'où jaillirait son bien le plus précieux, sa grange. Partout sous la mince couche d'humus, le granit affleurait en roches multiformes, ventrues, opulentes. La moindre bosse de pierre, apparemment facile à dégager, s'élargissait à sa base et prenait de l'embonpoint. Le temps s'écoulait vite à mettre à jour ainsi l'empreinte oubliée des glaciers. Tenaces et haletants, Paulus et Bastien roulaient ces masses difformes, les retournaient, les alignaient aux emplacements choisis et parvenaient, peu à peu, à élever des murs. Pendant qu'ils exécutaient le travail de force, Jean Gayé taillait les essies pour le toit, une chanson sur les lèvres. Quand Paulus se redressait, le râble douloureux, son ami l'encourageait de quelques mots :

— Ça prend tournure. Ne t'en fais pas, ta maison tiendra mieux sur ses pattes qu'une chèvre sur ses cornes !

Paulus souriait, s'épongeait le front du revers de la main et regardait autour de lui. D'un coup d'œil, il décelait les bosses à effacer, les creux à combler. Le soleil tournait au-dessus de sa tête comme un faucon railleur qui pourchassait les ombres et semblait rire de leurs efforts. Au bout de tant de jours, ils n'avaient creusé au flanc de la montagne qu'une modeste échancrure. Sans prendre le temps de se reposer Paulus se remettait à la tâche.

Ils ne s'arrêtaient que pour déjeuner. Installés au bord de l'eau, sur une roche réchauffée par le soleil, ils sortaient la boule de pain et le fromage, mêlaient leurs bavardages au babillage du ruisseau et percevaient de nouveau le chant des oiseaux du printemps. Dans leurs oreilles, le battement de leur sang peu à peu s'apaisait. Enfin calmes, ils discutaient de plans et de tracés, maugréaient contre une roche qui les retardait, appréciaient le tas d'essies, estimaient le temps nécessaire à achever la préparation du terrain.

Le matin, sur le chemin qui montait aux Relles Gouttes, Paulus et Jean Gayé bavardaient comme naguère à Belbriette. Le garçon des bois de Tendon annonça qu'il fréquentait depuis peu la fille d'un manouvrier de son village. Il voulait l'épouser en automne et avait besoin, pour son mariage, de gagner un peu d'argent. Celui que donnerait Paulus pour les travaux de la maison serait le bienvenu. Il racontait ses espérances, modestes et tranquilles, d'une petite grange, d'une tille de pré loué, de quelques chèvres pour débuter. Paulus était content de l'écouter et avait moins de gêne alors à parler de ses projets, de la tendresse de Marion, des brimades de sa belle-sœur, de leur hâte à s'installer dans leur répandise.

Le soir, lorsqu'ils redescendaient, ils étaient si harassés par leur journée qu'ils ne parlaient plus guère. Pourtant, dès leur arrivée, Paulus se remettait au travail pour aider à bêcher les champs ou à dégager les rigoles du pré. Il essayait ainsi d'alléger la tâche de Marion qui devait, sous les ordres de la Froboussote, porter le bois et les seaux d'eau, sortir le fumier, traire les vaches et bêcher le jardin. Malgré sa grossesse qui mûrissait, Katherine ne lui épargnait aucune peine.

Paulus travaillait jusqu'à nuit noire et se couchait exténué. Il n'avait plus la force de toucher sa femme et s'endormait parfois avant d'avoir pu parler de leur grange. C'était pourtant dans le récit de sa journée, dans le balbutiement de leur maisonnée, que Marion puisait tout son courage. Un bras sur la forte poitrine de son mari, elle aimait sentir sa respiration régulière, se blottissait plus près de lui et appuyait sa tête contre son épaule. Dans le noir, en attendant le sommeil, elle devinait les poutres du plafond. Au-dessus, le grenier, encore vide, attendait les premiers foins.

Le mois de mai s'achevait. Avec le retour d'une certaine douceur les travaux du jardin se multipliaient et l'herbage devenait plus épais. Toute la famille s'en trouvait mieux, sauf le vieux Colas Chan Coline qui continuait à végéter. Il n'arrivait pas à se remettre de l'épuisement de l'hiver, il semblait que le retour d'un nouveau printemps était au-dessus de ses forces. Il ne se préoccupait plus ni de ses murets, ni de son petit champ de lin, ni même de ses vaches. Malgré les beaux jours Colas Chan Coline avait toujours froid. Il n'y avait plus que sa petite-fille Pauline et la construction de la grange qui allumaient encore un peu de vie sur son visage. Le vieux n'avait plus la force de monter aux Relles Gouttes, mais il voulait toujours savoir où en était son cadet. Avec Paulus il revivait un peu sa propre aventure et en lui donnant son arquebuse il lui avait transmis la pioche du pionnier, l'arme et le flambeau des conquérants des nouvelles terres.

Depuis quelques jours le vieux ne quittait plus son lit. Marion lui apportait son écuelle de soupe et lui donnait à boire à la cuillère, mais il laissait couler la soupe dans sa barbe blanche. Le dernier soir de mai, en rentrant des Relles Gouttes, Paulus trouva la maison dans un silence inhabituel, vide et pesant. Toute la famille était rassemblée dans la chambre à la lumière tremblante des chandelles. Colas Chan Coline s'était éteint.

Paulus avait la gorge serrée en entrant dans la pièce où Marion et Katherine, à genoux, priaient. Il se pencha vers son père, regarda ses paupières fermées, sa bouche sèche et plissée, la peau du visage creusée de rides comme une écorce. Ses mains, croisées autour d'un rameau, étaient noueuses comme les racines d'un épicéa qui se serait acharné à pousser sur un rocher. Son père était bien comme un de ces vieux arbres abattus par l'hiver, un de ces géants qui laissent un grand vide à leur place.

Depuis la mort de sa mère et les signes de faiblesse de son père, Paulus aurait dû s'attendre à cette mort, mais il ne voulait pas y penser. C'était un choc si brutal qu'il ne pouvait pas pleurer. Il sentait en lui la forêt se creuser, quelque chose qui s'enfuyait et ne reviendrait jamais plus. Paulus n'avait plus de parents, plus de guide et plus de chef. Lui qui aspirait à la liberté et n'aimait pas être commandé, il se sentait soudain tout désorienté. Le vieux Colas Chan Coline n'était plus. Cette disparition était une étape importante dans sa vie. Paulus allait devoir maintenant assumer entièrement la relève de son père, la conduite de sa vie et de sa famille. Son frère aîné devenait plus encore le chef de cette maison et lui, le cadet, devait accélérer son installation aux Relles Gouttes.

Nicolas avait prévenu les voisins et ceux-ci commençaient à venir, les uns après les autres, pour rendre leur dernier hommage à Colas Chan Coline. En entrant ils adressaient un salut discret à ses deux fils, mais celui qu'ils venaient voir, c'était le vieux maître, digne, honorable et sage. Pour sa sortie du monde, Marion et Katherine l'avaient revêtu de ses habits de fête, des chaussures de son mariage et l'avaient couché sur le plus beau drap de la maison. A ses pieds, entre deux chandelles, Marion avait disposé un bouquet de fleurs des champs.

Les visiteurs apportaient un dernier témoignage de respect et les femmes marmonnaient une prière indistincte. Chacun faisait ensuite une remarque sur la force et le courage du défunt, lui trouvait le visage inaltéré ou évoquait un souvenir d'antan. On ne parlait pas à voix basse mais sur un ton habituel comme si l'on voulait que l'âme du vieux pût les entendre. On se taisait seulement quand un nouveau voisin arrivait, pour le laisser se recueillir. Puis les gens entraient dans le poêle et s'asseyaient autour de la table où Marion leur servait une écuelle de soupe d'orties fumante.

Les allées et venues continuèrent tard dans la nuit. Des gens venaient de l'autre bout du lac et des coteaux voisins, chacun prévenant à son tour une maison plus éloignée. Cette nuit-là, toute la vallée parla de Colas Chan Coline.

Quand Paulus s'était trouvé seul un instant avec Marion, elle lui avait expliqué avec des mots très simples comment son père était mort en paix, pendant la sieste. Elle s'en était aperçue la première, en fin d'après-midi, parce qu'il tardait à se réveiller. Le vieux Colas s'était éteint comme une chandelle arrivée au bout de son suif, sans plainte et sans bruit, sans parole, sans l'appui de personne, comme il avait toujours vécu.

Paulus y repensa en trayant les vaches. Parmi celles qui avaient été les compagnes et le premier souci de son père, il pouvait mieux se recueillir que dans la chambre au milieu du papotage des voisins. Il se rappela avec tristesse l'intérêt que son père portait à sa nouvelle grange, les questions posées la veille encore, sa hâte à savoir son cadet installé. En prenant dans ses mains les pis bien gonflés, en écoutant chanter dans le seau le lait du printemps, le lait du renouveau, il imagina le bonheur qu'aurait eu son père à voir les pauvres bêtes se remettre peu à peu de la famine. Il sentait qu'un marcaire était plus attaché encore à son troupeau qu'à sa terre, qu'il n'avait pas avec elle les mêmes liens que le laboureur. Ce dernier était seul avec sa terre, il la travaillait de ses mains, il en puisait sa nourriture, il tissait avec elle des liens indissolubles par-delà les générations. Le marcaire, lui, ne tirait la vie de sa terre qu'avec l'aide de son bétail, il était avec ses bêtes comme le maître avec ses compagnons. Il les nourrissait et les soignait et en échange elles lui donnaient leur lait et leur chaleur. Le marcaire, sa famille et ses vaches formaient ensemble une communauté aussi indissociable que le laboureur et sa terre. La pâte qu'il travaillait de ses mains, c'était le laitage, et s'il pouvait aller d'une répandise dans une autre sans être dépaysé totalement, c'était que ses bêtes étaient ses vraies racines.

Pendant deux jours et deux nuits la maison ne désemplit pas. On y vit tous les marcaires du bourg, le tabellion Claudel, le jeune coutelier La Rivière et Priam le chaptollier. Il ne manqua que Thomasson le Vieux, mais Paulus en fut rassuré. S'il était venu secouer le rameau bénit sur Colas Chan Coline, comment celui-ci l'aurait-il pris ?

Marion, toujours aussi discrète, renouvelait sans cesse la soupe pendant que Katherine poussait des soupirs pitoyables et s'essuyait les yeux. Comme les soldats avaient vidé l'eau-de-vie des Chan Coline, Bastien apporta de l'esprit-de-framboise que l'on offrait aux hommes. Chacun avait son histoire à raconter, un récit qui souvent faisait rire, surtout quand un vieux remarquait que le défunt l'aurait apprécié lui aussi. La Rivière faillit provoquer un scandale le dernier soir en rapportant une nouvelle de La Bresse. Une jeune femme enceinte depuis peu et seule dans sa grange en montagne avait avorté. Affolée, elle était allée sans cérémonie enterrer son fruit au cimetière. Son mari, par peur du péché, s'en était confié au curé qui avait dû en référer à l'évêque de Toul pour leur obtenir l'absolution.

Le couarôge allait continuer sur cette lancée scabreuse lorsque Marion, si réservée d'habitude, intervint vigoureusement :

— Vous pourriez parler d'autre chose ! Vous savez bien que je suis enceinte et cela peut me porter malheur.

Enfin le troisième matin, on emporta le corps de Colas Chan Coline sur un chariot jusqu'à l'église. Tout Gérardmer vint à la cérémonie et accompagna sa famille jusqu'à la place qui lui était réservée au cimetière, dans un coin bien sec. Le Vieux ne voulait pas avoir, dans l'autre vie, les pieds dans l'eau.

Quelques jours plus tard Jean Gayé emmena le troupeau sur les chaumes et Paulus, désormais seul pour œuvrer à sa maison, descendit au bourg pour se trouver de l'aide. Il questionna en vain les cabaretiers et Priam le chaptollier pour savoir s'ils connaissaient des manouvriers ou des mendiants disposés à travailler. A cette saison tous les hommes valides, jeunes et moins jeunes, étaient employés comme pâtres sur les chaumes ou dans les travaux des champs. Ceux qui n'avaient pas encore trouvé de place étaient partis s'embaucher ailleurs sans attendre et Paulus fut inquiet à l'idée de manquer de main-d'œuvre jusqu'à l'automne. Espérant en dénicher dans les écarts, il marcha longtemps sur les hautes terres. A travers les sapins sombres il distingua enfin des granges alignées dans une vallée étroite et encaissée, en aval de la gorge appelée « Le trou de l'Enfer ». Installés de part et d'autre d'une scierie, les habitants vivaient pauvrement du travail du bois. Ils formaient un petit peuple de bûcherons, de charbonniers et de ramasseurs de champignons, un peuple de besogneux et de nécessiteux. Dans ce pauvre village, il n'y avait même pas de vaches mais seulement quelques chèvres et deux porcs. Paulus rencontra un vieil homme en haillons, occupé à dresser une meule de bûches qu'il allait convertir en charbon de bois. Hirsute, le dos voûté, les mains tremblantes, il avait de quoi faire peur. Pourtant, Paulus ne s'en effraya pas. Jean Gayé lui avait si souvent parlé de la piètre condition des hommes des bois, réduits parfois à ronger les écorces et les bourgeons de sapin, que Paulus avait l'impression de le connaître, ce pauvre charbonnier. Il lui expliqua ce qu'il cherchait et suivit la direction que le vieil homme lui indiqua vers une scierie.

En réalité le bâtiment n'avait rien à voir avec les scieries de Gérardmer. C'était un ancien hangar vermoulu dont les poutres croulaient de vieillesse, les abords étaient envahis par les mauvaises herbes, des troncs semblaient attendre d'être sciés depuis longtemps déjà et on ne voyait ni les traditionnelles piles de planches en train de sécher, ni les bœufs pour traîner le bois.

En approchant, Paulus dut contourner un tapis de joncs spongieux. La rivière devait avoir un petit canal qui n'était plus entretenu et l'humidité faisait pourrir le bâtiment. Dans l'ombre mouillée une silhouette était assise. Il l'appela, mais le bruit du torrent couvrit sa voix. La vallée était si resserrée que, de chaque côté, les grands sapins formaient comme un toit.

Paulus arriva près de l'inconnu et eut un mouvement de recul en reconnaissant le visage boutonneux et imberbe de l'un des trois soudards qui les avaient dépouillés en février. Jean de Lay remarqua son sursaut d'étonnement et s'empressa de lui expliquer que sa compagnie l'avait libéré au printemps, en même temps que ses compagnons dont il s'était séparé. Depuis lors il était en quête de travail en parcourant la région. Sa présence dans un endroit aussi lamentable paraissait étrange. On devait avoir besoin de bras dans les papeteries toutes proches de Cheniménil, dans les tanneries d'Epinal ou dans la tuilerie de Châtel. La plaine chercherait bientôt des moissonneurs, mais ici, au cœur de la forêt, qui pouvait l'employer ? N'avait-il pas à se cacher des sergents ? Pourtant Paulus, malgré toutes ses réticences, avait trop besoin d'aide et l'embaucha pour l'été.

Il ne fit pas un mauvais pari en ramenant chez lui l'ancien soldat. Sans ses compagnons de guerre et sans sa rapière, il était un autre homme, ardent au travail et correct à la maison. Il ne s'adonnait à aucune grivoiserie et paraissait presque gêné du souvenir qu'il avait pu laisser. Les jeunes femmes, d'abord effrayées de le revoir, s'habituèrent peu à peu à sa présence. Il n'était d'ailleurs chez les Chan Coline que pour souper et dormir au grenier.

Marion dont la grossesse avançait ne put accompagner Paulus qu'une fois aux Relles Gouttes et fut stupéfaite devant le grand chambardement de poutres, de pierres, de terre excavée et de gazon arraché. Elle croyait trouver l'esquisse d'une grange et ne découvrait qu'un chantier désordonné qui détonnait avec les rondeurs de la répandise.

Sentant son désappointement, son mari lui montra les roches plates qui allaient soutenir les angles et le faîte du toit, lui fit remarquer toutes les peines surmontées pour aplanir le sol de leur maison et l'assura qu'ils l'habiteraient avant l'hiver. Il restait optimiste mais dans les jours qui suivirent le ciel le démentit par une pluie torrentielle qui colla la terre comme glu et interrompit leur travail.

Au début de juillet ils purent enfin entreprendre le charpentage. Il était de tradition, pour ces granges qui comportaient plus de bois que de pierre, de dresser le toit avant de terminer les murs. Ce travail ne supportant pas de rester inachevé, Paulus demanda le concours de tous ses amis, et engagea, pour porter les charges, des mendiants de l'Aumeraye attirés par un pichet de vin.

Malgré cet afflux de bras bienveillants mais inégaux, l'assemblage de la charpente ne se fit pas sans mal. Pour que les poteaux tiennent bien droit sur les pierres d'angle, Paulus devait s'égosiller, courir partout, surveiller que chaque pieu soit planté correctement. Une fois ces supports étançonnés, il fallait poser les entraits, fixer les solives horizontales et ces pièces de sapin s'ajustaient souvent avec difficulté. Paulus devait crier, se démener, retenir une poutre, en remplacer une autre. Devant ces difficultés et la surveillance constante du maître d'œuvre, les mendiants abandonnèrent le chantier, préférant renoncer à l'appât d'une récompense. L'un d'eux, fléchissant sous le poids d'une poutre, avait craint d'en être écrasé.

— C'était de piètres manouvriers, dit Bastien.

— Des manouvriers ? Tout juste des écornifleurs, des pique-assiette, oui, s'exclama Petitcolas, et aussi adroits avec leurs mains que des cochons avec leur queue !

Pendant plusieurs jours la répandise des Relles Gouttes ne cessa de résonner des coups d'herminette découpant tenons et mortaises, des crissements douloureux des scies, des bruits sourds et entêtés des marteaux qui enfonçaient des chevilles longues et acérées comme des dents de loup.

— Plus haut le chevron, ventre-loup ! criait Petitcolas qui ne lésinait pas sur les jurons.

Le marcaire de Xonrupt, perché sur une poutre horizontale, essayait de saisir la pièce de bois que lui tendait Petitcolas. A l'autre bout de la charpente Paulus craignait de le voir tomber, venait à la rescousse et le travail se poursuivait. Au fur et à mesure de l'assemblage, il vérifiait soigneusement chaque pièce jusqu'au moindre goujon de bois, tel un maître charpentier averti. De la solidité de la charpente dépendait la longévité de sa maison et la sécurité de sa famille. Il fallait qu'elle brave le temps et Paulus ne pouvait tolérer le moindre flottement, le plus petit signe de branlement.

Le soir où ils fixèrent enfin la dernière partie du faîtage, avant de poser les essies, ils s'accordèrent une petite fête. Avec la silhouette de poutres enchevêtrées, la répandise n'était plus tout à fait inhabitée. Petitcolas apporta des gélinottes, Claudon fournit le vin, Paulus le fromage et le pain, Bastien joua de l'épinette et Jean de Lay surprit tout le monde en produisant des airs de musique avec de simples feuilles de la prairie. Dans l'ambiance chaleureuse de cette soirée, au pied de la charpente dont ils étaient si fiers, Paulus et ses amis bavardèrent longtemps sans se préoccuper de la nuit tombante. Petitcolas, poussé par la curiosité, chercha à mieux connaître leur compagnon de travail.

Sur son invite, l'ancien soldat raconta ses campagnes militaires, montra une blessure à la jambe que des Bourguignons lui avaient faite dans une embuscade. Il parla aussi d'une fille de la plaine qui s'était entichée de lui et qui était prête, pour le suivre, à s'engager dans sa compagnie et à porter le tambour.

— Je n'ai pas voulu, elle m'attend, conclut-il d'un ton rêveur.

Paulus qui avait apprécié l'ardeur au travail de Jean

de Lay découvrait en lui une troisième facette toute différente du vantard et du paillard qu'il était avec ses compagnons d'armes. Comment l'ancien soudard qui rudoyait les femmes, pouvait-il avoir une fiancée qui l'attendait ?

— Pourquoi étais-tu entré dans l'armée ? demanda Paulus.

Jean de Lay haussa les épaules avec une mine fataliste.

— Ce que je peux vous dire, c'est que je préfère bâtir des granges comme celle-ci que de les brûler !

— Je n'aurais jamais cru qu'un soldat savait travailler comme toi, reconnut Bastien.

— Et encore moins qu'il pouvait s'attacher à une fille, dit Petitcolas. Toi, tu n'as pas dû faire grand mal à la guerre ! Tu n'as même pas de poil au menton, tu dois être bien jeunot !

Jean de Lay l'admit de bon cœur.

— C'est pour ça qu'à l'armée on m'appelait « Maman Barbe » !

Les quatre Géromois s'amusèrent de ce surnom qui convenait si bien à son visage imberbe et à son tempérament qui n'était décidément pas celui d'un guerrier.

5

Tout l'été Paulus travailla avec acharnement dans sa répandise. Aidé de Maman Barbe et de temps en temps de son beau-frère ou d'un ami, il couvrit le toit de centaines d'essies, acheva les murs de pierre et dressa les cloisons de planches. Il fallait encore bâtir la cheminée, aménager l'intérieur pour rendre la demeure habitable. Même en restant à l'ouvrage jusqu'à nuit noire, il voyait les journées défiler.

Chaque fois qu'une nouvelle plante fleurissait, il sentait l'été se dérouler. Le calendrier des fleurs et des baies de la forêt ne le trompait jamais et pour vivre l'hiver dans sa grange, il devait encore préparer les réserves. Dès la maison couverte, il faucha la répandise et rentra son premier foin dans le grenier tout neuf.

Pendant ce temps, Marion, pourtant proche de sa délivrance, assurait toujours amplement sa part de travail à la maison, tout comme aux champs. Elle regardait parfois avec complicité, au-dessus du muret que Paulus avait autrefois réparé, les fines tiges de lin qui s'ornaient de douces fleurs bleues. Quand leurs fruits seraient mûrs, son enfant lui aussi serait prêt à naître.

Elle était en train justement de cueillir les graines de lin quand elle ressentit les premières douleurs. A chaque élancement elle s'arrêtait, la main crispée sur son ventre et les yeux perdus dans le ciel bleu. Lorsqu'elle voulut rejoindre la grange avec son panier plein des précieuses graines à huile, une crise plus aiguë la courba jusqu'à terre. Accroupie sur le gazon elle mit au monde sa première fille, Barbeline.

Dèjà les fleurs de l'été cédaient la place aux coussins de bruyère quand Paulus acheva d'aligner les jeunes fûts évidés qui devaient amener l'eau à la maison. L'eau se mit à chanter dans le bassin, la cour n'était plus muette, Paulus venait de lui donner sa voix. Par le miracle des tuyaux de bois, l'eau du petit ruisseau se faisait source dans la grange. Avec l'irruption de cette eau bienfaisante et pure, toute la montagne venait faire la causette à la maisonnée.

Le lendemain Paulus laissa Maman Barbe seul à débiter en petit bois le branchage des arbres abattus et descendit chez Noël le maréchal pour chercher les ferrures des portes et fenêtres. Bien avant d'arriver, les coups de marteau résonnaient déjà dans le village, sa porte était grande ouverte et laissait échapper de fortes odeurs de feu. Deux chevaux richement harnachés s'ébrouaient en dégageant une fine vapeur de pelage échauffé. Dans un coin de la pièce, devant le mur noirci par la fumée où l'on distinguait à peine les outils, deux hommes en tenue de ville discutaient. L'un d'eux était le sieur François du Bois, le receveur d'Arches.

Chaque fois qu'il était entré chez le maréchal, Paulus avait ressenti une impression étrange et mystérieuse. La forge était très différente de l'étable ou du poêle du marcaire. Le chaleur animale et les lumières en demi-teintes laissaient la place ici au royaume des contraires, au domaine du feu et de la nuit. Noël était le prêtre du fer et du feu, tout le village avait besoin de lui pour ses bêtes, ses outils, ses maisons, et de tous les métiers du bourg, le sien était sans aucun doute le plus prestigieux. Cependant, Paulus ne lui enviait pas son importance. Il préférait la douceur de ses vaches à la brûlure du feu et la discrétion de son lait à l'éclat du métal.

Noël le maréchal avait terminé de ferrer la monture

du receveur et reprenait avec lui une discussion qui avait dû être interrompue.

— Tous ces larrons, il faudrait les arrêter et les mettre en prison. Les honnêtes gens ne peuvent même plus être tranquilles !

— Le balafré et son compère ont réussi à nous échapper une fois, mais nos sergents sont à leurs trousses.

— Il faut être impitoyable avec eux. On devrait tous les pendre !

Le jeune marcaire apprit ainsi que deux voleurs écumaient les environs. Leur description correspondait en tout point à Abraham le soudard et à son complice Hannichon, les anciens compagnons de guerre de Maman Barbe.

Pendant que le maréchal façonnait ses ferrures, Paulus resta songeur, les yeux fixés sur le fer rouge grésillant et pensa à Maman Barbe. Qu'avait-il à se cacher dans la scierie perdue ? Avait-il lui aussi trempé dans quelques mauvais coups des anciens soldats ? Un même homme pouvait-il être un brigand et quelque temps plus tard un serviteur irréprochable ? Il essayait de retourner ces idées dans sa tête mais le fracas des coups de marteau les rendait confuses. Dans le métal que Noël tenait sur le feu, il entrevit soudain le fer rouge que le bourreau appliquait sur l'épaule des bannis. L'image était si pénible qu'il dut fermer les yeux, sortir de la forge et se laver le regard dans la vue des montagnes. Il avait cru sentir jusqu'à l'odeur de peau brûlée et tout le temps qu'il remonta vers les Relles Gouttes avec son lourd chargement, cette vision inquiétante l'obséda.

Il s'arrêta un instant à l'entrée de sa répandise. Les bras de la hotte lui tiraient les épaules, la côte avait été rude et il soufflait comme une jument. Il n'entendait pas de coups de hache mais seulement quelques sons fluets qui semblaient venir de la grange. Derrière la maison, près d'un respectable tas de bois, assis dans l'herbe au pied du billot, Maman Barbe tenait un jonc percé de trous entre ses doigts et en tirait cette musique discrète, un peu triste. A la vue de son maître, celui-ci sursauta.

— Je me reposais juste un instant. Je n'ai pas arrêté de couper du bois, dit-il en montrant ses mains calleuses.

— Je le sais bien et je le vois au tas de bois, mais quelque chose me préoccupe.

En quelques mots le jeune marcaire mit au courant son serviteur des recherches engagées par la Prévôté pour arrêter Abraham le soudard et Hannichon. Sur ces paroles Maman Barbe blêmit, voulut paraître surpris mais son bafouillage sonnait faux.

— J'en savais rien... J'ai rien fait, moi !

Il s'appuyait gauchement contre le tas de bois, tantôt sur une jambe, tantôt sur l'autre, et courbait le dos comme pour se cacher. Il était plus grand que son maître et son visage à l'ombre du toit apparaissait encore plus sombre aujourd'hui.

— Mais je ne t'accuse pas et je ne vais pas te dénoncer, assura Paulus, soucieux cependant de savoir qui était vraiment cet homme.

Si celui-ci avait voulu le dépouiller, il l'aurait fait depuis longtemps et se serait enfui. S'il restait avec lui à travailler, il ne pouvait pas être un vrai brigand. Perplexe et embarrassé, le jeune marcaire essaya de lire dans les yeux de Maman Barbe, mais son regard éteint ne laissait rien transparaître.

— Parle donc ! De quoi as-tu peur ?

— Si je parle, vous me chasserez !

— Dis toujours, on verra après.

Maman Barbe comprit alors que son maître n'accepterait pas d'être laissé dans l'ignorance. A voix basse il raconta son départ de l'armée avec ses deux anciens compagnons d'armes. Ils avaient très vite épuisé leur maigre bourse, puis s'étaient mis à errer de village en village. Lui-même avait commencé par mendier mais bientôt il avait maraudé sa nourriture comme les autres.

— Chaque fois j'avais peur de me faire prendre. Abraham le Balafré en rigolait et se moquait de moi...

Maman Barbe recommençait à balbutier, labourait avec ses doigts sa chevelure ébouriffée et n'osait plus regarder son maître en face. Enfin il lui avoua qu'un soir il avait suivi ses compères dans une grange. Abraham le soudard avait demandé l'hospitalité pour la nuit, la femme leur avait servi de la soupe, puis l'homme les avait invités à se coucher au grenier. Mais Abraham ne comprenait pas l'hospitalité de la sorte. Il harcela la femme et exigea de l'homme qu'il lui laisse son propre lit. Comme celui-ci refusait, le Balafré sortit brusquement son épée et transperça le mari pendant qu'Hannichon, aussi excité, entraînait la femme hurlante dans un coin.

— Ça s'est passé si vite... Ils étaient fous tous les deux, alors je me suis sauvé...

Paulus comprenait désormais le terrible secret de son serviteur, sa crainte d'être reconnu et sa présence dans la scierie. Il avait dû suivre les autres par faiblesse, par veulerie et il avait été malencontreusement témoin d'un crime. Paulus se rendait compte qu'il cachait un complice, mais il n'avait pas le cœur à le rejeter sur les chemins et résolut de le garder jusqu'à la fin des travaux.

— Ne te fais plus appeler Maman Barbe. C'est un nom qui retient trop l'attention et qui rappelle ton passé. Quand tu partiras, fais-toi appeler Jean des Granges et éloigne-toi le plus possible de cette Prévôté.

En octobre Paulus et Marion purent enfin s'installer aux Relles Gouttes et déménagèrent leurs affaires sur un chariot. Elles se limitaient à bien peu de chose : un matelas de fougère, deux linceuls, un coffre d'habits, trois écuelles de bois, deux tabourets bien usés, deux cuveaux, des formes à fromage et quelques outils. Au second voyage, ils transportèrent la précieuse arquebuse et leur part de récolte du jardin, de grains et de fromages que Katherine avait méticuleusement vérifiée. Nicolas les salua simplement sans un mot particulier et ils laissèrent la maison des Chan Coline avec un certain soulagement.

Paulus n'avait pas de regret de quitter la maison de

son enfance. Malgré le temps maussade et frais, cette montée aux Relles Gouttes avait un charme inhabituel. Au bout de leur chemin, la brume avait envahi la répandise et formait un cocon vaporeux qui voilait la maison. Ainsi enveloppée, la grange semblait flotter de manière irréelle, ses contours étaient flous. Elle s'offrait à eux dans un écrin de rêve, telle une corbeille remplie de promesses. Dans la lueur voilée de ce jour d'octobre ils sentaient qu'ils vivaient un grand jour, un jour de commencement du monde.

— Demain je ferai du pain nouveau, susurra Marion.

La bruine autour d'eux commençait à se faire pluie. La petite Barbeline, surprise par les gouttes d'eau, se mit à pleurer et ils se hâtèrent de rentrer le chargement dans la maison. A l'intérieur, régnait une douce chaleur. Maman Barbe avait allumé le feu dans l'âtre, une pleine marmitée de soupe embaumait d'une odeur sauvage. En installant les meubles, Paulus eut le sentiment que leur maison n'avait été jusqu'à présent qu'une coquille creuse, un nid qui attendait sa première couvée.

Aujourd'hui tout changeait. Un tourbillon de vie parcourait la jeune grange. Déjà les allées et venues de Paulus marquaient les artères principales entre l'étable, la cave et le poêle. Ce dernier, fier de sa chaleur et riche de tant d'animation, se découvrait le cœur de la maison. Toute la grange causait. A la surface de la fontaine flottait la touffe de lycopode cueillie récemment en prévision de l'arrivée des vaches. Lorsque la plante restait au fond de la fontaine, c'était signe de beau temps, mais lorsqu'elle nageait à la surface, la pluie ne tardait pas.

On entendait Marion chantonner en allaitant sa petite Barbeline et Paulus fredonnait lui aussi. Il était si heureux qu'il en avait oublié le secret de Maman Barbe. Celui-ci s'était chargé de préparer la soupe et avait complété le repas par une savoureuse fricassée de russules et de bolets. Avec ces champignons, l'automne était entré dans le foyer, chargé d'images de veillées et de frissons de pluie. Paulus allait bientôt se remettre à creuser des sabots pendant que Marion filerait le lin. L'automne était une belle saison pour commencer une nouvelle existence, une saison propice à donner sa mémoire à la maison vierge de tout souvenir. Les récoltes de cette année avaient été bonnes, les réserves suffisantes, Paulus pouvait affronter l'hiver en toute quiétude. Il avait l'argent prévu pour payer Maman Barbe et Jean Gayé. En allant se coucher, il pensa qu'il ne manquait plus que la chaude compagnie des vaches dans l'étable. Marion avait installé son bébé sur leur couche et se retourna vers son mari. S'abandonnant au bien-être de la nuit, parcourue de désirs furtifs, émue comme la première fois, elle se blottit contre lui. Son ventre frémit sous une caresse inhabituelle et son sein combla l'attente des baisers. La journée s'acheva, pleine et ronde comme un soleil couchant, unissant dans un dernier reflet la jeune Marion et l'ardent charpentier, l'homme du dehors et la femme du dedans.

Paulus avait encore à creuser dans l'étable la rigole à purin, à préparer la litière de fougère, à laver les ustensiles pour la première traite. Il guettait souvent le sentier, tendant l'oreille au moindre bruit, au moindre écho de clochette ou de beuglement. Il avait demandé à Maman Barbe de rester quelques jours de plus pour l'aider à défricher le jardin. En effet, il ne fallait pas attendre la neige pour préparer le coin de terre où Marion sèmerait au printemps les graines de fèves et de poireaux. Dans le pré sauvage au gazon épais, la tâche était rude pour fendre les mottes d'herbe, les arracher, enlever les pierres et aérer cette terre vierge.

Un matin Paulus se réveilla avec la certitude que Jean Gayé allait arriver avec le bétail. Pour l'accueillir il avait placé des collets où il trouva un splendide coq de bruyère, un mâle de trois pieds de long. Avant midi la bête trônait au bout de la table, déjà truffée d'herbes parfumées, d'un oignon, de mie de pain, de genièvre et de brimbelles. En farcissant le coq de baies, Marion avait intensifié son goût sauvage. La bête était prête et attendait pour aller sur le feu l'arrivée du pâtre. L'après-midi était bien avancé quand Marion rejoignit les hommes dans le jardin qui commençait à prendre forme. Les pierres déterrées délimitaient un petit enclos au milieu de la grande prairie. L'ombre de la forêt se rapprochait lorsqu'un son de cloche résonna suivi d'un sifflement strident.

Un tourbillon de folie gagna la répandise, Marion courut dans la maison mettre le coq à cuire, Maman Barbe rangea les outils, Paulus s'élança au-devant de son ami. Ce fut un grand moment d'empoignade et d'embrassade, toute la montagne retentit de cris joyeux. Ce n'était pas de simples retrouvailles ou un retour ordinaire à l'étable d'hiver, mais une vraie cérémonie. Pour la première fois les vaches arrivaient dans la nouvelle grange, apportant leur compagnie et leur richesse. Leur pelage luisait de bonne santé, leurs mamelles regorgeaient du bon lait des chaumes et Paulus, satisfait, les poussa dans l'étable. Elles entraient l'une derrière l'autre par la grande porte, la porte principale, celle qui conduit au poêle. Elles avaient dans la maison la même entrée que la famille dont elles faisaient d'ailleurs partie. Marion les installait avec des paroles accueillantes et des caresses flatteuses.

— Viens la Jolie, tu seras bien ici. Doucement la Brunette !

Pour la première traite, en sentant le lait couler entre ses doigts, Paulus éprouva un grand bonheur. Il retrouvait enfin cette odeur chaude qu'il aimait tant, ce filet onctueux qu'il avait envie de toucher, cette chanson vivante au fond du seau de bois, cette surface blanche, moelleuse et gonflée de bulles heureuses où il aurait bien trempé ses lèvres. Pour ce lait nouveau, il étrennait un seau qui n'avait jamais servi. Le lait coulait entre ses mains comme les grains de blé entre les mains du laboureur, comme la farine entre celles du meunier, comme les pépites entre les doigts du chercheur d'or. Avec le lait jaillissait la richesse. La nouvelle grange était maintenant complète.

Dans le poêle se préparait la suite de la fête et la table de sapin brut n'avait rien à envier à celles des notables ou des tavernes de Gérardmer. Marion l'avait décorée avec deux bouquets de bruyère qu'elle aimait faire sécher pour l'hiver. Les flammes dansantes des chandelles projetaient un luxe de lumière exceptionnel. Le feu dans l'âtre achevait de dorer le coq de bruyère et dans un coin le lait encore tiède se métamorphosait en silence. Toute la pièce embaumait la viande grillée et les aromates choisis par Marion avec minutie. Les effluves charnels des champignons et les odeurs suaves et friandes faisaient attendre avec impatience le début du festin.

Paulus se mit à table avec le sourire d'un maître satisfait. Il invita Jean Gayé sur la huche près de lui pendant que Maman Barbe prenait place sur un tabouret et que Marion leur servait la soupe. Puis Paulus découpa le coq de bruyère au bout de la table. Un nuage d'arômes savoureux se dégagea, envahit les narines et emplit toute la pièce. La croûte de la bête, dorée à point, luisait comme de l'or, la chair était rose et appétissante, la boule de farce, noire de brimbelles, exhalait de son ventre des parfums sauvages. C'était un régal extraordinaire et chacun l'apprécia à sa juste valeur. On en perdait l'envie de parler, on se contentait de déguster, à pleines mains et à grosses bouchées, la chair juteuse et la farce au goût de forêt.

Ils se régalaient et riaient pour un rien. Après la tarte, la ripaille se poursuivit par des plaisanteries et des chansons. Paulus et Jean Gayé entonnèrent ensemble une mélodie des chaumes, fruste et monotone. Marion fredonna d'une voix limpide une émouvante ritournelle et Maman Barbe retrouva dans sa mémoire quelques chants de sa compagnie. Ils étaient légers, vifs, un peu libertins, mais dans l'ambiance de ribote rien ne choquait Marion. On fêtait la nouvelle grange au complet et tout pouvait être inédit, même les chants et les mots. On célébrait le ventre replet, la tête gaie, la huche garnie et le grenier plein à foison. On consacrait les premiers fromages qui allaient naître ici.

Dans la nuit déjà bien avancée, quand Paulus eut mis

le lait caillé dans les formes de bois, la cérémonie ne s'arrêta pas. On fêta l'automne des belles récoltes et la prochaine fertilité qui se préparait sous la terre et dans les granges, pour éclore en un beau printemps. Paulus souhaita aussi à ses deux compagnons de prendre femme et de fonder un foyer comme il avait le bonheur de le faire. Les chandelles étaient déjà courtes, les flammes plus faibles tremblaient au-dessus des boursouflures de cire aux formes étranges. La lumière atténuée et la joie partagée du festin facilitaient les confidences.

Jean Gayé raconta alors une rencontre récente avec un homme encore jeune qui avait partagé avec lui ses derniers jours sur la chaume. Il s'appelait Ydou le Cadet et vivait aussi libre que le milan noir ou le faucon. Originaire d'un village des environs, il avait préféré quitter sa famille plutôt que d'y rester toujours le fils cadet. Il se prêtait çà et là à des travaux occasionnels et se trouvait bien plus heureux que tous les manants attachés à leur terre.

Paulus écoutait attentivement Jean Gayé en se rappelant combien il avait été abusé par Cheval d'Avril qui n'était jamais revenu. Son ami dépeignait de façon élogieuse le garçon compétent, sympathique et érudit qu'était Ydou le Cadet, mais il ne put s'empêcher de dire :

— Cheval d'Avril aussi savait tout !

— Cela n'a rien à voir ! Ydou le Cadet n'a pas cherché à me rouler. Il veut vivre libre simplement...

Jean Gayé hésita un instant puis ajouta rapidement :

— Il va demain s'employer aux vendanges en Allemagne et je pars avec lui.

Devant cette décision inattendue, Paulus resta interdit pendant que le pâtre expliquait qu'il aurait ainsi plus d'argent pour se marier et pourrait peut-être s'acheter une vache. Il pensait retourner chaque automne en Allemagne, en rapporter de petits fûts de vin et les revendre en Lorraine avec profit.

Paulus n'en revenait pas. Jean Gayé, d'habitude si réservé, presque timide n'avait jamais parlé avec un tel enthousiasme, même à l'époque de Belbriette. Le modeste pâtre des bois de Tendon était maintenant convaincu qu'il pourrait améliorer sa situation : Ydou le Cadet avait dû être persuasif et enjôleur.

Paulus, un peu sceptique, questionna davantage son compagnon, le mit en garde contre Ydou le Cadet, mais comprit vite que rien ne ferait changer sa résolution.

— Pourquoi ne l'as-tu pas amené chez nous ce soir ?

— Il a préféré m'attendre à Belbriette. Je le retrouverai là-bas demain matin.

Maman Barbe, resté jusque-là très neutre, annonça soudain qu'il se joindrait à eux. Cette fois Paulus ne l'en détourna pas, c'était pour lui une bonne occasion de s'éloigner de la Prévôté d'Arches et des deux larrons recherchés.

— Je te donnerai ton dû demain matin, lui dit-il à part. Après les vendanges il vaudra mieux que tu repartes directement vers la plaine. Ne reviens pas dans cette Prévôté, on ne sait jamais...

Maman Barbe acquiesça d'un signe et disparut dans l'obscurité du grenier. Avant de rejoindre Marion dans sa chambre, Paulus passa la tête dans l'étable. Toutes ses vaches étaient là, paisibles, avec leur odeur forte et leur chaleur réconfortante.

6

Il y avait déjà trois semaines que Maman Barbe et Jean Gayé étaient partis faire les vendanges. La pluie s'acharnait sur Gérardmer et ruisselait de tous les coteaux, gênant les travaux des champs. Retenu dans sa grange, Paulus s'installait alors près de la fenêtre, un bloc de bois sur les genoux. Il l'avait d'abord dégrossi à la hache et le bout pointu laissait deviner l'ébauche d'un sabot. Il en évidait maintenant l'intérieur avec une cuillère de métal, en gestes réguliers, symétriques, prudents, pour prévenir le moindre coup irréparable. La lame de fer arrondie, telle la proue d'un navire, fendait le tendre bois de bouleau, soulevait des vagues de copeaux et les projetait au sol en rouleaux soudain figés. De temps en temps le marcaire-sabotier soufflait sur son sabot, le plaçait devant le jour pour mieux en observer les défauts, glissait sa main dans le creux et le palpait avec minutie. Avant de reprendre son outil, il regardait un instant l'averse qui tissait un rideau serré sur la trame sombre des sapins. Les fils de pluie s'enchaînaient sans cesse, rapides et obsédants, mais semblaient se perdre avant de toucher le gazon.

— Je ne voudrais pas être dehors par ce temps, dit-il en observant, à travers les voiles de pluie poussés par le vent, l'embouchure de son chemin.

Paulus affectionnait son sentier, aussi jeune que sa grange et qui était son lien avec le bourg. Le chemin jouvenceau gambadait dans la forêt avant de rejoindre plus bas celui de Bastien, plus ancien et plus sage, qui ménageait ses forces en douces courbes savantes, avant de rallier la vallée.

— Ça m'étonnerait qu'on voie quelqu'un aujourd'hui, ajouta-t-il en se retournant vers sa femme.

Marion avait retroussé les manches de sa chemise pour préparer la pâte à pain. Sur un coin de la table elle l'attrapait à pleines mains, l'étirait, la ramenait vers le centre, la roulait, la tapait, la triturait, l'aplatissait. Ses mains poudrées de farine se mêlaient à la pâte, étaient de la pâte, et contrastaient avec ses avant-bras brunis par le soleil. Son visage était auréolé du sourire des jours de pain et doucement elle chantonnait. De Maman Pauline à Marion, Paulus n'avait toujours mangé que du pain de femme et aurait été bien surpris d'apprendre que, dans les villes, travaillaient des hommes boulangers. Il aimait simplement regarder sa femme enfanter le pain et, sans comprendre pourquoi, la trouvait alors plus féminine et plus désirable. Etait-ce le mouvement ferme et rond de ses mains qui éveillait en lui l'écho de nuits actives, de gestes brûlants, de corps arqués ? Etait-ce sa chemise qui le troublait en s'entrouvrant au rythme du pétrissage ? En coulant son regard dans sa gorge blanche, il sentit monter en lui un désir ardent de découvrir ses seins, de les caresser, de les étreindre à leur tour comme une douce pâte.

— Marion, commença-t-il d'une voix brûlante.

Avant même qu'il ait parlé, la jeune femme avait ressenti le feu du regard qui l'enveloppait, la couvait et en même temps la pénétrait. Elle était émue de se sentir aussi désirée. Quelque chose en elle était comme une fleur qui ne demandait qu'à éclore. Elle leva les yeux de la table et rougit brusquement en rencontrant le regard de son mari. Incapable de bouger et se sentant déjà presque nue, elle le vit reposer son sabot, s'approcher d'elle et l'enlacer de ses bras. Elle avait lâché sa pâte et fermé les yeux quand la bouche de Paulus se posa sur ses lèvres avant de glisser dans son cou. Des mains ardentes ouvrirent sa chemise pour cueillir ses seins. Les yeux toujours clos, Marion protesta faiblement :

— La pâte...

— Il faut la laisser reposer ! assura Paulus avec autorité, en entraînant sa femme dans la chambre.

Après l'amour, la petite Barbeline se réveilla. Marion la prit dans ses bras et s'assit au coin du feu pour lui donner le sein, tandis que Paulus reprenait son sabot. Jugeant l'intérieur assez creusé, il se mit à parfaire la forme extérieure avec un couteau. La lame mordait de moins en moins le bois, aplanissait les coups précédents, lissait les arêtes et donnait peu à peu au sabot sa belle forme ronde. L'un et l'autre avaient ainsi repris les gestes de tous les jours, mais il restait entre eux une vapeur d'amour et de connivence. Par des regards très brefs ils demeuraient très proches et leur sourire était une dernière caresse.

Le jour déclinait déjà quand Marion recoucha son enfant et lui fredonna la chanson des bergeronnettes. Soudain des coups retentirent à la porte et Paulus fit entrer trois hommes trempés, leurs chapeaux et leurs manteaux dégoulinant sur le sol. Malgré les visages ruisselants d'eau et les cheveux plaqués par la pluie, il reconnut ses deux compagnons, suivis d'un homme plutôt jovial qui devait être Ydou le Cadet.

— Dans quel état vous êtes ! Venez vite vous sécher !

Marion les débarrassa de leur manteau et de leurs ballots qui, bien qu'abrités avec soin, sentaient le linge mouillé.

— Mais c'est du beau drap et vous avez des chaussures neuves ! La vendange a rapporté, à ce que je vois, s'écria Paulus.

Comme personne ne semblait disposé à lui répondre, il fit asseoir ses trois hôtes, alla chercher son meilleur fromage et ajouta une bûche dans le feu. La chaleur dégagea bientôt un nuage de vapeur au-dessus des vêtements gorgés de pluie. En face du marcaire, les trois hommes avalaient en grandes lampées la soupe que Marion avait, ce jour-là, parfumée à l'esprit de cerfeuil sauvage.

— Ça creuse la montagne, pas vrai ? Depuis quand avez-vous quitté l'Allemagne ? reprit Paulus.

Il s'adressait à Jean Gayé, mais celui-ci ne releva pas les yeux de son écuelle. A sa gauche, Maman Barbe était aussi silencieux et Paulus perçut alors une certaine atmosphère de gêne. Il se tourna vers Ydou le Cadet dont le grand nez busqué touchait presque le fond de sa cuillère.

— Toi aussi, tu as laissé ta langue en Allemagne ?

L'homme qui engouffrait déjà sa deuxième écuelle s'arrêta et lui dit sur un ton très poli, presque trop flatteur :

— La soupe est rudement bonne. On a bien fait de passer ici, merci à vous, noble Chan Coline !

Paulus sourit, surpris par une telle déférence. Ydou le Cadet se sentit en confiance et se mit alors à conter leur aventure. Tous trois avaient parcouru le Val Saint-Grégoire sans trouver un vigneron pour les embaucher. Ils avaient dû descendre jusqu'à Guebwiller et les manouvriers étaient si nombreux cette année, poussés par la disette de l'hiver dernier, que le salaire se trouva forcément diminué.

— On a gagné à peine dix francs chacun, précisa Jean Gayé.

— Et tout ce drap alors ?

Ydou le Cadet fit un clin d'œil et dit très naturellement :

— On s'est débrouillé. Quand on est remonté vers le nord, on a commencé par chaparder du pain et des saucisses. Histoire de se nourrir. Et puis, on a rencontré une belle occasion !

Paulus fronça les sourcils et son regard se durcit. Il avait compris la gêne de ses compagnons. Sous le prétexte de se nourrir, Ydou le Cadet les avait bel et bien entraînés aux larcins.

— Toi aussi ? demanda-t-il à Jean Gayé.

— Il fallait bien manger, répondit le pâtre pour s'excuser.

— Et ces paquets de drap et ces chaussures, c'est aussi pour manger ?

— Non bien sûr... Mais avec ça je vais m'en sortir !

Ce fut encore Ydou le Cadet qui expliqua leur arrivée à Colmar, leur envie devant les maisons cossues et les charrettes comblées de marchandises. Toute la journée ils avaient été dans les rues sans obtenir de travail. Le soir, alors que les ruelles tortueuses n'étaient plus éclairées que par des fenêtres aux verres multicolores, les trois saisonniers étaient passés devant une hôtellerie au luxe provocant. Le portail était ouvert et au milieu de la cour une voiture lourdement chargée semblait les attendre. Ydou le Cadet s'était glissé dans l'ombre des bâtiments en entraînant ses camarades. De la maison venaient des éclats de voix, de la musique et des chants qui paralysaient Jean Gayé. Les deux autres avaient soulevé la bâche, sorti des pièces de drap, et les lui avaient lancées d'autorité.

— C'est bien votre ami qui courait le plus vite. A croire qu'il s'entraîne avec vos vaches !

Paulus n'avait pas le cœur à relever la plaisanterie.

— Mais vous auriez pu vous faire prendre par les gardes !

— C'est pour cela que nous sommes vite revenus en Lorraine malgré la pluie. Les officiers d'Allemagne ne viendront pas nous poursuivre ici et on pourra vendre tranquillement nos draps.

— Personne à Gérardmer ne voudra vous en acheter ! Avec tous les larcins, on pensera tout de suite que vous l'avez dérobé. Et les sergents sont partout en ce moment. Ils ont même réussi à attraper Abraham et Hannichon !

A ces mots Maman Barbe pâlit, mais Ydou le Cadet ne se laissa pas intimider.

— Dès demain matin nous repartirons pour La Bresse. Je trouverai bien à qui les vendre. Je vous ai toujours tirés d'affaire, pas vrai vous autres ? Même quand il a fallu passer les portes de Colmar à la barbe des gardes...

Maman Barbe et Jean Gayé approuvèrent de la tête en silence. Paulus était sidéré de les voir aussi subjugués par Ydou le Cadet. Avec lui, Maman Barbe était retombé dans la facilité du vol et Jean Gayé, son ami de la chaume de Belbriette, qui avait enduré tant de misère sans se laisser tenter, était devenu leur complice et risquait la prison.

Le jeune marcaire essaya longtemps de les raisonner. Il parla de l'habileté des sergents, leur dépeignit l'horreur de la basse-fosse, leur rappela la rigueur de la justice, leur suggéra d'abandonner leur projet en enterrant leur butin. Tout ce qu'il dit fut peine perdue. Ydou le Cadet se moquait de ces avertissements et entendait tirer de son vol un profit rapide.

Une fois seul avec son ami de jeunesse, Paulus l'emmena dans l'étable près des vaches qui les avaient rapprochés si souvent, espérant le séparer de ses mauvaises fréquentations.

— Mais il n'y a plus de risque ici, dit Jean Gayé. Les marchands n'ont sûrement rien vu, la charrette était tellement pleine ! Maintenant que j'ai porté les draps depuis Colmar, autant bénéficier de leur vente.

7

Le lendemain matin, sous un ciel humide, Paulus accompagna ses trois hôtes sur le pas de la porte. Ses dernières tentatives de dissuasion échouèrent devant la forfanterie d'Ydou le Cadet.

— Il n'est pas encore né le sergent qui nous attrapera !

Marion leur donna du pain et du fromage afin qu'ils ne soient pas tentés de voler en chemin. Paulus leur indiqua pour rejoindre La Bresse un sentier détourné par la forêt de Saint-Jacques et salua avec émotion son ami.

— Vous venez ? Vous n'êtes pas pressés d'avoir à la ceinture une belle bourse de pièces d'argent ? leur lança Ydou le Cadet.

Ils partirent sans se retourner et le regard du jeune marcaire se porta sur les chaussures de ses compagnons qui foulaient l'herbe gorgée d'eau. Elles étaient belles et neuves leurs chaussures, elles couvraient la cheville et devaient bien protéger du gazon mouillé et de la boue des chemins détrempés. Pourtant il n'y voyait plus aucune merveille, plus aucun attrait, elles lui évoquaient trop celles des sergents. Il avait l'impression que Maman Barbe et Jean Gayé les traînaient à leurs pieds comme des chaînes. Lui qui avait tant rêvé d'avoir des chaussures, il donnait plus de prix maintenant à ses modestes sabots qui venaient du bois des Relles Gouttes et qui ne le conduiraient pas en prison.

Tandis que la forêt se refermait sur ses anciens compagnons, Paulus resta un long moment le regard fixe, insensible à la pluie qui dégoulinait sur lui, espérant très fort qu'ils seraient assez adroits pour ne pas être arrêtés. Dans la chambre, Marion priait Marie devant une petite croix de bois garnie d'un rameau béni.

Les jours suivants Paulus descendit fréquemment au village, en sabots, sa hotte sur le dos. On ne l'avait jamais tant vu dans le bourg. Il avait toujours un prétexte, une visite à rendre, des fromages à vendre, le Parmentier ou son ami La Rivière à saluer, les ferrures à payer chez le maréchal. On le rencontrait sur tous les sentiers. Il prêtait l'oreille à tous les bavardages, il passait même boire un petit coup au cabaret de la grosse Mougeotte en glanant les nouvelles. Il saluait le marguillier qui balayait l'église, entretenait un bout de causette avec Priam le Chaptollier. La taverne de Thomasson le Vieux était bien le seul endroit où on ne le voyait pas.

Il se tenait ainsi au courant des rumeurs colportées de vallée en vallée, de ces échos qui traînaient comme le brouillard et mettaient quelques jours de plus à monter sur les hauts. Il suivit ainsi le déroulement du procès d'Abraham et d'Hannichon qui commencèrent par nier les méfaits dont on les accusait, mais qui sous la question passèrent à des aveux complets et reconnurent des crimes abominables. Avec horreur les Géromois se répétaient de bouche à oreille les violences qu'Abraham le Balafré avait fait subir à tant de Vosgiennes. Sa spécialité était de guetter le départ des hommes pour attaquer et violenter les femmes dans les maisons isolées. L'ignoble larron avait mutilé à coups de hache une femme du Phény qui lui résistait. Aux enquêteurs qui l'interrogeaient, il avait eu le toupet d'assurer qu'il ne cherchait qu'à leur donner du plaisir. Devant une goujaterie si monstrueuse, on accueillit avec soulagement leur condamnation à mort et leur pendaison.

Paulus était en visite chez le Parmentier quand un marchand drapier de Remiremont leur apprit l'arrestation, à La Bresse, de trois vagabonds. Un Bressaud, intrigué par le chargement de drap qu'ils voulaient lui vendre, avait alerté les sergents. Ils étaient maintenant en prison au château d'Arches et leur interrogatoire avait commencé.

— Comment s'appellent-ils ? demanda Paulus en dissimulant son émotion.

— L'un d'eux correspond au signalement d'un certain Maman Barbe, un complice dénoncé par Abraham le soudard, mais il soutient s'appeler Jean des Granges et on doit convoquer des témoins.

En quittant le Parmentier, Paulus était effondré. Il sortit du village et marcha comme un automate, la tête baissée, perdu dans ses pensées. Ce qu'il avait tant appréhendé depuis quelques jours était hélas arrivé. Ses compagnons étaient au cachot. Ils risquaient tous la pendaison si Maman Barbe était reconnu par des témoins. Loin du bourg, il se mit à parler tout seul :

— J'aurais dû le jeter dehors cet Ydou le Cadet, brûler leur maudit butin ! Mais ce coquin leur faisait miroiter tant d'argent avec ses fameux draps !

Il se rappela les propos trompeurs et l'assurance de ce beau parleur. A l'entendre, un sergent ne pourrait jamais l'arrêter. Il ne craignait pas leurs arquebuses et prétendait les empêcher de tirer rien qu'en pointant son doigt au bout du canon. A chaque avertissement, cette canaille avait une réplique immédiate, un remède infaillible. Mais cela suffisait-il à expliquer la soumission de Maman Barbe et de Jean Gayé ? Paulus en vint à se demander si cet Ydou le Cadet ne les avait pas envoûtés. Il éprouva un long frisson dans le dos à l'idée d'avoir nourri et hébergé un homme qui était peut-être un sorcier. Même une fois rentré aux Relles Gouttes, ni sa grange, ni Marion ne réussirent à lui faire oublier son angoisse.

Tous les gestes qu'il accomplissait ce soir-là lui rappelaient l'infortune de son ami. En remuant la litière des vaches il se demandait si leur couche dans la fosse était supportable. Il regarda par la fenêtre et pensa qu'il n'y avait sans doute pas d'ouverture à leur cachot. Il porta le seau de lait et prit conscience de ses poignets libres, sans chaînes.

Paulus et Marion discutèrent au coin du feu jusque tard dans la nuit.

— Jean Gayé a toujours été honnête, on doit en tenir compte, disait Marion ingénument en travaillant à sa quenouille.

Paulus avait entendu assez d'échos de procès expéditifs pour n'avoir plus d'illusion sur la justice. Les pièces de drap volées constituaient des preuves irréfutables et autorisaient un jugement rapide.

Dans la lumière tremblotante du feu de bois, le visage de Paulus se crispait de plis et d'ombres sévères. Il se taisait maintenant, cherchait comment agir, quels témoignages recueillir, quelle preuve apporter. Avec une pique il retourna la dernière bûche rougeoyante, fit crépiter de nouvelles flammes, gratta les cendres qui fumaient. Il se rappela les paroles de Claudel le Juste et les requêtes qui parfois aboutissaient. Le tabellion accepterait-il d'en rédiger une pour Jean Gayé ? Pour la première fois de sa vie, Paulus se sentit dépendant et regretta de ne pas être capable de préparer cette requête lui-même, de ne savoir ni écrire ni même signer.

— J'irai dès demain chez le tabellion. Il faudra que je le décide à adresser une requête au duc de Lorraine.

— Et tu crois qu'il acceptera ?

— J'espère que oui !... Et si je lui demandais de m'apprendre à écrire ?

La suggestion de son mari était si inattendue et si extravagante que Marion s'esclaffa. Il avait parlé sans réfléchir et en rit aussi, bruyamment. A voir ses mains rêches de marcaire, l'idée qu'elles puissent tenir une plume paraissait saugrenue. Dans le silence de la nuit, un silence vivant de craquements de bois, cette idée s'installa pourtant dans son esprit car c'était la seule manière d'échapper un jour à la dépendance des tabellions.

Paulus fit part de son intention au tabellion Claudel le Juste qui écouta son récit avec une attention bienveillante.

— Vos amis sont dans une situation très grave et même désespérée. Je ne crois pas qu'on puisse les sauver...

— Mais je connais Jean Gayé, c'est un garçon honnête. Personne ne peut se plaindre de sa conduite à Gérardmer, réagit Paulus avec vivacité.

Le tabellion l'interrompit en lui apprenant une information qui aggravait le cas des prisonniers. Pendant que les lieutenants de Prévôt interrogeaient Jean Gayé dans une salle du château, Ydou le Cadet avait réussi à s'évader. Il était monté sur les épaules de Maman Barbe pour ouvrir la grille et se hisser hors de leur fosse. Quand les gardes avaient reconduit Jean Gayé au cachot il ne restait plus que Maman Barbe. Malgré toutes les recherches, Ydou le Cadet restait introuvable. Après une telle évasion, Jean Gayé le miséreux et Maman Barbe au passé si douteux seraient facilement rendus responsables par le prévôt de tous les larcins commis dans la contrée. Que pourrait dire Jean Gayé pour sa défense ? Il était à la merci du prévôt avec les draps trouvés sur lui. Pourtant Paulus ne se découragea pas et pressa le tabellion de secourir son ami, de rédiger une requête à Son Altesse, de susciter des témoignages sur son honnêteté.

— Il faut rétablir la vérité, Jean Gayé est un brave homme, il n'a jamais volé un seul Géromois.

— Il a tout de même participé au vol...

— C'est Ydou le Cadet qui l'a entraîné. Il l'a peut-être ensorcelé ! Je paierai le drap au marchand de Colmar au besoin, en empruntant de l'argent sur une de mes tilles, mais il faut sortir Jean Gayé de prison. Il faut adresser une requête au duc de Lorraine.

Claudel le Juste était touché par l'insistance et la détermination du jeune marcaire. Il souligna pourtant la gravité d'une telle démarche. L'accusation était précise et grave, et son témoignage pouvait être lourd de conséquences. La Prévôté risquait de l'accuser de faux témoignage ou de complicité avec les brigands. En défendant son ami, Paulus engageait sa réputation et l'honneur de sa famille.

— Je ne peux pas laisser condamner mon ami, répondit-il. Il a toujours été près de moi dans les moments difficiles, surtout à l'époque de mon amende. Ce serait trop injuste, on n'a pas le droit de le laisser punir à la place d'Ydou le Cadet.

Claudel le Juste admirait sa persévérance et son art de convaincre. Il commençait à croire à la réussite d'une requête bien présentée mais, en juriste expérimenté et prudent, il se méfiait des impulsions trop rapides et lui demanda un délai de réflexion de quelques jours.

A la fin de la semaine Paulus confirma sa détermination et lut dans le regard du tabellion une profonde expression de sympathie et de fierté.

— J'étais sûr que vous reviendriez. Alors on la rédige cette requête ? C'est décidé ?

Il posa devant lui une grande feuille de papier aux bords un peu fripés, prit sa plume et resta un certain temps indécis, la pointe en l'air et les yeux vagues. Sur le papier vierge le premier mot semblait aussi difficile à poser que le premier coup de hache dans le tronc d'un sapin. C'est que Claudel le Juste devait rédiger aujourd'hui une requête inhabituelle. Pourtant il avait déjà écrit des suppliques au duc de Lorraine à la demande du maire de Gérardmer pour faire diminuer le loyer des chaumes dans les années de disette ou de cherté du sel. Cette fois sa requête devait être une vraie plaidoirie. L'enjeu en était la vie d'un honnête vacher, entraîné par hasard ou étourderie dans une aventure fatale. Pour chercher des arguments, il se remémorait ses études lointaines chez l'avocat de Nancy, les formules apprises par cœur, les phrases qu'il avait appréciées dans l'œuvre de Cicéron.

Paulus respectait le silence et observait plus attentivement le tabellion, se demandant quels trésors de savoir pouvaient se cacher derrière son front plissé et son visage concentré. Il s'aperçut soudain que Claudel le Juste avait des cheveux blancs, une expression vieillie et lasse. Il se rappela que ses trois fils étaient encore des enfants, loin de pouvoir lui succéder dans sa charge. Qu'arriverait-il si un autre tabellion, moins humain, venait à s'installer à Gérardmer ?

Le tabellion se leva, marcha de long en large devant ses livres pour mieux réfléchir. Ses lèvres remuaient, mais il n'en sortait pas un mot, son regard parcourait la pièce mais ne la voyait pas. Imaginait-il le triste cachot, la Cour des magistrats, la salle des procès ? Enfin il se rassit, traça une première lettre enjolivée d'une arabesque, puis un mot, une ligne. Les idées affluaient maintenant sous sa main, la plume courait nerveusement sur le papier pelucheux, on n'entendait plus que son grattement opiniâtre et, par la fenêtre, le grondement assourdi du torrent de Forgoutte. Au fur et à mesure que Claudel le Juste écrivait, Paulus sentait le calme revenir en lui. Avec les effluves du papier, c'était toute la sagesse de l'écriture, toute l'assurance des actes notariaux et des écrits ancestraux qui le pénétraient. En retenant son souffle, il se soulevait imperceptiblement sur son tabouret pour mieux observer le ballet de la plume sur le papier. Sous cette danse merveilleuse par la pensée du tabellion, la requête prenait corps, le salut de son ami lui semblait déjà assuré.

Quand le tabellion eut terminé d'écrire, il lut la requête à voix haute, debout derrière sa table comme s'il plaidait devant un tribunal.

« Votre pauvre et obéissant Paulus Chan Coline, manant et habitant de Gérardmer Prévôté d'Arches, remontre en toute humilité qu'étant à la garde du bétail de son père sur la chaume de Belbriette, il connut Jean Gayé, fils du feu Jean Gayé de Laveline-du-Houx, au ban de Tendon, dès sa jeunesse délaissé de son dit père et menant à la pâture le bétail d'un marcaire de Longemer. »

Paulus s'était instinctivement levé lui aussi pour

écouter la lecture de la supplique, ému par le ton solennel de Claudel le Juste.

« Le dit Jean Gayé a jusques ici entièrement satisfait les marcaires, au service desquels il s'est tellement comporté que personne ne lui saurait rien reprocher de sa vie, icelui ayant signalement subvenu à l'entretien de leurs laitages et fromages, qu'est la cause qu'il vient recourir à Votre Altesse pour supplier Icelle, très humblement et en l'honneur de Dieu, de considérer la supplication et requête suivante. »

Le tabellion rappela dans quelles conditions Jean Gayé s'était trouvé entraîné dans une aventure qu'il n'avait jamais voulue, par la faute d'un brigand dangereux, puis il termina par un appel à la magnanimité du duc de Lorraine.

« Votre Altesse tirera de son geste de pardon un dévouement et un respect encore plus grand de tous Vos sujets, ainsi que toutes leurs prières à Dieu pour Votre santé et Votre prospérité. »

A la fin de la lecture, Paulus félicita Claudel le Juste et lui exprima son désir intense d'apprendre à écrire.

Cette demande surprit d'abord le tabellion. Il avait envie quelquefois de transmettre à quelqu'un son savoir et ses fils étaient trop jeunes encore. Tout à coup, devant ce jeune marcaire sympathique et généreux, il se dit que la providence lui offrait peut-être là l'émule qu'il désirait. Le pouvoir que donnaient l'écriture et la connaissance du droit pourrait-il être en de meilleures mains qu'en celles de ce jeune épris de justice ? Ne montrait-il pas qu'il aurait à cœur de s'en servir pour le bien des Géromois ?

— Je vous instruirai, Paulus, et pas seulement à écrire.

— Je voudrais essayer d'atténuer la peine de Maman Barbe, dit encore Paulus, je n'ai jamais eu à me plaindre de lui, quand il était à mon service.

Le tabellion rédigea une missive plus courte, évoquant le témoignage du marcaire et rappelant que Maman

Barbe avait également servi le duc de Lorraine dans une de ses compagnies.

— Les juges seront peut-être plus indulgents !

Paulus hocha la tête mais c'était son ami des chaumes qui restait au centre de ses pensées.

— Il faudrait que Jean Gayé sache qu'on s'occupe de lui. Je ne pourrais pas le voir ?

Claudel le Juste lui proposa de l'accompagner à Arches pour la Saint-Martin. A cette occasion il devait porter les impôts de Gérardmer au receveur.

Quand Paulus approcha d'Arches en ce jour de la Saint-Martin, il sentit sa gorge se serrer et son assurance l'abandonner peu à peu. Allait-il seulement pouvoir rencontrer son ami ? Claudel le Juste, devinant son anxiété, lui dit :

— Je connais bien le receveur François du Bois. Il nous obtiendra sûrement cette visite.

En arrivant au siège de la Prévôté, pendant que le tabellion allait voir le receveur, Paulus attendit dans une taverne où les gens parlaient encore de l'évasion étonnante d'Ydou le Cadet.

— Il a endormi le garde rien qu'en le fixant dans les yeux.

— Il n'avait qu'une toute petite ficelle pour s'échapper. Il a soufflé dessus et elle est devenue assez longue et forte pour le supporter jusqu'en bas des murailles.

— Il a sauté de la fenêtre du château. Un cheval noir est arrivé sous lui par enchantement et l'a emporté sans laisser de traces.

— C'est un homme incroyable, cet Ydou le Cadet, il n'a peur de rien et se moque des sergents.

— Un homme ? C'est un sorcier à mon avis.

Ecœuré d'entendre vanter l'exploit du larron qui avait fait jeter ses deux compagnons en prison, Paulus sortit de la taverne et monta lentement vers le château. A la différence de Gérardmer, les maisons avaient ici une certaine discipline et s'alignaient le long d'une ruelle empierrée. Le bruit familier d'une enclume de maréchal lui rappela que la petite ville d'Arches était un bourg comme les autres et pas seulement le siège de la Prévôté, le centre de la justice, le lieu où se collectaient les impôts et les amendes. Pourtant en regardant la rue qui montait vers le château, il pensa aux condamnés qui passaient là, le carcan sur les épaules, aux vagabonds qu'on fouettait, aux bannis qu'on marquait au fer rouge d'une croix de Lorraine. Il ne pouvait pas aimer cette ville où le supplice et la mort se donnaient en spectacle à chaque carrefour, et sans le souci de Jean Gayé, il serait déjà reparti vers sa montagne.

Du haut de la ruelle, devant la masse imposante du château, la silhouette du tabellion l'attendait. Paulus fut introduit avec Claudel le Juste dans une salle du château, immense et froide, entre des murs de pierre insensibles et muets. Les fenêtres étroites et fermées par des barreaux n'éclairaient qu'une partie de la pièce. A la limite de l'ombre se dressaient une grande table, des chaises et un tabouret à trois pieds. Au-delà c'était la nuit, une nuit qui paraissait peuplée de formes étranges et lourdes. La grande cheminée était éteinte et l'odeur de cendre froide ajoutait à l'impression de mort qui l'avait saisi dès son entrée.

— C'est la salle des interrogatoires, lui souffla le tabellion.

Paulus imagina en frissonnant le malheureux Jean Gayé en face du prévôt et des adjoints aux regards impitoyables et menaçants. Le tabellion avait froid, lui aussi, dans cette salle sans vie. Il entraîna Paulus vers la fenêtre par où l'on distinguait le mur d'enceinte du château, les tourelles, les gardes qui allaient et venaient sur le chemin de ronde. De la cour en contrebas monta un bruit indistinct, un tumulte de bousculade ponctué du rire épais des sergents. Le jeune marcaire réalisa peu à peu ce qu'étaient les formes étranges entrevues au fond de la salle. Il y avait des tables, des sortes d'échelles et de roues, des chaînes et des poutres en bois. Claudel le Juste lui confirma à l'oreille d'un souffle ému :

— Ce sont les instruments pour la question.

— Vous croyez qu'on l'a fait subir à Jean Gayé ?

— Non, c'est pour faire avouer les grands criminels et les sorcières.

Des pas résonnaient sur les grandes dalles du couloir, la porte s'ouvrit et deux lieutenants entrèrent avec le prisonnier. Dans la pâleur de la salle immense, entre ces murs inhumains qui l'écrasaient, Paulus eut du mal à reconnaître Jean Gayé, tant il avait les traits du visage creusés, les yeux éteints, les habits sales et en loques. Ces deux semaines de prison l'avaient transformé, vieilli, marqué par les souffrances et la faim autant que l'hiver le plus rigoureux. La puanteur de la fosse dans laquelle il croupissait collait à sa peau.

Paulus avait voulu revoir son compagnon mais, en face d'une misère si grande, il ne savait plus que dire. Après un instant de stupeur et de silence, il prononça enfin le nom de son ami, d'une voix cassée par l'émotion et le serra entre ses bras. Quand il le relâcha, Jean Gayé avait des larmes dans les yeux. Ils s'éloignèrent un peu des gardes et Jean Gayé, traînant une chaîne entre ses pieds, raconta sa vie en prison. La fosse était humide, les rats abondaient, l'air était presque irrespirable, il ne voyait le jour que par une petite ouverture au plafond, fermée par une grille. Au début, il pouvait parler avec ses deux compagnons d'infortune. Ydou le Cadet fanfaronnait, prétendant qu'on pouvait s'échapper de ce trou et leur laissait ainsi un peu d'espoir. Mais depuis son évasion, Maman Barbe et lui s'étaient retrouvés seuls, abandonnés et plus maltraités. On ne les emmenait plus aux interrogatoires sans ces chaînes aux pieds, des chaînes froides et lourdes de honte qui l'enserraient comme les questions obstinées du prévôt.

Jean Gayé tremblait devant les interrogatoires où les enquêteurs le harcelaient, le poussaient à reconnaître tous les larcins signalés depuis quelque temps dans les bourgades environnantes. Il résistait, s'entêtait à proclamer son innocence et on le reconduisait dans la fosse. Plusieurs jours s'écoulaient entre chaque interrogatoire, des jours de prostration dans cette prison où l'eau suintait en permanence le long des parois. Maman Barbe restait muet comme lui et ils gardaient la tête en l'air à guetter le moment où les gardes feraient descendre au bout d'une corde la maigre pitance de pain et d'eau.

Paulus écoutait son ami sans l'interrompre, le cœur serré par ce qu'il entrevoyait de ses malheurs.

— Quand ils sont venus me chercher aujourd'hui, j'étais mort de peur. Le prévôt m'avait menacé de me faire subir la question si je n'avouais pas.

Paulus mit sa main sur le bras de son compagnon et lui expliqua sa démarche, la requête rédigée par le tabellion et le témoignage qu'il avait déposé devant le greffier du château.

— Tu n'as plus à craindre la question. Les juges vont reconnaître ton innocence et ils te relâcheront, c'est sûr !

Il le répéta avec tant d'assurance que Jean Gayé commençait à le croire. Une timide lueur d'espoir ranima son regard, son visage accablé se détendit et soudain ses nerfs craquèrent. Le pauvre pâtre de Belbriette à bout de résistance, se mit à sangloter sur l'épaule de son ami. Au milieu de ses lamentations, Paulus le réconfortait de son mieux, l'assurait de son aide. Puis les gardes reconduisirent le prisonnier dans sa fosse et les deux Géromois quittèrent le château. Ils n'avaient pu voir Maman Barbe, chargé d'accusations trop graves depuis que des témoins avaient reconnu en lui le comparse d'Abraham et Hannichon.

La requête devait être transmise par la Prévôté à la Cour de Nancy qui donnait son avis avant que le duc de Lorraine ne prenne sa décision. Pendant ce temps-là Jean Gayé et Maman Barbe restaient en prison. A Gérardmer tout le monde parlait maintenant de cette affaire, on avait d'emblée reconnu l'honnêteté du pâtre et déploré qu'il se soit laissé entraîner dans une telle mésaventure. Presque tous les Géromois souhaitaient son pardon, mais quelques notables soucieux de leurs biens comme Thomasson le Vieux ou quelques moralistes pointilleux prétendaient qu'il devait être puni sans indulgence.

— Qui a volé volera, disait Thibaut le marguillier aux femmes qui sortaient de l'église.

— Il faut bannir tous les voleurs du pays, déclarait à voix forte le vieux Thomasson dans sa taverne.

Les Géromois auraient peut-être pris le parti de ces notables si d'autres personnes n'avaient défendu le pâtre infortuné. Parmi elles se trouvaient le coutelier La Rivière, Priam le chaptollier et le tabellion Claudel le Juste. Des discussions animées éclataient ainsi dans les cabarets et dans les veillées où Jean Gayé était tour à tour banni, pardonné, condamné, de nouveau pardonné. On parlait aussi de Paulus, le fils de Colas Chan Coline, le jeune marcaire qui venait de construire sa grange aux Relles Gouttes. On louait la générosité et la vivacité avec lesquelles il avait porté secours à son ancien compagnon des chaumes.

— Il est allé le voir au château d'Arches !

— Il a même fait rédiger une requête par le tabellion.

— Voilà un homme sur qui ses amis peuvent compter !

— C'est un violent, rappelez-vous comment il a blessé Bonabel le Bressaud, trompettait Thibaut le marguillier.

— Il y a des violents qui sont plus utiles que des mous, répliquait La Rivière qui dominait Thibaut de toute sa tête.

Toujours à l'affût des informations qui pouvaient arriver de la Prévôté, Paulus prenait l'habitude de descendre souvent au village. Les gens le connaissaient davantage, il n'était plus n'importe quel marcaire, il était devenu Paulus. Son nom seul suffisait maintenant à évoquer celui qui défendait jusqu'au bout et de la façon la plus avisée ses amis.

Tout Gérardmer vivait dans l'attente de l'issue du

procès, les uns par amitié pour le pauvre Jean Gayé, les autres en souhaitant que rien n'entrave la marche de la justice. Depuis qu'il venait au bourg et bavardait avec tous, Paulus avait appris à les distinguer, il connaissait maintenant les caractères de chacun et savait de qui se méfier.

Les jours passaient. Paulus souffrait pour ses compagnons et s'inquiétait que le duc de Lorraine n'ait toujours pas donné sa réponse.

— La justice est lente. Rien n'est encore perdu, lui disait Claudel le Juste.

Enfin, la veille de Noël, un officier de la Prévôté apporta la missive au tabellion. Celle-ci, transmise de bouche à oreille, criée d'une maison à l'autre, portée d'un chemin à un sentier voisin, se répandit en tourbillon dans la vallée comme une giboulée de printemps. Le jeune marcaire des Relles Gouttes était en train de couper du bois sous le toit de sa grange quand il vit son beau-frère monter le raidillon. Bastien enfonçait dans la neige, progressait avec peine et lança de très loin la nouvelle qui rebondit en écho dans la répandise.

— Jean est pardonné ! Il est sauvé !

Sans s'attarder Paulus rejoignit le bourg pour connaître les détails du pardon. A son arrivée tout le village était en effervescence. Malgré le froid, les maisons s'étaient vidées. Les habitants se groupaient et piétinaient la haute neige en cercles animés, saluant sur son passage le héros du jour. Acclamé par ses amis, regardé avec curiosité par les vieux Géromois, admiré par des femmes au regard flatteur, Paulus était ivre de joie quand il entra chez le tabellion. Celui-ci avait déplié sur sa table une grande feuille de papier qu'il relisait au maire et au chaptollier. Il s'interrompit aussitôt, salua le jeune marcaire d'un large sourire, l'invita chaleureusement à s'asseoir à la meilleure place et reprit pour lui la lecture de la lettre du duc de Lorraine.

« Charles, par la grâce de Dieu Duc de Calabre, Lorraine, Bar, Gueldres, Marches, Marquis de Pont-à-

Mousson, Comte de Vaudémont, à tous présents et à venir salut. Nous avons reçu l'humble supplication et requête de Jean Gayé, contenant que dès sa jeunesse il aurait toujours servi au village de Gérardmer, au service desquels marcaires il s'est tellement comporté que personne ne lui saurait rien reprocher de sa vie. »

La foule s'était massée à la porte du tabellion et écoutait dans un silence respectueux. Plus tendu que les autres, Paulus regardait avec vénération la feuille de papier qui comblait ses espoirs, un simple papier gris, mince et fragile, couvert de signes et muni d'un cachet de cire.

« Vu les informations reçues, inclinant à la dite supplication, par ces présentes et par notre puissance et autorité souveraine, acquittons et pardonnons Jean Gayé... »

C'était vrai, son ami de Belbriette était sauvé. Paulus regardait le tabellion, l'admirait de savoir ainsi lire et aurait voulu déchiffrer lui-même cette lettre de pardon. Il était très ému tandis que le tabellion poursuivait :

« Restituons à Jean Gayé sa bonne renommée comme auparavant et ses biens non déclarés confisqués, à la charge qu'il tiendra encore prison au pain et à l'eau pour huit jours entiers après la présentation des présentes, imposant au surplus à notre Procureur général des Vosges de laisser le dit Gayé jouir pleinement de cette rémission sans lui donner d'empêchement contraire, car tel est Notre plaisir. »

La dernière précision ravissait Paulus et, à ses yeux, garantissait le retour paisible de Jean Gayé à Gérardmer. Plus personne ne parlerait de sa faute, elle était bien effacée pour toujours. Noël, cette année, allait être une vraie fête et la joie de Paulus était complète. Maman Barbe en effet avait lui aussi sauvé sa tête, grâce au témoignage du marcaire des Relles Gouttes. Il fut seulement battu de verges, marqué à l'épaule droite et banni à perpétuité.

Malgré sa répulsion pour la ville d'Arches, Paulus s'y

rendit la veille de la libération de Jean Gayé avec son plus gros fromage et du bon pain de Marion. Il voulait être devant le château dès la sortie de son ami, le rassasier de bonne chère et de paroles de réconfort, puis le ramener définitivement à Gérardmer.

Il quitta la taverne d'Arches avant le jour et attendit son ami en marchant de long en large devant le château. Il vit le boulanger apporter les pains frais aux officiers, le ciel s'iriser d'or avant le lever du soleil, la sombre muraille peu à peu s'éclaircir. Au petit matin Jean Gayé sortit. Paulus le prit par le bras et l'entraîna hors de la ville. Malgré le froid, ils parleraient mieux à l'abri d'un bosquet que dans l'ambiance bruyante d'un cabaret.

C'est au pied d'un grand charme effeuillé au tronc lisse et gris, que Jean Gayé refusa de le suivre à Gérardmer. Depuis qu'on lui avait appris son pardon, les gardes l'avaient transféré dans un cachot où il était mieux traité et il avait pu réfléchir. Même s'il était pardonné, cela n'effaçait pas la honte qu'il éprouvait, la gêne qu'il aurait devant les Géromois. Il avait trop peur des regards fuyants, des murmures derrière son dos, de tout ce qui lui rappellerait sa faute. Les longues semaines de prison étaient gravées dans son cœur aussi profondément que s'il portait une croix de Lorraine sur l'épaule. La réputation ne se regagnait pas aussi facilement dans les villages de la montagne. Jean Gayé préférait partir dans la plaine, y refaire sa vie, peut-être reviendrait-il un jour dans les Vosges, mais après des années, quand les gens auraient oublié.

Un long chemin reconduisit Paulus solitaire et triste vers Gérardmer. Il avait reçu dans son cœur une pointe qui lui faisait mal, un éclat de granit marqué du nom de Jean Gayé. Il avait été déçu dans son élan d'amitié, il aurait tant voulu continuer à l'aider. Pourtant, en réfléchissant, il réalisait que c'était mieux ainsi. En quittant le pays, en rompant avec son passé, son ami pourrait finalement reconstruire sa vie. La ville d'Arches les avait sans doute à jamais séparés.

En approchant de ses montagnes l'état d'âme de Paulus se revivifia. Il retrouvait ici la continuité, une nouvelle année allait bientôt commencer, les travaux l'appelaient aux Relles Gouttes, sa famille et son bétail avaient besoin de lui. Il se sentit fier de son village et de ses habitants, fier de sa victoire sur la Prévôté, fier d'avoir rendu la liberté à Jean Gayé. Il se reconnaissait dans son village mieux que partout ailleurs. Il l'aimait, il faisait corps avec lui et sa pensée se porta tout naturellement à Claudel le Juste, le Géromois qui lui inspirait la plus grande admiration.

Lorsqu'il traversa enfin Gérardmer, il avait la tête haute et le pas vif. On affluait vers lui pour apprendre la libération de Jean Gayé, on le félicitait de nouveau, on lui offrait à boire. Tout le bourg sortait pour répondre à son amitié. Mais Paulus ne s'attarda pas. Il se dirigea tout droit vers une maison de pierre près du pont de Forgoutte. Là, devant sa porte, le tabellion l'attendait.

III

Les sangliers du Corsaire

1

— Ah ! les peutes bêtes !

L'homme qui venait de lancer cette exclamation s'engageait en ce matin de juin 1607 sur le sentier étroit qui contournait les roches noires, à l'endroit le plus abrupt et le plus sombre du rivage. Il marchait d'un pas impétueux, marmonnant des mots enfiévrés, sans jeter un regard à la surface toute lisse du lac en contrebas. Les cheveux en bataille et le front en sueur, la chemise grise de marcaire rapiécée aux coudes, les sabots déjà limés, il devait approcher la quarantaine comme Paulus. C'était un lointain cousin qui s'appelait Quirin du Cresson, aussi sec que le cul d'un roitelet.

— Sacrées peutes bêtes ! répétait-il d'un ton rageur.

Les hautes branches de sapins se transmettaient un murmure interrogateur. Que pouvait avoir ce paisible marcaire qui passait sa vie entre son champ de seigle et la chaume du Corsaire ? Quelle mouche à miel pouvait l'avoir piqué ?

Les yeux braqués sur le chemin, il traversa vivement le bourg et se dirigea vers la maison la plus riche de Gérardmer, la seule qui était couverte d'une treille de vigne chétive, la seule qui comportait au-dessus de la porte d'entrée, un linteau de pierre gravé de ses initiales et d'une croix de Lorraine. C'était l'hostellerie de Thomasson le Vieux, âgé de plus de soixante ans et devenu maire de

Gérardmer. Par sa forme rectangulaire et son large toit, elle ressemblait aux autres maisons de marcaires, mais son usage était bien différent. Le grenier servait de magasin à grains et l'étable était une écurie pour les clients de la taverne. Celle-ci occupait deux pièces, une première visible de l'extérieur et une autre retirée pour recevoir les clients à l'heure où les ordonnances du duc de Lorraine l'interdisaient. La maison enfin se distinguait par son étage qui comportait des fenêtres étroites, munies de rideaux, éclairant les chambres des clients.

A cette heure matinale il n'y avait personne dans la première salle de la taverne et Quirin du Cresson entra aussitôt dans la seconde où un spectacle inattendu le rendit muet. Thomasson le Vieux, dans son pourpoint antique et son haut-de-chausse décoloré était affaissé sur un banc, adossé contre le mur et les yeux clos. A genoux devant lui, une jeune servante lui lavait les pieds dans un cuveau d'eau chaude. Dans ses belles mains lisses l'image de ces pieds déformés par des cors et des verrues était choquante. Pourtant elle ne semblait pas éprouver de dégoût pour le masser, le frictionner, et Thomasson le Vieux en tirait apparemment beaucoup de plaisir.

Quirin se sentit embarrassé en découvrant ainsi le maire de Gérardmer qui se faisait bichonner par une jeunette. Thomasson le Vieux, sans la moindre gêne, lui demanda simplement ce qui l'amenait. Sous les paupières à peine entrouvertes le regard du vieux était tapi comme celui d'un lynx à l'affût.

Le marcaire expliqua qu'une horde de sangliers avait dévasté une partie de son champ de seigle. Ces maudites bêtes descendaient de la montagne du Corsaire et avaient déjà saccagé plusieurs jardins. Si on n'entreprenait rien pour les arrêter, elles reviendraient et le ruineraient.

— Que veux-tu que j'y fasse ? dit le vieux sur un ton indifférent.

— Vous êtes le maire, je pensais que vous pourriez ordonner une battue pour chasser les sangliers.

Thomasson le Vieux enfila ses pieds dans ses sabots et se redressa en simulant une grande colère.

— Bon sang, vous savez bien que les décrets du duc de Lorraine interdisent la chasse ! Je ne veux pas risquer de lourdes amendes pour quelques ornières dans un pré.

— Des ornières ! Une partie de ma terre est ravagée ! Et si je ne récolte ni seigle ni légumes, ma famille va mourir de faim. Je vous en prie, faites quelque chose !

Le dos courbé, les mains nouées, le regard implorant, Quirin du Cresson ne faisait pas le poids devant l'homme le plus puissant et le plus écouté de Gérardmer, celui qui s'offrait tous les ans le monopole du magasin à sel. On n'entreprenait rien sans sa décision et comme il était avare et prudent, la Communauté laissait les chemins se dégrader et les officiers de la Prévôté multiplier leurs investigations. Certains prétendaient à mots couverts que le maire dénonçait les chasseurs contrevenants pour s'attirer les faveurs de la Prévôté.

Le maire savourait en silence l'angoisse du marcaire. Il faisait semblant de réfléchir et le laissait attendre pour mieux le conduire où il le souhaitait. Enfin il daigna répondre :

— Si tu es vraiment dans le besoin, je te ferai inscrire parmi les mendiants et le chaptollier te donnera du pain. On n'a jamais laissé quelqu'un mourir de faim à Gérardmer.

— Je ne veux pas mendier ma vie. Chassez les sangliers de ma terre et ma récolte sera sauvée !

Thomasson le Vieux prit un ton excédé.

— Je t'ai dit qu'il n'est pas question de faire une chasse. Mais... dis-moi, ta terre... elle te rapporte de bonnes récoltes ?

— Cela dépend des années.

Le vieux rusé prit alors une voix douce et paternelle.

— Je te propose une solution. Puisque ta terre est sur un passage de sangliers, ils reviendront toujours et elle ne vaudra plus rien. Vends-la-moi tout de suite et je te garantis des grains pour toute l'année prochaine.

Le marcaire en resta bouche bée. Jamais il ne se serait attendu à une telle proposition qui était pourtant dans les habitudes machiavéliques de Thomasson le Vieux. Dans un sursaut de fierté, il repoussa l'offre du maire et repartit.

Quand Thomasson le Jeune rentra, son père riait encore dans sa barbe.

— En voilà un qui reviendra bientôt me supplier d'acheter son bout de pré tout saccagé par les sangliers. Il verra alors le prix que je lui en donnerai !

Le même soir à l'autre bout de Gérardmer, dans la répandise des Relles Gouttes, la maison de Paulus s'assoupissait sereine. Marion avait reposé le panier qu'elle tressait, puis couvert le feu. Paulus avait, en bon père attentif, achevé de remettre ses fromages et jeté un dernier regard sur les bêtes. Barbeline, presque jeune fille, s'était endormie en pensant à Clément, le fils aîné d'Odile et de Petitcolas. Depuis longtemps elle avait entendu ses parents projeter de les marier. Nicolas qui voulait déjà imiter son père, songeait à courir sur les chaumes ou à descendre les torrents. Les plus petits, Evon et Dominique que Marion avait mis au monde après deux enfants morts-nés, rêvaient d'images à leur hauteur, de fleurs géantes, d'escargots jaunâtres. Cette nuit-là, leur songe se lova dans le même berceau, dans la douceur du veau fraîchement né dont le pelage roussin était encore humide par endroits.

En douze années la maison de Paulus et Marion s'était enrichie de huches prévoyantes et de coffres bourrés de linge. Elle s'était peuplée d'habitants qui animaient ses jours, elle était bien devenue la maison d'un marcaire et la maison d'un montagnard. Un drame le lui avait rappelé cette nuit quand un lynx avait attrapé un lièvre sous ses volets clos. Tout s'était passé très vite. Seul le chien en retrouverait la trace, à moins que la petite Evon, avec ses yeux fureteurs de fillette curieuse, ne rapporte à sa mère une touffe de poils gris.

Un peu plus tard dans la nuit, le petit Dominique

avait pleuré. Marion s'était levée, lui avait donné le sein. L'enfant avait presque deux ans, mais elle allaitait le plus longtemps possible car il n'y avait rien de meilleur pour ses petits.

Paulus s'était réveillé, il avait pris sa femme calmement comme un nuage enveloppe une montagne, en recouvrant les prés de son long corps humide, en se coulant dans ses répandises avec le souffle d'un baiser, en prenant les sapins entre mille caresses, en débusquant la mousse à l'envers des rochers. Sous les volutes qui roulent et qui affluent, le ciel entier pèse sur la chaume, et l'épouse du zénith aux cheveux de Marie, se fond dans le nuage et dans la volupté.

Dans le chuchotement secret d'après l'amour, la maison troublée par cette nuit pleine et mutine rêvait d'être prise elle aussi. Dans sa longue attente sous les étoiles, son bois, plusieurs fois, avait craqué. Avec l'aube, le soleil réchauffait sa peau d'essies, léchait, indiscret, le pourtour de son toit, enveloppait son corps et jouait avec l'avancée ronde du four à pain avant de la pénétrer par les volets ouverts.

Il y avait ce matin-là un habitant de plus dans la maison. Un jeune homme arrivé la veille de Gerbépal avait dormi dans la grange à foin. C'était le pâtre qui allait emmener tout à l'heure le troupeau de Paulus en haut de la chaume de Saint-Jacques. Il portait un nom de saison, solide et trapu comme lui, sans prétention et terre-à-terre, le nom tout simple de Blaison. Paulus l'avait découvert l'année précédente en revenant du marché de Bruyères. Il avait aimé tout de suite sa poignée franche et l'avait embauché pour garder ses bêtes en attendant que Nicolas soit assez grand.

Après les premières tâches du matin, la grange des Relles Gouttes connut bientôt l'animation des grands jours. Marion lavait à la fontaine tous les ustensiles à fromage, Barbeline et Nicolas l'aidaient de leur mieux, Evon se faisait rabrouer et Blaison chargeait dans une grande hotte ses affaires et ses provisions. Toute la maison vibrait d'appels, de cris d'enfants et de sons de clochettes. Les vaches, sentant la cause de cette agitation, tiraient sur leur corde et surveillaient la porte de leur gros œil morne. Dehors, Paulus avait du mal à calmer sa jument qui n'était pas sortie depuis quelques jours et qui piaffait d'impatience.

— Tout doux, Jonquille, c'est bon, tu vas te promener. Quand nous t'aurons déchargée, là-haut, je te ferai galoper sur la chaume.

A près de quarante ans Paulus était en pleine forme, aussi impétueux et décidé qu'à son arrivée aux Relles Gouttes. Les années avaient passé sur lui sans le changer, les mains usées par le maniement de la hache et de la faux étaient peut-être un peu plus calleuses, le visage un peu plus ridé, mais le regard était aussi vif et le sourire aussi franc. Il y avait dans ses yeux un éclat plus réfléchi, une assurance qu'il ne possédait pas autrefois et que n'avaient pas tous les marcaires, une force mystérieuse que l'âge ne pouvait pas expliquer à lui seul.

Dans ce grand tohu-bohu qui préparait le départ pour les chaumes, une silhouette sombre, courbée par la montée du coteau, entra dans la répandise. C'était le cousin Quirin du Cresson. Malgré les tâches qui l'occupaient, Paulus laissa à Blaison le soin de tenir la jument et s'avança au-devant de son cousin, avec sa manière fruste et gaie de fêter tous ceux qui venaient le voir.

— Quel bon vent t'amène, mon cousin ? Tu vas boire un coup avec nous.

— Je vous dérange, vous partiez...

— Penses-tu, Quirin, nous avons tout le temps. Marion, viens voir qui est là !

Marion était déjà sur le pas de la porte, ses cheveux clairs noués en chignon. L'âge, le travail incessant et les grossesses successives avaient imprimé sur elle plus de traces, mais elle avait gardé son sourire confiant et respirait la tranquille assurance de l'âge des certitudes. Elle ne se posait pas de questions comme Paulus et n'avait jamais eu comme lui des ambitions sociales. Pour elle, son bonheur était tout entier dans cette vie ronde comme une pomme dans cette île des Relles Gouttes, autour de son mari, de sa maison, de ses enfants. Rien d'autre n'avait réellement d'importance. Elle ne comprenait pas toujours ce que Paulus cherchait en descendant au bourg, en discutant avec les commis-jurés du village, en consultant le tabellion, en apprenant à écrire. Elle n'avait pas à chercher, sa vie était toute trouvée. Cela ne l'empêchait pas cependant d'admirer les élans de son mari et d'accueillir avec une joie réelle et sereine les amis qu'il lui ramenait.

Quirin et Paulus s'installèrent sur le banc que réchauffait le soleil du matin. On avait d'ici la meilleure vue du sentier. Le cousin parla d'abord du printemps, de l'été qui s'annonçait beau, du père Chipot qui venait d'avoir une petite fille et l'avait appelée Penthecotte. Enfin seulement il aborda ce qui le préoccupait. Il se lamenta sur les dégâts que provoquaient les sangliers et déplora le refus cynique du maire. Paulus l'écoutait avec attention, mais Quirin prit son silence pour un refus et se mit à le supplier sur un ton pitoyable :

— Je suis désespéré… Il n'y a plus que toi qui puisses m'aider. Tu es mon dernier recours.

— Tu n'as pas besoin de me dire tout ça. Je vais t'aider bien sûr, mais je réfléchis, dit-il pour couper court aux geignements de son cousin.

Depuis qu'il avait sauvé Jean Gayé et, bien que douze ans se soient déjà écoulés, Paulus avait la réputation de défenseur habile et de protecteur des faibles. Au début, les mendiants avaient afflué aux Relles Gouttes et Marion, touchée par leur prière, leur avait donné du pain. Il avait dû y mettre fin en les renvoyant vers le chaptollier qui était chargé de leur venir en aide. Par contre, dès qu'il s'agissait d'une situation excessive ou d'un abus de pouvoir, il intervenait avec intelligence. Ses actions se savaient à Gérardmer et Quirin du Cresson, en montant aux Relles Gouttes, espérait trouver en lui un soutien.

Pour éloigner les sangliers il fallait organiser une

chasse. Or les marcaires importants du village, ceux qui possédaient une arquebuse, n'oseraient pas agir contre la décision du maire. Thomasson le Vieux faisait la loi dans le bourg. La seule personne qui aurait pu contrebalancer son influence, le tabellion Claudel le Juste, était décédé depuis quelques années. Sa veuve s'était remariée avec un notable de Bruyères, un certain Balthazard du Bourg qui exerçait maintenant la charge de tabellion-greffier. Celui-ci s'était vite révélé différent de Claudel le Juste en prenant habilement le parti de Thomasson le Vieux. Il avait adjoint au moulin de sa femme une scierie et une taverne qui avaient fait de lui rapidement le second notable du village. Il était peut-être plus dangereux que Thomasson le Vieux car il ajoutait à la puissance de l'argent la connaissance des lois, l'art de les interpréter selon ses intérêts et le pouvoir mystérieux des écrits.

Paulus savait qu'il ne pourrait jamais s'appuyer sur Balthazard et bénissait Claudel le Juste de lui avoir appris à lire et à écrire, et de l'avoir initié aux lois. Bien sûr, il déchiffrait lentement les textes officiels au style pompeux. Bien sûr, il écrivait maladroitement et, même en s'appliquant, ses lettres étaient irrégulières et le trait mal assuré, mais il ne se laissait plus conter n'importe quoi. Un nouveau Cheval d'Avril ne lui remettrait plus une fausse obligation. Un tabellion mal intentionné ne lui ferait pas croire un décret imaginaire. Paulus était devenu homme à se défendre seul.

Pour chasser la horde il lui fallait cependant trouver d'autres bras et d'autres arquebuses. Qui en dehors de Petitcolas accepterait de le suivre dans une entreprise que les lois, plus encore que les sangliers, rendaient si dangereuse en réservant la chasse aux seigneurs et en l'interdisant aux manants ?

Malgré ce risque, Paulus ne pouvait pas laisser son cousin dans la détresse. Dès qu'il aurait accompagné Blaison sur la chaume, il irait voir ses amis et le lendemain avant l'aube ils seraient chez Quirin du Cresson avec les arquebuses.

Le cousin repartit, les yeux brillants de reconnaissance, ragaillardi par la confiance de Paulus et par ses derniers mots :

— Nous les chasserons, ces maudites bêtes, je te le promets. Nous les bouterons hors des forêts du Corsaire, nous les poursuivrons jusqu'à Vagney s'il le faut, mais elles ne reviendront plus chez toi. Par Paulus, tu auras ta récolte de seigle et de la viande de cochon sauvage en surplus !

Marion, le dos courbé sur son jardin et la petite Evon dans ses jupes n'avait rien perdu de la conversation. La générosité de son mari ne risquait-elle pas de mettre en péril sa propre famille, la douce sécurité de leur foyer ? Sans prétendre contrecarrer ses projets, elle lui dit avec un sourire retenu :

— Tu ne vas pas avoir une amende au moins ?

Paulus rassura sa femme, il n'en parlerait qu'à des amis sûrs.

2

Cette nuit-là Quirin du Cresson avait peu dormi. Vers la mi-nuit, alors que le dernier quartier de lune n'était pas encore levé, il avait cru entendre un bruit, une sorte de piétinement qui lui martelait la tête. Il avait allumé une torche pour faire le tour de son champ. Dans l'obscurité il ne distinguait rien mais croyait sentir la présence de masses sauvages et inquiétantes, tapies dans le pré, attendant son départ pour labourer ses cultures. La lumière vacillante n'éclairait qu'une étroite frange d'herbe autour de lui d'où ressortaient parfois des monticules de gazon. Mais point de sangliers. Le marcaire rentra dans sa grange à moitié rassuré et referma la porte sur le chuchotement insidieux de la forêt. Il sortit encore deux autres fois alors que la lune coulait sur la vallée d'incertains reflets blafards. Les bruits n'existaient que dans sa tête. Les sangliers apparemment ne descendraient pas cette nuit de la forêt du Corsaire.

La nuit aux Relles Gouttes fut elle aussi très animée. Pour une fois qu'on sollicitait Paulus sur un sujet plus drôle que le secours d'un miséreux, il s'en trouvait de très bonne humeur. En chassant les sangliers il se voyait aussi jouer un bon tour à Thomasson le Vieux. Avant de se coucher, il avait préparé méticuleusement sa poudre d'amorçage. Il prélevait par pincées la poix grecque, le gros sel, la rognure de fer et l'étoupe.

— Deux doigts de poudre fine, une pichenette de salpêtre, fredonnait-il sur un air de Saint-Jean.

— Tu en mets du temps, les enfants ne vont pas dormir ! reprochait doucement Marion.

— Du temps ? Je ne tiens pas à ce que ça me saute au nez !

En mélangeant le tout, il entonnait d'une voix plus forte :

« Vous allez voir, les sangliers
Qui voudriez nous attaquer,
Je m'en vais vous arquebuser,
Vous réduire en chair à pâté »

Evon avait passé sa tête par la porte de la chambre, surprise par la gaieté de son père à cette heure incongrue. Paulus avait fait mine de ne pas la voir et, décrochant la majestueuse arquebuse, il avait soudain pointé vers elle son canon gigantesque.

— J'en tiens un ! Un sanglier blanc !

La petite fille s'était sauvée en pleurant et Marion l'avait consolée pendant que Paulus sifflotait en accrochant à sa bandoulière le sac à balles et une réserve de mèches. Il n'était pas un père cette nuit-là mais un homme qui se préparait à la chasse.

Il se releva avec la lune et réveilla toute la maisonnée.

Cette chasse rendait Paulus d'autant plus joyeux qu'elle était pimentée par le risque qu'il prenait en dédaignant les avertissements de Thomasson. Décret ou pas, il se voulait plus rusé que lui.

— Faites attention, lança Marion alors qu'il montait déjà sur sa jument.

— C'est aux sangliers qu'il faut le dire !

Dans la vallée il retrouva Petitcolas et La Rivière, les seuls amis qui avaient accepté de le suivre dans une entreprise si risquée. Pour éviter d'alerter les gens du bourg, ils passèrent par les prés et franchirent le torrent de Forgoutte à gué, dans le méandre où La Rivière avait autrefois gagné son surnom.

Les trois cavaliers arrivèrent au galop chez Quirin du Cresson, les sacs à balles frappant leur poitrine et les chevaux fumant sous le clair de lune. Le cousin de Paulus n'était plus très décidé à les accompagner.

— Je ne sais pas si mon arquebuse va fonctionner. Il y a des années que je ne m'en suis pas servi.

— Tu as donc si peur de la prendre dans la figure ? se moqua La Rivière.

Ils rentrèrent leurs montures dans la grange et suivirent aussitôt Quirin sur le sentier du Corsaire. La lune éclairait très faiblement le sous-bois, mais le cousin connaissait assez le chemin pour s'y retrouver. La Rivière prenait souvent plaisir à l'inquiéter.

— Tu as pris des mèches assez longues au moins ? Et t'as bien mis deux doigts de poudre ?

— Deux doigts ?

Quelques pas plus loin le coutelier reprenait :

— Tu es sûr qu'on va trouver des sangliers ? Tu n'as pas rêvé ?

— Et mes champs labourés ? Je ne les ai pas inventés !

— Tu serais quitte de bêcher l'hiver prochain. A mon avis, tu as tort de te séparer de ces braves bêtes !

A l'approche du Corsaire le sentier s'enfonçait dans les fougères qui leur effleuraient le visage. Quirin peinait pour porter son arme et haletait en maudissant cette végétation dans laquelle se prenait à tout instant le canon interminable. En soufflant il proposa de faire une pause pour préparer leur plan d'attaque.

— On n'a qu'à se cacher et attendre que les sangliers viennent par ici, proposa-t-il. On les tirera quand ils passeront.

— Parce que tu crois les avoir à la course ? dit Paulus. Ma parole, tu t'es jamais servi d'une arquebuse !

Le cousin se renfrogna pendant que les trois autres s'esclaffaient de rire. Enfin ils parvinrent à discuter de leur plan et convinrent de se répartir en deux groupes afin d'avoir plus de chances de débusquer la horde au repos.

Les uns continueraient vers la chaume du Corsaire et les autres rejoindraient l'étang de Mérelle.

— Tu viens avec moi, Petitcolas ? demanda Paulus. On va laisser La Rivière faire équipe avec Quirin.

— Je vois. Tu me laisses le plus doué, constata le coutelier.

— Il connaît bien le coin et t'emmènera facilement à la chaume du haut du Corsaire !

La Rivière partit en longues et solides enjambées, distançant le Quirin essoufflé et maugréant tel un nabot derrière son maître. De leur côté, Paulus et Petitcolas s'enfoncèrent dans l'obscurité d'une sapinière. La forêt se révéla bientôt pleine de pièges, les ronces les accrochaient, les joncs aspiraient leurs chaussures, les rameaux secs craquaient, impromptus. L'oreille tendue au moindre bruit, ils serraient contre eux leurs lourdes arquebuses en évitant d'accrocher des branches.

Le soleil se levait quand ils arrivèrent près de Mérelle. On entendait distinctement la voix du ruisseau qui descendait de l'étang vers le lac de Gérardmer. La lisière était toute proche. Un tableau hallucinant les immobilisa. A quelques toises, des sangliers sortaient de la forêt pour aller boire dans l'étang. Ils comptèrent six bêtes. Ils n'en avaient jamais vu autant et étaient sidérés par le spectacle de ces monstres pesants et obscurs qui grognaient et barbotaient dans la vase. Un sanglier colossal, sans doute le chef de la horde, se roulait, avec un grondement de ventouse, dans la boue qui lui collait aux flancs. D'autres monstres labouraient furieusement de leur groin la terre déjà bouleversée.

— Pourvu qu'ils ne foncent pas sur nous, murmura Petitcolas.

— Il faut qu'on tire ensemble. Quand on aura fait feu la horde se dispersera avant qu'on ait le temps d'armer une seconde fois notre arquebuse.

Au même moment deux silhouettes gesticulaient à l'autre extrémité de la chaume du Corsaire. Quirin se contorsionnait dans l'herbe, empêtré dans sa bandoulière et incapable de poser le bout du très long canon sur le trépied, à deux pas devant lui. La Rivière s'énervait à côté de lui et le bousculait.

— Il faut pas vingt ans pour se préparer ! Coince bien le canon dans la fourchette ! Et tiens ton arquebuse plus fort que ça ! Tu vas voir comme ça recule !

— Je vais jamais y arriver !

— Il faudra bien ! Je veux pas d'une mèche mouillée avec moi. Mets ta poudre d'amorçage maintenant.

Une double explosion retentit alors en provenance de l'étang, aussitôt suivie d'un bruit de galop formidable.

— Vingt diables ! Dépêche-toi, Quirin, allume ta mèche !

Le cousin du Cresson tremblait tellement qu'il n'arrivait pas à battre le silex. La Rivière avait déjà son arme prête mais devait surveiller à la fois l'orée du bois et son compagnon totalement paniqué.

— C'est pas possible ! Qu'est-ce qui m'a foutu un chasseur pareil qui frissonne comme un chien qui chie dur ! Ecarte donc ta tête si tu veux pas prendre toutes les étincelles dans la figure !

Le vacarme grandit, les bêtes débouchèrent sur la chaume et La Rivière ne s'occupa plus de son voisin. Il ajusta à peu près sa visée, éloigna la tête de son arme, abaissa le levier et attendit la détonation qui lui parut mettre une éternité avant de survenir. A travers le nuage de fumée, les étincelles et les petits projectiles qui achevaient de brûler hors du canon, il vit un sanglier sursauter, tourner sur lui-même et retomber pendant que les autres s'enfuyaient vers la forêt. Il allait se ruer vers la bête pour l'achever quand il eut la présence d'esprit de regarder Quirin. Ce dernier n'avait pas encore tiré. Il tremblait toujours et tenait son arquebuse le plus loin possible de lui en regardant terrifié la progression des flammes sur la mèche enfin allumée.

— C'est trop tard ! Arrête !

Mais Quirin abaissa le levier sans réfléchir, le coup

partit, l'arquebuse lui échappa des mains et lui laboura le flanc pendant que la balle s'égarait en l'air.

— T'es pas blessé ? demanda La Rivière vaguement inquiet.

Quirin avait eu plus de peur que de mal. Son visage tout rouge suait à grosses gouttes.

— J'aurais jamais cru !

— Toi alors, tu tires quand il n'y a plus rien à toucher !

La Rivière brandit alors son plus grand couteau et dit à Quirin de le suivre pour achever le sanglier.

— Je pourrai jamais m'approcher.

— T'as vraiment rien dans le ventre ! Viens, tu vas lui tenir la queue.

La bête blessée était secouée de mouvements convulsifs et le pauvre maladroit n'osait pas la toucher.

— Espèce de péteux, tu me le tiens ou tu me le tiens pas ?

Comme Quirin paniquait, La Rivière s'élança sur le colosse et d'un geste violent lui trancha la gorge. Le sang gicla. Après plusieurs soubresauts l'animal retomba dans un épouvantable borborygme.

Bientôt Paulus et Petitcolas les rejoignirent, fiers d'annoncer qu'ils avaient abattu au bord de l'étang le plus gros sanglier du troupeau. Quirin était une loque dans l'herbe, sans force et gémissant au souvenir des monstres que sa frayeur avait multipliés.

— C'était affreux ! Ils étaient plus de vingt !

La Rivière paraissait immense à côté de lui. Les mains rouges de sang, les yeux brûlant d'excitation, il lança à ses amis :

— Vous m'aviez laissé avec un fameux chasseur ! Il tremblait comme une poule qui a vu la buse, il n'a tiré qu'une fois les bêtes disparues. Et j'ai bien failli lui servir de cible !

Quirin du Cresson était cependant si soulagé d'avoir vu fuir les sangliers qu'il endurait de bon cœur tous les quolibets.

— C'est bon, riez toujours ! Pour moi, ce qui compte, c'est d'avoir chassé d'ici ces peutes bêtes.

— Tu peux être tranquille, elles ne reviendront plus dévaster ton jardin.

— S'il en revient d'autres, tu n'auras qu'à nous le dire, on recommencerait bien tous les jours une bonne partie comme celle-là !

Les chasseurs passèrent le reste de la matinée à transporter les deux sangliers, les pattes liées à de fortes branches. Le plus gros pesait bien ses deux cents livres et c'est en chantant qu'ils le descendaient. Ils étaient fiers et Quirin, maintenant rasséréné, était le plus heureux.

— Vous m'avez sauvé, les amis. C'est le plus beau jour de ma vie.

— Je n'ai jamais vu tant de viande, quel festin nous allons faire !

— C'est autre chose que la tendue aux merles ou aux grives...

— Deux sangliers ! Nous allons arroser ça !

Le vent s'était levé, apportant avec lui une petite pluie fine qu'ils ne sentaient pas. Paulus racontait à son cousin pour la quatrième fois la vision inoubliable des monstres qui pataugeaient dans l'étang de Mérelle. Ils terminaient leur deuxième voyage en imaginant déjà le partage de viande et s'assurèrent que personne ne rôdait à proximité. Ils n'avaient plus que quelques enjambées à faire pour être à l'abri et chacun reprenait son souffle avant de repartir, la lourde charge sur l'épaule. Enfin ils déposèrent le fardeau dans la remise contre le premier sanglier et se regardèrent avec des sourires triomphants. Assis sur des tabourets dans l'intimité rassurante de la grange, les quatre chasseurs étaient tout à leur joie d'avoir réussi leur entreprise. Détendus, le verre à la main et trinquant comme le font les marcaires d'Alsace, ils se congratulaient en se remémorant les plus hauts faits de leur journée. Leurs yeux étincelaient déjà d'une ivresse où la ruse et la malice se mêlaient à la satisfaction et à l'esprit-de-framboise. Ils savouraient leur deuxième verre quand la porte s'ouvrit sur le bangard Adam Doridan. Le bel enthousiasme des chasseurs disparut aussitôt, leurs visages euphoriques firent place à des mines catastrophées.

— Une belle chasse en vérité. Voici des bêtes qui ne dépareraient pas la table du prévôt. Mais vous, les drôles, cela va vous coûter cher ! Je n'ai pas besoin de vous rappeler que la chasse est interdite.

Paulus ne perdit pas son sang-froid pour autant et prétendit aussitôt qu'ils étaient dans leur droit.

— Je sais qu'il existe une ordonnance du duc de Lorraine particulière pour les Géromois. Elle autorise par exception à chasser les bêtes sauvages qui dévastent leurs jardins à la seule condition de suspendre au portail de l'église la tête du gibier abattu. C'est ce que nous allons faire de ce pas.

Le bangard vexé se mit en colère en répliquant que c'était une histoire sans fondement, une ancienne permission rendue caduque par les édits plus récents. Il dresserait son procès-verbal quoi qu'en dise Paulus, puis il sortit sans vouloir écouter d'autres explications. Quirin et sa femme se lamentaient, appelaient Dieu à leur secours, maudissaient les sangliers, le bangard, le maire et le prévôt. Petitcolas suggéra de rattraper l'officier de la Prévôté, de lui proposer une part du gibier contre son silence, mais La Rivière le mit en garde.

— Surtout pas ! Cet Adam Doridan est inflexible, tu ne ferais qu'aggraver notre cas.

Seul Paulus gardait son calme et expliquait à ses compagnons comment il comptait se défendre. Petitcolas se méfiait du maire et Quirin effondré se laissa tomber, la tête dans les mains. Il venait de se rappeler qu'il devait payer à Thomasson le Vieux une obligation de cinquante francs.

— Avec l'amende je ne pourrai jamais régler mes dettes, même si la récolte est bonne. Le maire va se rembourser avec ma terre qui est en gage. J'en serai réduit à la mendicité.

Les autres s'efforçaient de le tranquilliser.

— Fais-nous confiance, nous n'aurons pas d'amende à payer. Nous ne t'avons pas sauvé des ravages des sangliers et de la fourberie de Thomasson le Vieux pour te laisser ruiner par un bangard.

Peu à peu la fermeté de ces paroles apaisa Quirin et sa femme.

— Si vous pouviez dire vrai ! dit-elle en soupirant.

— Il faudrait peut-être songer à découper notre gibier si nous voulons exposer les deux têtes avant la nuit.

La Rivière avait apporté avec lui ses meilleurs couteaux et le dépeçage commença. Thomasse posa des planches pour mettre les quartiers de viande découpée. Le sang des bêtes macula bientôt les mains et les couteaux, s'étala sur les planches, pénétra dans la terre battue, s'écoula sous la porte. Toute la pièce s'imprégnait d'odeur sauvage et devenait une boucherie. Les senteurs musquées, la chaleur de la chair serrée des sangliers, et le contrecoup de la peur du bangard baignaient les quatre compagnons dans une ivresse barbare, une sorte de folie qui devait ressembler à celle qui s'emparait des hommes primitifs rapportant dans leur grotte un cerf ou un auroch.

Dans cette ambiance sanguinaire on se mit à raconter des histoires de chasse, des histoires qui prenaient vite le chemin du carnage et des sorcelleries. En détachant la tête d'un des monstres, Quirin du Cresson, comme envoûté par le sang qu'il répandait et par la viande sombre qu'il charcutait à pleines mains, vint à raconter les fameux repas de sabbat où le Malin offrait à ses sorcières de la viande « noire et sans sel ». Dans la nuit d'un jeudi sans lune, elles déchiraient la chair entre leurs vieilles dents déchaussées, se nourrissaient du pouvoir diabolique et buvaient, pour finir, de l'urine de chèvre.

— Tu crois réellement à tout ça ? demandait Paulus.

— Bien sûr, je ne l'invente pas, répliquait son cousin. C'est sûrement une guenoche qui a jeté ces sangliers dans mon champ.

— Au lieu de penser à tes guenoches, tu ferais mieux de chercher celui qui nous a dénoncés !

— On n'a pas besoin de chercher bien loin quand on a un maire si bien avec la Prévôté. Avec ses deniers, il ferait péter le Diable !

Cette pensée affermit Paulus dans sa volonté de compenser l'excès de pouvoir dont abusait Thomasson le Vieux. Il pressa ses compagnons d'achever le partage, chargea la viande et les deux têtes sur un chariot à foin et ils partirent vers Gérardmer.

Leur entrée dans le bourg fit sensation. Les enfants furent les premiers à voir arriver, sur le fond rouge orangé du soleil couchant, les cavaliers aux mines sombres et le chariot surmonté de trophées fantastiques. Ils accouraient pour les toucher, les femmes sortaient devant leur porte, les hommes s'approchaient en demandant les détails de la chasse. Déjà tout le village savait que le bangard les avait surpris et on s'étonnait du calme et de l'audace des chasseurs. Traverser le bourg en plein jour, avec un tel gibier, cela ne s'était jamais vu.

Paulus ne voulut pas s'attarder. En suivant son plan, ils distribuèrent des quartiers de viande aux Géromois qui accouraient, au chaptollier pour les mendiants, aux taverniers pour leurs hôtes, au tabellion Balthazard lui-même, et au curé Vigneron. Ils n'oublièrent aucun notable, pas même Thomasson le Vieux sidéré à qui ils lancèrent à voix haute :

— Tu offriras de notre part un repas de sanglier à nos commis-jurés.

C'était la fête à Gérardmer. Les femmes qui n'osaient croire à cette aubaine inespérée rentraient vite dans leur maison pour cacher leur pièce de gibier. On acclamait les chasseurs, on les remerciait avec effusion pour leur générosité. Thomasson le Vieux avait lancé un regard menaçant et était rentré chez lui en claquant la porte.

Tout le village était en liesse, un cabaretier offrit à boire et on écouta Paulus expliquer pourquoi il n'aurait pas d'amende. Puis ils se dirigèrent en cortège vers l'église pour suspendre, hors de portée des chiens et des renards, les deux têtes de sangliers. Jusque tard dans la soirée, les gens du bourg allaient défiler devant l'église pour admirer les hures énormes aux défenses farouches. Beaucoup ne pouvaient s'empêcher de lever la main pour tâter le poil rugueux et le groin humide qui retournait si furieusement la terre, bien plus facilement qu'ils ne bêchaient leur champ.

Paulus n'arriva qu'à la nuit aux Relles Gouttes. Avec un sourire triomphant il exhiba l'épaule de sanglier qu'il avait gardée pour sa famille.

— Ce sera pour dimanche, tu inviteras Bastien et Nicole.

— Tu pourrais inviter aussi ton frère, dit Marion.

En soupant il raconta sa journée, ses enfants l'écoutaient avec des yeux ronds. Quand il en vint à l'épisode du bangard, Marion frémit d'inquiétude et n'osa pas croire à la belle certitude de son mari.

— Cette fois, tu vas trop loin Paulus, comment paierons-nous l'amende ?

— Nous n'en aurons pas. Ne te fais pas de soucis.

Marion ne pouvait se contenter des arguments de son mari. Il y avait tant de Géromois qui payaient de lourdes amendes et Adam Doridan était réputé pour être le plus intransigeant. La traversée triomphale de Gérardmer, la distribution de la viande et les discours de Paulus ne feraient que le mettre en colère et l'inciter à un procès-verbal encore plus sévère. Impuissante et tourmentée, Marion sortit laver les écuelles à la fontaine et Paulus la rejoignit aussitôt sous le ciel étoilé. Les lèvres de Marion bougeaient imperceptiblement. Il savait que sa femme priait et qu'elle implorerait la Sainte Marie jusqu'à l'issue de cette affaire. Pour apaiser ses tourments, il promit de lui offrir, si son bon droit était reconnu, un petit oratoire en bois avec une statue de la Vierge.

3

Quelques jours après la chasse du Corsaire, Paulus s'était rendu au marché de Bruyères selon son habitude, pour y vendre ses fromages. Il en profitait pour faire ses achats de seigle, d'avoine ou de drap, et pour se tenir au courant des nouvelles de la Prévôté. Aujourd'hui il avait tendu l'oreille avec une attention toute particulière. Les laboureurs parlaient entre eux d'un boulanger soupçonné de vendre des pains qui ne faisaient pas le poids, d'un manouvrier qui devait payer cinq francs pour une simple charretée de bois mort ramassé sans permission, mais à aucun moment il ne fut question d'un procès-verbal de chasse prohibée dans les forêts de Gérardmer.

Sur le chemin du retour, le long des champs de blé vert, le marcaire parlait à sa jument et se remettait à espérer que le bangard ne donnerait pas suite à sa découverte. Il ne pressait pas son trot car il portait sur sa selle un petit baril de vin de Baccarat, un vin trop vert pour son goût mais qu'il avait acheté pour Petitcolas. Après une longue montée il s'écarta du grand chemin pour rejoindre, par un sentier accidenté, la maison de son ami située au cœur de la forêt de Narouel.

Quand il poussa la porte, le baril dans les bras comme un bébé pesant, Paulus s'attendait à être accueilli chaleureusement.

— Voici ton vin, Petitcolas, tu...

Ses paroles s'étranglèrent dans sa gorge. A voir la mine défaite de ses amis quelque chose de grave était sûrement arrivé. Petitcolas, assis près du feu, regardait hébété une marmite d'eau qui fumait, Odile disposait sur la table, d'une main tremblante, toutes sortes d'herbes sèches qui dégageaient des parfums mélangés de menthe et de reine-des-prés. Aucun ne vint comme d'habitude au-devant de lui.

— Que s'est-il passé ? demanda-t-il en posant le baril sur le coin de la table.

Odile si calme d'habitude avait aujourd'hui des gestes saccadés, les yeux gonflés et regarda Paulus en soupirant d'une voix brisée :

— Le malheur est sur nous !

Petitcolas restait muet comme abasourdi devant ces fleurs séchées, ces feuilles de framboisier racornies, ces boules de sorbier rouge, ces petits bouts de bois ou de racine. Ce ne pouvait être que pour préparer un onguent ou un cataplasme. Odile était réputée pour savoir fabriquer, contre beaucoup de maladies, des remèdes que sa mère lui avait enseignés et qu'elle dévoilerait seulement à sa fille aînée avant de mourir, des remèdes qu'on gardait au secret dans la famille et qui faisaient accourir les voisins. Chaque mère de famille connaissait quelques plantes, mais on s'accordait à Gérardmer pour reconnaître que la plus savante était Odile de Narouel. On se dérangeait de loin pour venir la consulter et elle avait déjà guéri bien des enfants de la fièvre, des maux de ventre et du « pipi au lit ». Elle conseillait parfois de pendre au cou de l'enfant une grenouille desséchée, elle indiquait les prières à répéter neuf jours de suite et ce simple traitement apportait en général de bons résultats.

Odile expliqua que leur dernier fils s'était fait piquer par des abeilles et avait la moitié du visage si gonflé qu'ils craignaient de le voir étouffer, mais Petitcolas ajouta :

— Si ce n'était que ça ! Je viens d'avoir la visite d'un serviteur du maire. Cette sale buse de bangard nous donne à chacun une amende de cent francs et Thomasson le Vieux nous convoque de suite pour lui remettre l'argent !

Si Petitcolas était effondré c'était moins pour l'enfant malade que pour cette peine démesurée qui représentait la valeur de deux vaches, un troupeau entier pour les quatre chasseurs du Corsaire, la ruine certaine pour Quirin du Cresson.

L'eau frémissait dans la marmite. Pendant qu'Odile y jetait les plantes selon un ordre bien déterminé pour préparer l'onguent qui soulagerait son garçon, Paulus concentrait sa réflexion. Il s'attendait bien un peu à l'amende du bangard mais ne pensait jamais que Thomasson le Vieux exigerait le paiement immédiat. Le fourbe profitait de sa position de maire et en contraignant Paulus et ses compagnons à lui emprunter de l'argent, il les réduisait à sa merci.

— On ne va tout de même pas se laisser faire quand la loi est avec nous. Ce n'est pas Thomasson le Vieux qui va nous mettre sous sa dépendance ! D'ailleurs nous avons accroché les hures au portail de l'église et je suis sûr que notre bon duc Charles nous donnera raison !

— Ah ! Si Claudel le Juste était encore là ! Tu crois que le nouveau tabellion acceptera d'adresser une requête ?

— Je n'ai pas besoin de Balthazard pour la rédiger ! Si on se tient bien tous les quatre, nous réussirons. Ne te laisse pas intimider par le maire !

Pendant ce temps, aux Relles Gouttes, Marion n'avait pas été surprise par l'arrivée du serviteur de Thomasson le Vieux. Elle était alors dans sa grande toilette de printemps, profitant de la montée des vaches sur les chaumes pour nettoyer l'étable à fond, récurer mangeoires et abreuvoir, laver à grandes eaux ustensiles et cuveaux. Elle aimait avoir une maison nette et propre, et sur sa lancée elle brossait la table et les huches, chassait la poussière du grenier avant d'y rentrer le foin nouveau. Devant le serviteur elle n'avait laissé paraître aucune émotion, elle ne voulait surtout pas que le maire se réjouît en apprenant son effondrement. Ses enfants l'avaient questionnée ensuite, mais elle les avait rassurés avec le même calme que Paulus. Puis elle s'était remise à la toilette de la maison en récitant à voix basse des *Ave Maria*.

Quand Paulus revint de Narouel, Barbeline étendait le linge lavé à la cendre de bois et Marion frottait la petite Evon debout dans un cuveau plein d'eau tiède. Sa peau très blanche au soleil paraissait tendre comme la crème du lait. Marion la frictionnait avec des gestes vifs et l'enfant riait aux éclats. Pour elle le jour du bain était un jour de jeu. Paulus fut ému par le spectacle de ces ébats d'enfant et par le soin que sa femme accordait à leur foyer. Elle allait et venait, animant la répandise, créant par elle seule tout ce bain de fraîcheur qui faisait rire en écho toute la clairière. Maîtresse de maison, elle l'était et elle lui paraissait être aussi la fée de la répandise des Relles Gouttes. Une belle fée qu'il devait préserver des blessures de la vie. Il avait cru que le serviteur du maire n'était pas encore passé, mais Marion l'avait détrompé.

— Je m'attendais à cette amende, mais tu as toujours dit que tu la ferais lever. J'ai confiance en toi et Marie nous apportera son secours.

A proximité du ruisseau de Forgoutte, une maison se distinguait des granges voisines par son tintamarre grinçant, par les chapelets d'os suspendus sous son toit et par un tas de bois démesuré. C'était la maison du coutelier La Rivière. Le bois lui servait à alimenter sa forge et les ossements d'animaux à confectionner les manches de couteaux des notables. Sa femme recueillait précieusement les débris d'os qui lui donnaient, dans son jardin, les plus beaux légumes du village. Quant au vacarme, il était encore plus assourdissant que celui de Noël le maréchal. Comme lui, La Rivière étirait sa barre d'acier sur l'enclume, à coups patients et interminables jusqu'à lui donner la forme d'une lame. Il la portait alors dans le feu jusqu'au rouge cerise et la trempait longuement dans un cuveau d'eau salée. Cependant le véritable art du coutelier, ce qui occupait ses journées et déchirait les oreilles des voisins ne venait qu'ensuite, lorsqu'il donnait à ses pièces d'acier leur tranchant, lorsqu'il en faisait des haches, des faux, des serpes et des couteaux de toutes formes. Pour en façonner le fil, La Rivière les serrait dans un étui de bois, les passait et les repassait, avec une patience et un soin infini, sur une lourde meule de grès qu'il actionnait avec ses pieds. Sous la pression constante et soutenue qu'il exerçait, les aspérités de la roche arrachaient au métal un crissement étourdissant et d'aveuglantes gerbes d'étincelles. Lui-même ne remarquait plus le tapage qui le faisait vivre, tant il était attentif à ne jamais laisser sa lame immobile sur la pierre. Assis face à sa meule, il faisait corps avec elle et avec l'acier, le conduisant minutieusement et sans cesse en avant, en arrière, à droite, à gauche, pour éviter le moindre accroc dans le fil. Ses mains, entaillées plus d'une fois, endurcies par le contact journalier avec le métal et le grès, écrasées par la pression, étaient devenues énormes. En tout temps elles conservaient l'odeur des relents d'huile et la couleur roussâtre des mixtures dont La Rivière gardait le secret pour polir ses couteaux.

La maison de La Rivière était certainement la plus noire, la plus bruyante, la plus tapageuse du village. Pourtant aucun des habitants du bourg ne s'en plaignait car on avait trop besoin du coutelier pour tous les outils quotidiens. Personne dans les environs de Gérardmer ne savait mieux que lui donner à une faux la juste courbe et à son tranchant la bonne largeur.

Pourtant cet après-midi-là, son atelier ne résonnait ni du tintement sonore de l'enclume ni de la plainte suraiguë des lames sur le grès. Quand il avait appris l'amende et la convocation du maire, il s'était mis dans une colère furieuse. Il avait tonné contre les bangards, les lieutenants de la Prévôté et tous les officiers. Avec sa haute stature et sa forte poitrine, sa voix portait loin et avait alerté tous les voisins.

— Le prévôt ferait mieux de s'occuper de ses voleurs au lieu d'importuner les braves gens ! Et ce gâteux de

Thomasson ! Au lieu de nous protéger des amendes, il est le premier à nous les faire payer ! Il serait capable de fendre en deux le poil qu'il a dans la main pour l'allonger, et de tuer une puce pour lui prendre sa peau !

Les voisins l'écoutaient sans oser prendre position et sa fureur redoublait. Le vieux cordonnier prétexta une commande urgente pour retourner à son ouvrage.

— C'est ça, va faire de belles chaussures pour Thomasson le Jeune, va donc te mettre à ses pieds !

Dans sa colère il devenait injuste et oubliait qu'il vendait lui aussi aux notables. Il est vrai que sa clientèle était surtout faite de marcaires qui se fournissaient chez lui en couteaux, en faux et en serpes. Les éclats du coutelier firent rapidement le tour du village, se grossirent d'injures et de menaces qu'il n'avait pas proférées. Les gens craignaient une réaction brutale de Thomasson le Vieux et rentraient chez eux. Les femmes, le nez à la fenêtre, virent La Rivière parcourir les chemins du bourg avec son tablier de cuir qu'il n'avait pas pris le temps d'enlever. Il entra dans un cabaret, passa chez plusieurs marcaires et se rendit enfin chez le petit Parmentier. Partout il élevait la voix, exposait l'injustice qui le frappait, cherchait des alliés, conseillait aux Géromois de se liguer pour se plaindre auprès du maire. Mais personne n'osait bouger et tous lui répétaient qu'il fallait bien se plier aux décisions du prévôt et aux ordres du maire. La Rivière croyait soulever tout le village avec lui mais ne réussit qu'à le mettre en émoi et à faire rentrer les gens chez eux par peur du scandale. Il fit une dernière tentative chez le maréchal qui sembla prêter une oreille attentive à ses récriminations contre les agents de la Prévôté. Noël était obsédé par les voleurs qui hantaient la contrée et il maudissait les sergents de ne pas être capables de mettre la main sur eux.

— Les bangards, les sergents, c'est une engeance d'incapables, plus nuisibles qu'utiles, râlait-il de son côté.

La Rivière et Noël criaient aussi fort l'un que l'autre devant la forge et les voisins pouvaient croire qu'ils se querellaient. En réalité ces clameurs de géants n'étaient qu'un dialogue de sourds. Quand le coutelier demanda au maréchal s'il allait lui apporter son appui contre l'amende, Noël s'étonna :

— Quelle amende ? C'est ton affaire ! Ce que je réclame, c'est qu'on nous débarrasse des brigands.

Le coutelier repartit chez lui, écœuré par la lâcheté de ses concitoyens. Tous tremblaient devant Thomasson le Vieux et la Prévôté. Chacun ne voyait que son propre intérêt, rien ne pouvait les faire bouger. Découragé il rentra dans son atelier et se mit à travailler pour calmer sa mauvaise humeur.

C'est à ce moment-là que Paulus arriva dans le bourg. Il fut étonné par les sentiers déserts, remarqua tous les visages aux fenêtres, surprit de loin quelques murmures, reconnut l'atmosphère tendue des jours d'orage. On aurait cru que le village en sortait tout juste et que les habitants guettaient le ciel dans l'angoisse de nouveaux éclairs, de ces coups de tonnerre qui roulent et grondent dans la montagne. Il sentait mille regards dans son dos lorsqu'il attacha sa jument devant la maison de La Rivière. Celui-ci polissait une lame de serpette sur une meule en bois garnie d'une courroie de cuir. C'était la dernière opération de façonnage, une étape très importante qui ne devait laisser sur le fil aucun trait, aucune faille, aucune ondulation. La moindre irrégularité serait l'amorce d'une fente et Paulus, immobile, laissa son compagnon terminer son œuvre. La femme le rejoignit avec des soupirs éplorés, mais La Rivière y coupa court en reposant la serpette.

— Laisse-nous tous les deux, nous avons à discuter.

Le coutelier avait les mains toutes rouges de la mixture qu'il appliquait sur ses lames pour mieux les polir. C'était une sorte de potée de rouille qu'il obtenait en faisant macérer de la limaille de fer dans de l'eau-de-vie. Il s'essuya les mains dans un torchon rêche et commença par raconter l'échec de sa tentative auprès des Géromois.

— Cela ne m'étonne pas, dit Paulus, les gens ont trop peur des notables. Pourtant les ancêtres de Thomasson le

Vieux étaient comme les nôtres, mais lui s'est mieux débrouillé. Ce qu'il faut, c'est nous défendre nous-mêmes.

Paulus lut alors la requête qu'il venait de rédiger. Après avoir rappelé les dures conditions de vie des Géromois et les dangers que les bêtes sauvages représentaient pour les récoltes et le bétail, il assurait le duc de Lorraine de la bonne foi des chasseurs qui avaient seulement voulu protéger leurs biens et d'aucune façon braver son autorité. Il rappelait que les seigneurs venaient rarement chasser dans la forêt géromoise en raison de l'éloignement et que les Allemands et les soudards se permettaient de tuer beaucoup de gibier. Il confirmait en outre que les têtes des sangliers avaient été attachées au portail de l'église conformément au décret de 1546. Pour renforcer sa demande dans un style qui n'aurait pas déparé les écrits de son modèle Claudel le Juste, Paulus brossait un tableau inquiétant de ce que deviendrait Gérardmer si le duc de Lorraine ne daignait pas renouveler l'ancienne permission de chasser. Les récoltes seraient dévastées par les sangliers, les bêtes domestiques dévorées par les loups et les ours, et les Géromois réduits à la famine. Les répandises, devenues trop dangereuses avec le pullulement des bêtes sauvages, devraient être abandonnées, on manquerait de foin pour le bétail. Les habitants fuiraient cette contrée farouche, Gérardmer se dépeuplerait et finalement la Recette d'Arches percevrait moins d'impôts. Ce serait la ruine de Gérardmer et l'appauvrissement du duché tout entier.

La Rivière écoutait religieusement la requête de Paulus, acquiesçait de la tête, admirait ses idées et l'élan final avec lequel il suppliait Son Altesse de lever les amendes et plus généralement de confirmer la permission de chasser. Le coutelier était sidéré.

— Claudel le Juste n'aurait pas fait mieux !

— Tu viens avec moi remettre la requête au maire ?

— Et comment ! Je ne veux pas manquer sa tête ! Lui qui croit qu'on va lui apporter de l'argent...

— Ce ne sera pas tout à fait ce qu'il attend !

Thomasson le Vieux avait entendu de loin les vociférations du coutelier et s'était réjoui de voir qu'aucun Géromois ne l'avait suivi. Quant au marcaire des Relles Gouttes, malgré sa réputation de clairvoyance et de bon sens, il le considérait comme négligeable à côté de lui, le maire, le premier notable du bourg, le plus riche et le plus puissant. Il les attendait donc dans sa taverne, pareil à un fourmilion au fond de son piège, sûr de réduire ces Géromois présomptueux à sa merci. Près de lui Thomasson le Jeune lutinait sa jeune servante en délaçant son corsage avec des rires échauffés.

Dès l'entrée du marcaire et du coutelier, le maire les fit asseoir avec condescendance. Un sourire à peine dissimulé au coin de la bouche, il lut sèchement le procès-verbal : « ... Plusieurs des habitants de Gérardmer se sont émancipés de chasser et ont pris plusieurs sangliers au mépris de la défense de chasser... » De temps en temps il levait les yeux en s'attendant à voir le désarroi apparaître sur les visages du marcaire et du coutelier. Pour l'instant ils restaient imperturbables, mais ils ne tarderaient pas à le supplier.

— Vous devez donc me verser quatre cents francs, conclut-il en appuyant lentement et distinctement sur chaque mot.

Thomasson le Vieux reposa le papier avec une satisfaction évidente et ajouta aussitôt d'une voix paternelle et susurrante :

— Mais je peux vous avancer l'argent. Avec le bétail que vous avez, on peut s'arranger. Vous me le cédez...

Paulus ne laissa pas le maire terminer.

— Mais on n'est pas venus pour vous payer !

Le vieux, interloqué, lança un regard vers son fils qui prêtait moins d'attention à la scène qu'à la poitrine de sa servante. Thomasson le Jeune sentit l'agacement de son père et regarda lui aussi, avec ahurissement, ce marcaire qui osait l'affronter.

— Oui, on vous apporte cette requête pour que vous la transmettiez à la Prévôté.

— Et nous ne paierons pas l'amende avant de connaître la réponse du duc de Lorraine, ajouta La Rivière qui avait du mal à contenir son agressivité.

Devant cette situation inattendue, le maire changea brutalement d'attitude et voulut les impressionner.

— C'est un refus d'obéir, une rébellion contre l'autorité ! Vous savez ce que cela va vous coûter ?

Paulus répondit calmement, avec modestie :

— Je ne refuse pas d'obéir, je reconnais l'autorité de Son Altesse et je m'y soumettrai. Je demande seulement que la peine soit laissée en suspens jusqu'à sa décision.

Puis il ressortit avec son ami, la tête haute, laissant le maire furieux et désorienté. Derrière les fenêtres du village on se demandait pourquoi ils repartaient si vite et apparemment satisfaits.

Les semaines passèrent sans nouvelles de la requête qui devait franchir lentement les paliers successifs du receveur, du prévôt d'Arches, du procureur des Vosges et de la chambre des Requêtes. Entre-temps Thomasson le Vieux avait renforcé sa manœuvre d'intimidation en signifiant aux quatre chasseurs un doublement de l'amende pour avoir refusé de payer. Deux cents francs chacun, c'était une somme considérable. Pourtant Quirin du Cresson préconisait de ne plus opposer de résistance et d'abandonner leur démarche. Petitcolas hésitait et seul La Rivière soutenait Paulus avec la même fermeté. Comme les autres femmes, Marion multipliait les prières et serait volontiers partie en pèlerinage à la Vierge des Trois-Epis ou à Notre-Dame de Bonsecours. Bien des Géromoises s'y rendaient en grandes processions pour les fêtes mariales du 15 août et du 8 septembre. Les lieues à parcourir ne les rebutaient pas car elles en espéraient la protection de Marie contre la disette, la maladie et les tentations du Démon, mais le soin des enfants et des champs les accaparait totalement en ce début d'été.

Par une belle et chaude journée de juillet, la répandise des Relles Gouttes vibrait de la tranquille euphorie des heures de fenaison. Paulus s'était mis à faucher de bon matin, quand l'herbe attendrie par la rosée se coupait docilement et se couchait sous la faux en vagues régulières. Il devait travailler dur et vite car la pluie pouvait toujours survenir, mais chaque course de sa faux était une gorgée de plus pour sa grange. Le soleil était maintenant bien au-dessus des sapins et le parfum du foin coupé embaumait toute la clairière. Paulus aiguisa encore une fois sa lame, remit la pierre dans le coffin de bois qui s'accrochait à ses reins et relança la faux dans le tapis des herbes et des fleurs d'été. A quelques pas, Marion retournait le fourrage avec un râteau de bois puis le rassemblait en petits monticules, en « kébosseyes ».

— L'herbe est trop dure maintenant, dit Paulus en se redressant et en regardant sa femme.

Marion avait son bonnet de lin sur la tête pour se protéger des ardeurs du soleil et ses manches retroussées laissaient apparaître des coins de peau hâlée. Elle sentit le regard de son mari, un regard d'homme, enveloppant, et elle lui sourit. Le parfum rassurant des foins, la chaleur que l'on apaisait en trempant ses mains dans la rigole fraîche, le rire des enfants à la poursuite des sauterelles agacées, tout cela exhalait dans la répandise une atmosphère de plénitude, une ambiance qui fleurait l'amour.

Paulus lança sur le gazon ras un grand drap de chanvre gris où Marion rassembla en quelques coups de râteau une montagne d'herbe sèche. Puis couchée sur l'énorme ballot de foin, elle rapprocha les coins de drap pour les nouer ensemble. En l'aidant à tirer sur les cordelettes, Paulus sentit le souffle de sa femme, le parfum de la nuit partagée. Il remarqua le duvet blond qui brillait sur ses bras comme le pollen des fleurs amoureuses. Leurs deux visages rapprochés, ils se regardèrent un instant et échangèrent une longue étreinte du soleil à la terre de juillet. Tout remué par un profond désir il entraîna Marion et lui fit l'amour dans le décor feutré du grenier.

Quand ils ressortirent, le soleil leur offrit un bouquet de parfums d'été et de joyeux cris d'enfant. Avant de reprendre sa faux, les narines comblées des effluves de l'amour, Paulus voulut prolonger un moment le bien-être qu'il savourait alors si pleinement. Sa femme le baignait encore de la douceur enivrante de ses reins, de son enlacement chaud et salé. Elle était sienne. Elle lui appartenait comme ce foin précieux, comme ces enfants débordants de vitalité, comme cette répandise. Il n'était pas un coin de sa peau ou de cette terre qui n'aient connu son empreinte et son action. Cette sérénité était le résultat de longues années de labeur et de patience, et soudain il se rappela que tout pouvait être remis en question par son litige avec le maire. Il s'inquiéta de ne pas avoir reçu de réponse à sa requête et décida de descendre au plus tôt au village.

— Il faut que j'aille voir si ce vieux roublard de maire ne nous cache pas quelque chose.

A son entrée dans la taverne de Thomasson, trois hommes bavardaient avec le maire. Un apothicaire de Saint-Dié, le sieur Maginot, racontait comment il extrayait des sapins la gomme et la térébenthine pour ses préparations. Les deux autres, un bourgeois de Saint-Dié et un arpenteur, étaient venus dans le but de mesurer dix ou douze jours de terre au Grand Valtin pour y implanter une scierie. Thomasson le Vieux entendit Paulus mais feignit de ne pas le voir. Il avait de la rancune depuis que le marcaire des Relles Gouttes l'avait offensé en distribuant généreusement la chair des sangliers, et plus encore en adressant une requête au duc de Lorraine sans l'avoir consulté. Le maire sentait en lui un adversaire dangereux et voulait à tout prix l'affaiblir, l'humilier, lui faire perdre la face devant ses compatriotes. Quand les officiers de la Prévôté avaient fait leur enquête, il s'était bien gardé de réunir les commis-jurés du village. Usant de son autorité de maire, il avait souligné l'effronterie de ceux qui ne respectaient pas les décrets sur la chasse, et déclaré que Paulus exagérait le danger des bêtes sauvages. A la fin juin Thomasson le Vieux avait reçu une lettre, signée par le sénéchal du Châtelet, le maître des requêtes Bardin, et le trésorier général des finances de Lorraine, convoquant les requérants à la Chambre des Comptes pour le 27 juillet 1607 à neuf heures du matin. Elle n'ajoutait rien de plus et n'apportait pas la condamnation que le maire espérait. Celui-ci avait alors décidé de garder cette convocation secrète le plus longtemps possible, pour que Paulus n'eût pas le temps de se rendre à Nancy avec ses amis. Sans défenseur, sa requête serait certainement rejetée.

Quand Thomasson le Vieux prêta enfin attention au marcaire, il prit pour lui répondre un air faussement étonné et condescendant.

— Comment ! Tu penses encore à ta requête ? Mais elle n'a aucune chance d'aboutir ! Tu ferais mieux de payer l'amende si tu ne veux pas risquer la prison ! Par contre si tu y renonces, je me débrouillerai pour diminuer l'amende...

L'apothicaire et le bourgeois écoutaient avec curiosité.

— Vous avez un maire bien accommodant !

Paulus savait que cette générosité n'était qu'une feinte et répliqua fièrement qu'il préférait attendre la décision de la Cour de Nancy. Sans aucune gêne, le maire conclut d'une voix menaçante :

— A ton aise ! Attends toujours ! Mais si tout n'est pas réglé à la Saint-Gérard, je ferai saisir ton troupeau !

4

— Vingt bleus ! Paulus, tu t'es bien endimanché ! Tu crois qu'on verra le duc de Lorraine en personne ? Marion n'a pas peur que tu courtises quelques jupons à Nancy ?

— Elle m'a dit seulement de prendre garde aux avocats, aux juges et autres hommes de robe...

— Elle a raison, reprit La Rivière, il faut toujours se méfier des juges de tous les côtés comme du derrière d'un cheval et du devant d'une femme.

— Tout de même, intervint Petitcolas, si tu pouvais séduire le maître des Requêtes, ça nous arrangerait bien !

Les trois amis venaient de se rejoindre à la lisière de la forêt de Narouel, au pied d'un sapin géant qui servait fréquemment de point de rencontre aux voyageurs. Son tronc se reconnaissait facilement à une niche où veillait une Vierge de bois, une statuette simple et grossière, protectrice des passants.

Ils étaient un peu gauches dans leurs habits des grands jours, Petitcolas était engoncé dans un pourpoint au col raide, Paulus avait enfilé son haut-de-chausse le plus neuf, et La Rivière sans son tablier de cuir et sa crasse de limaille semblait aller à son mariage. C'était d'ailleurs une cérémonie exceptionnelle à laquelle ils se rendaient. La veille, en bavardant avec un arpenteur qui était venu d'Arches pour vérifier la superficie de quelques acensements, La Rivière avait appris qu'ils étaient convoqués à

Nancy pour l'examen de leur requête devant la Chambre des Comptes. Il ne restait que cinq jours pour s'y rendre et sans perdre une minute il avait prévenu ses amis.

— Et quand je pense que Thomasson avait la lettre, quelle canaille ! Il ment autant qu'un chien peut avoir de puces.

Seul Quirin, effrayé par la perspective d'un si long voyage, n'était pas venu. A l'heure prévue les trois cavaliers s'engagèrent sur le chemin de Gerbépal, plus émus qu'ils ne voulaient l'avouer. Pour leur famille et leurs amis ils devaient revenir victorieux. De leur réussite dépendaient leur misère ou leur salut et, au-delà du cas présent tout le sort des Géromois face aux bêtes sauvages, la sécurité de leurs récoltes, la liberté de leurs actes et la reconnaissance de leurs droits. Le procès de Nancy allait mettre un terme au combat entre Thomasson le Vieux et le marcaire des Relles Gouttes, entre deux conceptions opposées de Gérardmer. L'un voulait un village soumis et discipliné, l'autre une vraie communauté de marcaires protégeant leurs droits et gérant au mieux leurs biens. Cette lutte d'influence donnait à l'affaire des sangliers du Corsaire une dimension politique que peu de Géromois soupçonnaient et que Paulus et ses amis ne discernaient pas vraiment.

Tout en chevauchant dans l'obscurité des hauts sapins, ils parlèrent du long voyage qui les attendait, des villes qu'ils choisiraient pour étapes, de ces contrées lointaines qu'ils allaient découvrir. Trois pâtres géromois avaient conduit naguère à Nancy huit vaches sélectionnées à Gérardmer par le receveur d'Arches pour enrichir la ferme modèle du duc de Lorraine, et à leur retour ils avaient vanté la dimension imposante des bâtiments et la bizarrerie des jardins où poussaient des plantes inconnues, mais ils n'étaient pas entrés dans la capitale. La Rivière était celui des trois qui s'était le plus éloigné de leur village pour apprendre son métier dans le Val de Liepvre. Mais il ne connaissait de Nancy que l'écho des marchands de fer.

Pourtant chacun s'en faisait à l'avance une idée plus ou moins romanesque.

— On doit trouver là-bas les meilleurs artisans du monde, disait le coutelier. J'espère y rencontrer des gens de mon art !

— Il paraît que c'est la ville la plus belle et la plus riche.

— Mais Saint-Nicolas-du-Port est la plus vénérable, soulignait Petitcolas. Je vais pouvoir rendre hommage à mon saint patron et Odile voudrait que je lui rapporte une relique.

— Une relique ? répliquait La Rivière toujours prêt à taquiner ses amis. Il ne reste déjà qu'un doigt de saint Nicolas ! Qu'est-ce que tu veux ramener ?

Petitcolas répondit sérieusement :

— Je ne sais pas. Une médaille, une croix... En tout cas je ne mourrai pas sans avoir été à Saint-Nicolas !

Saint-Nicolas-du-Port était la ville du patron de la Lorraine, le lieu où tant de Lorrains se rendaient une fois dans leur vie en pèlerinage. Au cœur de la basilique, était conservée pieusement la sainte relique, le doigt de Nicolas évêque de Lycie, que des chevaliers lorrains avaient rapporté d'une croisade.

Paulus, de son côté, portait en lui l'image de Nancy que Claudel le Juste lui avait transmise, la vision d'une ville noble, fière et savante. Selon l'ancien tabellion, on côtoyait dans la capitale des avocats, des chirurgiens et des professeurs d'Université. Certains pratiquaient même les étranges professions d'ingénieur ou de mathématicien. Comment ne pas attendre d'une telle capitale la clairvoyance et la sagesse ?

Après une longue journée de chevauchée, loin maintenant du mystère farouche des résineux et des hautes montagnes, les trois voyageurs traversèrent des bois de feuillus. Le chemin fleureta un moment avec la Meurthe, une rivière douce qui flânait entre les roseaux. Plus on descendait vers la plaine, plus le paysage respirait la détente et l'équilibre. Il semblait que la nature n'était plus pressée par une courte saison d'été et prenait le temps de vivre et de jouer du soleil. L'eau des rivières et la houle des champs de blé chantaient un destin plus facile.

En longeant la Meurthe ils rejoignirent une flottille de grumes de vingt-cinq toises de long qui glissait silencieusement au fil de l'eau. Sur un des troncs, près d'un chargement de balais et de tabourets, un homme se tenait debout avec une aisance étonnante. De temps en temps il plantait une grande perche dans la rivière, appuyait de tout son poids et déviait insensiblement le radeau géant. Les Géromois hélèrent le conducteur et se mirent à son allure pour bavarder avec lui.

— Jusqu'où vas-tu comme ça ?

— A Nancy...

— Tu connais bien la capitale ?

— Je veux ! Cela fait vingt ans que je descends des « voiles » comme celle-ci sur la Meurthe de Saint-Dié à Nancy !

— C'est une belle ville, non ?

A la surprise des Géromois, le conducteur des voiles dressa un tableau qui ne correspondait en rien à ce qu'ils imaginaient. Nancy était une ville sale, encombrée, où l'on était sans cesse bousculé, insulté par les seigneurs, harcelé par les mendiants.

— Il y a des mendiants à Nancy ? s'étonna Paulus, incrédule.

— Et comment ! Des bandes entières ! Il y en a tellement que pour être autorisé à mendier, il faut être enregistré et porter sur ses vêtements une plaque de laiton. Les mendiants qui ne l'ont pas sont chassés ou enrôlés de force pour travailler aux fortifications de la *Ville Neuve*.

Paulus regardait ses amis, aussi perplexes que lui, tandis que le conducteur poursuivait :

— Et ça pue, on en prend plus avec son nez qu'avec sa cuillère ! Je vous assure que je ne m'y attarde pas. Je suis mieux sur ma rivière. Quant aux filles, elles ont un beau cul, mais c'est une vraie tirelire.

— On parle pourtant des fêtes de Nancy ! intervint La Rivière.

— Des fêtes ? Parlons-en ! Tout ce que j'ai vu, c'est l'exécution d'un pauvre homme qu'on accusait de fabriquer et de vendre de la fausse monnaie. On l'a mis au carcan et on l'a plongé tout vivant dans une chaudière d'huile bouillante.

— Mais c'est des vrais sauvages là-bas ! Dans quel guêpier allons-nous nous fourrer ? s'inquiéta Petitcolas.

Le hasard d'un méandre les sépara, mais les paroles du conducteur de voile avaient semé le trouble chez les Géromois. Ils ne prononcèrent plus un mot avant d'arriver à Raon-l'Etape et s'arrêtèrent dans l'hostellerie de *La Fontaine* qui servait de relais de poste entre Nancy et Saint-Dié.

Ce premier soir, ils soupèrent à la table d'hôte avec Jean Miette, un marchand de Saint-Dié qui possédait un moulin à faire du papier et qui allait en vendre à Nancy. Des marchands des Flandres venaient se fournir en papier et en toile de Lorraine, et apportaient en échange des harengs, des épices et du riz, très recherchés par les notables du chapitre de Saint-Dié et des villes voisines.

Le marchand papetier n'était pas avare de paroles. Après le souper, flatté par l'intérêt des Géromois, il s'attarda avec eux et leur peignit Nancy comme la ville la plus industrieuse et la plus riche du monde. Le commerce, favorisé par le duc Charles III y était si actif qu'on pouvait voir des denrées de tous les points de l'horizon, du safran rouge et brûlant des ports des Flandres, des vins sombres et chauds d'Espagne ou d'Italie, des étains ciselés d'Allemagne. Le duc de Lorraine avait fait venir d'Italie des spécialistes qui avaient installé des manufactures de luxe tel Vincentio Marniello de Gênes qui produisait désormais à Nancy des soieries chamarrées d'or et d'argent plus belles qu'à la Cour du roi de France.

— La soie vient pour le moment d'Italie, précisait le marchand. Mais il paraît que Son Altesse va traiter avec un Florentin réputé pour qu'il aménage un jardin de mûriers près de la capitale.

— Des mûriers? s'étonna Petitcolas qui l'écoutait bouche bée.

— Oui, ce sont les arbustes où vivent les insectes qui sécrètent les fils de soie.

— C'est un peu comme des fils d'araignée, alors! Cela doit être bien fragile à travailler, remarqua Paulus d'un ton rêveur.

— Les maîtres italiens sont d'une habileté extraordinaire et Nancy est devenue le centre des plus nobles industries.

— On doit y voir des couteliers, dit La Rivière, désireux de ramener la conversation sur un sujet où il pourrait se mettre en valeur.

— Bien sûr, mais ce n'est rien à côté des maîtres carrossiers et des maîtres tapissiers. Si vous voyiez leurs chefs-d'œuvre! Et les batteurs d'or qui confectionnent les habits de la Cour, tout brodés de fils d'or! Les plus doués sont encore deux Italiens, Angelo Poliaco et Raphaël Capriano...

Ces noms étrangers résonnaient brillamment dans la bouche de l'intarissable marchand aux joues rebondies. Comme ses amis, Paulus était fasciné par ce qu'il entendait. Dans cette évocation des industries de luxe et dans ces mots mystérieux qu'il ne comprenait pas toujours, il retrouvait enfin la ville de Claudel le Juste.

— Et vous avez rencontré des savants sans doute?

— Non, mais Nancy doit en compter beaucoup si j'en juge par les balles de papier que le duc de Lorraine m'a fait acheter. Il ne se passe pas d'année sans qu'on imprime à Nancy des traités de mathématiques, de théologie ou d'alchimie...

Le lendemain, en descendant la vallée qui s'épanouissait entre les collines, les trois Géromois parlèrent longtemps du portrait si élogieux que le marchand papetier avait fait de la capitale.

— Voilà bien comment je m'imaginais Nancy, dit Petitcolas. Le sieur Miette sait de quoi il parle. Le conducteur de voiles nous a raconté des histoires et n'est peut-être jamais entré dans Nancy !

La Rivière, toujours curieux de nouveaux procédés techniques, se demandait comment travaillaient les batteurs d'or et les maîtres couteliers de Nancy.

— Leurs lames ne peuvent pas être meilleures que les miennes. Il n'y a pas six-vingts façons de les tremper ! Mais ils doivent réaliser des manches magnifiques avec de l'or et je ne sais quoi d'autre. Quand on a tant de richesses sous la main...

Il formait le projet de visiter certains de ces ateliers que Jean Miette avait loués avec éloquence, alors que Paulus et Petitcolas, moins concernés, en revenaient au véritable but de leur voyage, au procès qui les préoccupait. Ils s'entraînaient à présenter leur défense et lançaient de vives plaidoiries au vent des pâturages indifférents.

— Il faut dire les dégâts qu'un sanglier peut provoquer dans un jardin, avec quelle vitesse il retourne un champ de raves. Et puis... je ne sais pas... Il faut leur dire que ce sont des bêtes terribles...

Petitcolas se trouvait vite à court d'idées tandis que La Rivière se laissait emporter.

— Vingt loups ! Je suis sûr que ces maudits juges n'ont jamais vu de sanglier. Comment veux-tu qu'ils se rendent compte ? Et ils se moquent autant de tes raves que de tes chaussures !

Petitcolas regarda le coutelier avec une mine froissée. Il portait les chaussures de son mariage et en était toujours aussi fier.

— Et ne me regarde pas comme ça ! reprit La Rivière. C'est vrai, tous ces juges, c'est peut-être des têtes farcies, mais ils ne connaissent rien à la vie. S'ils ne nous écoutent pas, je leur dirai ! Je voudrais les voir dans un bourbier face à une horde de sangliers !

— Ce n'est pas la meilleure manière de bien les disposer à notre égard, remarquait Paulus. Petitcolas a raison. Il faut parler des légumes dévastés, de la terre éventrée, incultivable, et surtout de la famine qui nous mettrait dans l'impossibilité de payer les receveurs de Son Altesse...

Quand le marcaire des Relles Gouttes se lançait dans une plaidoirie, il parlait de façon si posée, si convaincante, que ses amis l'écoutaient et s'accordaient ensuite à lui confier la tâche, le jour du procès, de parler en leur nom.

En fin d'après-midi, alors qu'ils longeaient les vignes de Baccarat, un religieux les mit en garde contre Nancy qui était une ville de perdition où les hommes prostituaient leur femme et où les religieux eux-mêmes se laissaient parfois tenter par le climat de luxure qui y régnait. Naguère un ermite ne s'était-il pas laissé aller à l'inceste au point de mériter d'être pendu ?

— C'est la capitale du péché. Il n'y a pas de morale. On y trouve des hommes qui épousent deux femmes ou qui font avec leur épouse le commerce de la chair !

Le religieux prolixe en donna pour preuve un homme qui venait d'être condamné à porter le carcan avec l'écriteau « Vendeur infâme de la pudicité de sa femme », avant d'être fouetté et banni à jamais de Lorraine. Un autre, bigame, avait été exposé au carcan entre deux quenouilles avant d'être pendu et pourtant cela n'empêchait pas les Nancéiens de continuer à vivre dans la luxure. Avant de poursuivre son chemin, à la demande de Petitcolas, il bénit les trois voyageurs.

— Par saint Benoît, que Dieu ne vous laisse pas induire en tentation ! Les châtiments de ce monde ne sont rien à côté de l'Enfer !

Ils étaient encore impressionnés par l'avertissement du religieux lorsqu'ils s'arrêtèrent le soir à Baccarat dans une taverne. Chaque étape leur coûtait un franc par personne et trente gros pour l'avoine des chevaux. Le hasard de la table apportait des découvertes sans cesse renouvelées, et ce soir-là ils soupèrent au milieu d'un groupe de troubadours qui revenaient d'une fête offerte par la Cour. Entre deux chants, les troubadours décrivaient en propos colorés les décors fastueux que les maîtres charpentiers de Nancy avaient dressés autour des fontaines du Palais, le théâtre bariolé au milieu des rues, les comédiens costumés d'amarante, de gueule ou de vair, et enfin les feux artificiers qui avaient illuminé la nuit de toutes les couleurs.

— Il y a souvent des fêtes de cette sorte ? questionna Petitcolas.

— Bien sûr ! Cette fois, elle était donnée par la princesse Marguerite de Gonzague, la nouvelle épouse du duc de Bar. Nous avons joué aussi pour le Ballet dans la salle du Jeu de Paume. Il fallait voir les costumes et les bijoux des dames de la Cour ! De vraies rivières de diamants !

— Des rivières ? s'amusa le coutelier.

Les Géromois découvrirent cette nuit-là un nouveau Nancy, une capitale où l'on aimait rire et chanter, où les princes de Lorraine et des pays alliés dansaient en pleine rue, parmi leurs sujets, sous les girandoles multicolores. Comment cette ville pouvait-elle être à la fois le Paradis pour les uns, l'Enfer pour les autres ?

Le troisième jour, après avoir referré leurs chevaux, ils arrivèrent dans un paysage nouveau, étonnamment plat, coupé seulement par des arbres dont le feuillage dansait au vent comme une chevelure. C'était l'époque de la moisson. Les hommes avançaient en ligne en coupant le blé à la faucille et les femmes derrière eux, le dos courbé, le rassemblaient en gerbes grasses et replètes. Le chemin bordé de coquelicots, de plus en plus fréquenté et défoncé par des chariots lourds de marchandises variées, contraignait Paulus et ses compagnons à progresser plus doucement. Les grands chemins de la plaine n'étaient pas en meilleur état que les pauvres sentiers de Gérardmer.

A la mi-journée, ils commencèrent à distinguer deux tours qui se détachaient sur l'horizon. C'était la basilique de Saint-Nicolas-du-Port, leur dernière étape avant Nancy. Une étape qu'ils ne voulaient pas manquer et qui les subjuguait à mesure qu'ils s'en approchaient. Dès l'entrée dans la ville, pressés de se rendre au sanctuaire, ils confièrent leurs chevaux à la taverne des *Trois Pucelles.* L'animation des ruelles les surprit par les allées et venues des marchands et des pèlerins. Entraînés de maison en maison, ils découvraient de nouveaux métiers qui excitaient la curiosité de La Rivière. Bonnetiers, libraires, potiers de terre, saulniers, lingiers, pelletiers, verriers et harengiers se succédaient. Chaque produit avait ici son spécialiste, artisan ou simple marchand. Les Géromois pénétraient dans un nouveau monde, un univers très différent où tout était partagé, catalogué, spécialisé. C'était une vie coupée en tranches où chacun n'embrassait jamais tout l'horizon. Dans la foule qui le pressait de toutes parts, entre les maisons qui lui coupaient l'espace, Paulus se sentit un instant enfermé, pris dans une nasse et eut la nostalgie de sa répandise.

— Quelle foule ! On est plus tranquille dans nos montagnes !

— A qui le dis-tu ! approuva Petitcolas en sautant de côté pour éviter un homme perché sur des échasses.

La Rivière s'était arrêté devant la maison d'un teinturier, intrigué par d'étranges odeurs balsamiques. Un mendiant s'approcha d'eux en exhibant des mains couvertes de plaies écœurantes.

— Viens, La Rivière ! On ne va pas traîner ici.

Ils pressèrent le pas malgré la foule, en s'écartant désormais des mendiants. Ils apprendraient plus tard que ces mendiants s'infligeaient eux-mêmes des plaies avec des herbes médicinales pour obtenir plus facilement l'aumône des pèlerins. Enfin ils débouchèrent sur le parvis de la basilique et Paulus, remontant du regard les deux tours jusqu'au ciel, se sentit soulevé par une bouffée d'exaltation.

— Comment ont-ils pu construire une pareille merveille ?

— C'est vrai, qui a pu monter ces pierres là-haut ?

Dans le ciel bleu aux fins nuages effilochés, les

pointes des clochers semblaient se déplacer, telles des cimes vivantes sous la poussée du vent.

— On croirait qu'elles bougent !

Les trois Géromois étaient émerveillés. Les grands portails étaient si finement décorés de statues et de formes flamboyantes, que la pierre était comme brodée de dentelle. Auprès de l'église de Gérardmer, le patron de la Lorraine avait bien un sanctuaire admirable et incomparable. A chaque étape de son voyage Paulus entrevoyait un monde immense, insoupçonné et se sentait tout petit, lui le marcaire des Relles Gouttes. En même temps son affaire des sangliers se trouvait ramenée à de plus humbles proportions. Au pied de cette grandiose basilique, il se dit que les hauts personnages de Nancy devaient avoir bien d'autres préoccupations, des affaires plus importantes que cette question des sangliers tués quelque part au fond de la forêt vosgienne, au bout de la Lorraine, dans un coin que sans doute ils ne connaissaient pas. Il s'en trouva rassuré. De si grands dignitaires devaient être justes et le privilège de chasse n'était rien à côté des richesses qu'il pressentait ici. La basilique de Saint-Nicolas allégeait ainsi son âme et l'attirait vers les cimes du sublime de la confiance et de la foi.

Petitcolas, pressé de s'incliner devant les reliques de son saint patron les entraîna avec émotion sous le portail.

— On croirait une jeune fille pressée de toucher la pierre qui porte chance aux fiancées, souffla La Rivière à l'oreille de Paulus.

A leur tour ils se frayèrent un passage entre les mendiants qui assaillaient les pèlerins. Ce sanctuaire où affluaient chaque année jusqu'à deux cent mille pèlerins, devait être une mine d'or pour les pauvres. A l'intérieur de la nef si haute qu'elle semblait rejoindre le ciel, au pied des colonnes décorées de festons et d'astragales, Paulus éprouva le même ravissement. Les fenêtres en ogive, bariolées d'images multicolores qui étincelaient comme des écailles de papillon, filtraient à travers des résilles de plomb une lumière insolite et discrète. Cette lumière bigarrée de rubis éclatant des vulcains et du saphir velouté des argus, diffusait dans la basilique une atmosphère de mystère et de recueillement. Sur les dalles de pierre aux ombres délavées, chaque pas résonnant faisait ressortir les amples proportions de la voûte. Après l'agitation fébrile du portail, on ne pouvait s'empêcher ici de poser le pied avec délicatesse.

En suivant le mouvement des fidèles dont les lèvres égrenaient des prières muettes, ils parvinrent à la petite chapelle où était conservée dans une châsse d'or la relique du saint. Ils patientèrent un moment, purent enfin s'agenouiller à leur tour sur la dalle et prièrent saint Nicolas de préserver leurs familles et de les sauver de cette affaire des sangliers.

En sortant de la basilique par une porte latérale, ils longèrent des bazars installés dans le flanc du monument et s'attardèrent devant les étalages où abondaient des statuettes de saint Nicolas. Paulus soupesa de petites croix dorées et questionna un marchand sur un minuscule coffre d'étain.

— C'est un coffret avec un peu de Terre Sainte, de la terre de Jérusalem rapportée par nos croisés.

— Des bondieuseries ! murmura La Rivière, sceptique.

Le coutelier avait accompagné ses amis dans la basilique moins par conviction que par curiosité. Soudain il s'intéressa à des objets proposés dans la niche voisine, des petits couteaux au manche de corne sculpté de la croix de Lorraine et de la crosse de saint Nicolas. Il en saisit un, l'apprécia en connaisseur, le reposa vivement à l'approche du marchand et dit à Paulus :

— C'est de la camelote, la lame ne couperait pas un morceau de fromage !

Tandis que Petitcolas achetait pour Odile un peu de terre sainte, Paulus se laissa tenter par un autre marchand et choisit une médaille d'argent à l'effigie de la Vierge avec une chaînette qui paraissait argentée.

— C'est pour Marion, elle sera si heureuse de la porter !

— En tout cas, c'est du fer-blanc, je peux te l'assurer, dit La Rivière.

En revenant vers leur taverne ils découvrirent d'autres hostelleries qu'ils n'avaient pas vues en arrivant. Elles affichaient des noms insolites que Paulus déchiffra pour ses compagnons : *A la Croix de Jérusalem, A la Corne de Bœuf, A la Croix d'Or, A Saint Gorgon, A Saint Jacques* et même *A Notre-Dame*. Chaque enseigne portait la mention : « taverne par permission de Son Altesse ». A la taverne des *Trois Pucelles,* ils se mêlèrent au bavardage des marchands attablés.

— Il y a du monde ici, ce n'est pas comme chez nous, dit Paulus pour engager la conversation.

Les marchands le regardèrent avec étonnement.

— Du monde ? Aujourd'hui ? Ce n'est rien à côté des jours de foire ! Il faut voir à la Saint-Jean ou à la Saint-Nicolas ! Il se rassemble ici des marchands de toute la Lorraine, des Flandres, d'Italie, de France et d'Allemagne. Même le duc de Lorraine y vient. Son fils, le prince Henri a acheté cette année une montre de 400 francs à un horloger de Strasbourg.

— 400 francs ? répéta Paulus stupéfait d'un tel prix.

— Oui, c'était un bijou superbe, une montre en forme de poire avec un boîtier en or enrichi d'émail de couleur amarante, le tout contenu dans une bourse de velours cramoisi.

— La vente doit être facile ici, présuma La Rivière.

— Pas autant que vous le croyez...

Les marchands expliquèrent que le commerce était réglementé. Ils ne pouvaient pas travailler sans s'informer des ordonnances toujours nouvelles et sans respecter scrupuleusement les normes prescrites aussi bien pour la largeur des draps que pour la confection de la sergette croisée ou le marquage des tuiles.

— J'ai dû payer une amende parce que j'avais vendu du vin nouveau avant la Saint-Martin, dit l'un.

— Et moi, pour avoir accepté de traiter un marché avant neuf heures du matin, dit un autre.

— Et ne vous avisez pas de dire un mot sur la religion ! Le moindre propos peut coûter cher.

Avec ces règlements, les contrôles incessants, des confréries de métier et des sergents, les droits à payer et les corvées auxquelles les habitants étaient astreints, Paulus se dit finalement qu'on vivait moins libre à la ville qu'au cœur des montagnes. On ne cuisait pas son pain, on l'achetait au boulanger. On ne pêchait pas ses poissons, on les payait à la harengère. On ne fabriquait pas ses sabots, on les commandait au sabotier. Si c'était là l'avenir, il trouvait que c'était une bien triste existence que cette vie de dépendance et de soumission. Cette nuit-là, Paulus se demanda ce qui l'attendait à Nancy. La capitale de la Lorraine était-elle la ville barbare du conducteur de voiles, la cité de luxure du religieux, la ville riche et dorée du papetier Miette ou la capitale des fêtes des troubadours ? Ville maudite ou ville bénie, Nancy devait être en tout cas, avec le procès qui l'attendait, le lieu de son salut ou de sa perdition.

Le quatrième jour du voyage, Paulus et ses compagnons arrivèrent en vue des imposantes fortifications dominées par des toits innombrables et des flèches d'églises et de couvents. Au pied de la muraille, Paulus remarqua un homme en habit somptueux avec une longue suite de serviteurs. C'était le sieur Didier des Jardins, le maître maçon de la capitale qui reconnaissait les réparations à faire aux fortifications. En le voyant, le marcaire pensa que la capitale ne devait être ni funeste, ni tragique pour cet homme. A Nancy comme à Gérardmer, il y avait des Thomasson le Vieux, cossus et puissants et des Quirin du Cresson, pauvres et dominés. Là était la source de ces facettes multiples et opposées. Au lieu de favoriser la justice et l'égalité, au lieu de rapprocher les gens, la ville les opposait en accentuant les différences.

5

Dès son entrée dans les rues de Nancy, Paulus se sentit submergé par une animation qui dépassait celle de Saint-Nicolas-du-Port. Des cavaliers allaient et venaient en tous sens au milieu d'une multitude de gens bigarrée, de bourgeois richement habillés, de servantes mal fagotées et de mendiants qui affichaient leur étiquette de laiton. Il se sentit assailli par les images et les odeurs les plus contrastées. Le plus riche côtoyait le plus pauvre, le sourire d'un comédien bouffon ressemblait à la grimace pateline d'un mendiant, un domestique difforme portait le panier d'une femme élégante. De la cuisine d'une hostellerie coulait en pleine rue un filet de sang et de tripes qui empestait le faisandé. Les maisons étaient bordées d'ordures nauséabondes et Paulus trouva que les rues pavées étaient une sotte invention qui ne permettait pas aux déchets de retourner à la terre et d'enrichir les prairies. Un carrosse les croisa soudain à vive allure en éclaboussant une passante qui dut se jeter à terre pour l'éviter. Le cocher, habitué, ne se retourna pas et fit claquer son fouet au-dessus des chevaux. Outré par un tel mépris, Paulus arrêta sa jument et regarda la pauvre femme se relever. Sa chemise à peine boutonnée offrait une gorge douillette et impudique, sa bouche exagérément fardée et ses yeux effrontés dégageaient un relent de ruelle sombre et de luxure.

— Fié hareng de cocher ! Tu n'es pas toujours si fier !

La Rivière glissa dans l'oreille de ses amis :

— C'est sûrement une de ces filles des rues qui se prostituent pour quelques piécettes.

Petitcolas ressentit un malaise en devinant l'équivoque et le trouble malsain de la vie cachée des citadins. L'amour vénal n'existait pas à Gérardmer. S'il y avait des femmes volages et des filles faciles, on en riait, l'amourette ne sentait pas l'argent et les soupirs faussaires mais respirait la bonne odeur des foins, l'haleine chaude du soleil sur la peau et le chuchotement mutin des veillées rieuses.

Nancy avait le pouvoir de tout exagérer, de rendre le luxe plus opulent, la misère plus sale et les Géromois commençaient à comprendre pourquoi la capitale inspirait à ses visiteurs des impressions si opposées. Ils parcoururent ainsi les rues de la *Neuve Ville* au tracé géométrique et longèrent autant de couvents et d'églises que de maisons bourgeoises.

— Qu'est-ce qu'ils sont dévots ici ! chuchota La Rivière.

Ils voulurent chercher une taverne et frappèrent à plusieurs portes qui leur paraissaient proprettes tout en étant abordables. Mais tout était complet.

— Vingt couettes ! On ne va quand même pas coucher dehors ! s'écria Paulus en s'arrêtant à l'angle d'une ruelle.

— Dans un pré cela ne me gênerait pas en cette saison, mais avec la puanteur et la saleté qui règnent ici ! observa La Rivière.

Ils entreprirent de questionner les passants qui ne savaient d'ailleurs pas les renseigner. Depuis que Charles III avait lancé la construction de la *Ville Neuve,* les travaux attiraient tant de monde que les tavernes étaient toujours combles. Ils commençaient à se décourager lorsqu'un cavalier passa près d'eux et La Rivière le héla.

— Hé ! Vous ne connaîtriez pas une taverne libre ?

— Nous venons de Gérardmer et nous avons bien besoin de repos, précisa Paulus.

— De Gérardmer ? Pas possible ! Vous êtes des Vosgiens alors. Moi je viens d'Epinal et je suis ici pour réparer les vitraux de l'église des Cordeliers. Vous allez venir avec moi à l'*Hostellerie du dauphin et de la charrue*. Je connais bien l'hôtelier et vous aurez votre chambre, foi d'Hugot !

Les Géromois aboutirent ainsi dans un lieu où ils n'auraient jamais osé s'aventurer, une maison somptueuse à leurs yeux et qui ne ressemblait en rien aux relais de poste de leur voyage. Les palefreniers qui prirent en charge leurs montures leur paraissaient déjà vêtus comme des écuyers et lorsqu'ils s'engagèrent sous le portail, La Rivière resta béat d'admiration devant un splendide ouvrage de ferronnerie qui représentait un dauphin et une charrue.

— Quel prix cela va nous coûter ? gémit Petitcolas.

— Oh ! On n'est pas tous les jours à Nancy ! dit Paulus. Pour une nuit dans sa vie on peut s'offrir ce luxe. Pense à ce que nous aurons à raconter à nos femmes !

Le verrier d'Epinal évoluait à l'aise dans ce milieu où l'argent ne semblait pas compter. Il leur fit attribuer une chambre et, amusé par leur candide ébahissement, les entraîna vers la table d'hôte, une table exceptionnelle. Des chandeliers portaient en bas-relief un dauphin et une charrue, les assiettes d'étain étaient marquées de même et tous les mets étaient présentés dans des vasques et des plats ciselés. Des bouquets de fleurs aux dimensions inhabituelles égayaient la salle de leurs couleurs et des serviteurs étaient toujours prêts à faire couler le vin de Toul dans des gobelets. Les Géromois, empruntés, n'avaient pas leur entrain habituel et La Rivière lui-même avait perdu sa verve. Le maître verrier voulut pourtant présenter ses compatriotes aux autres convives et ajouta à leur intention :

— Voici le sculpteur Jean de Trémont à qui la duchesse a commandé des gisants pour la chapelle où je travaille moi aussi. Ce jeune homme est Orinthio, un faiseur de luths italien et son voisin est le sieur Melchior von der Hagen, un maître tapissier des Flandres qui vient voir le duc de Lorraine.

Paulus regardait successivement le visage barbu et vieilli du sculpteur, le minois efféminé de l'Italien et la face bouffie du maître flamand. Il se sentait intimidé dans cet univers si différent du sien et préféra porter son attention sur les plats de pigeons et de vanneaux dont la saveur et la finesse l'étonnaient. Les autres convives, après avoir souri de la présence inattendue et de la gaucherie des montagnards, se mirent à échanger des réflexions sur les arts et sur la capitale. Ils évoquèrent notamment la fête qu'on préparait en l'honneur de Don Juan de Médicis et celle de l'année précédente lorsque Marguerite de Gonzague était arrivée d'Italie. Il était question de la tenue des gardes suisses, des machineries stupéfiantes du ballet antique, d'un livre à couverture d'or enrichi de diamants, d'une course à selle dessanglée, de chambellan, de panetier, de cygnes lâchés dans les fossés de la ville et même d'une eau bienfaisante que le duc faisait apporter des Flandres dans des bouteilles de verre. Tous ces détails insolites suscitaient l'intérêt de La Rivière et de Petitcolas mais bourdonnaient confusément dans la tête de Paulus. Depuis qu'il était dans la capitale, sa renommée de fêtes et de richesses lui paraissait plus imaginaire que réelle, plus inaccessible qu'avant. S'il y avait tant de faste, c'était dans un autre monde où un modeste marcaire ne pouvait pas entrer. Il ne prêtait plus attention aux bavardages de la table et ne pensait qu'au procès du lendemain, si proche et si préoccupant. Loin de ses montagnes, il craignait de ne plus savoir que dire et d'avoir perdu son inspiration. Tout n'était plus qu'un bruit confus dans la tête de Paulus qui cherchait à retrouver le chemin du Corsaire et les périls de la montagne.

Un arôme familier soudain le ramena parmi les convives. Une servante venait de poser au centre de la table un plateau de fromages où trônaient de superbes géromés crémeux, de hauts fromages des chaumes aux effluves vigoureux. Paulus se sentit alors chez lui, tout Gérardmer affleurait sur la table avec son cortège d'images et de souvenirs.

— Ils viennent de chez vous ! observa Hugot le verrier.

— Et comment ! Peut-être même des Relles Gouttes, dit le marcaire qui retrouvait sa voix devant ce brusque rappel de ses origines.

En face de lui, le sculpteur Jean de Trémont remarqua la métamorphose du Géromois et lui manifesta son intérêt. Il n'eut pas besoin de le questionner longtemps sur son pays pour que Paulus en fasse l'éloge avec animation.

— Si vous voyiez notre lac ! Il étincelle comme une immense rivière de diamants et les montagnes lui font un arc de triomphe plus grandiose que tous ceux que vos charpentiers édifient à Nancy. Les cascades scintillent plus belles que des soieries et le printemps nous offre avec ses jonquilles de somptueux tapis d'or à rendre jaloux tous vos maîtres batteurs. Et l'eau est si pure qu'elle est à elle seule un délice. Nous n'avons pas besoin de la faire venir de si loin que vous ! D'ailleurs tout fleure bon chez nous et l'amour ne s'achète pas. Il se donne, il se respire, aussi limpide que l'espace des chaumes. C'est une fleur d'églantier qui vient d'éclore et se cueille dans l'instant...

Paulus avait tant entendu de ces mots de soie, d'or et de pierreries qu'il utilisait les mêmes, inconsciemment, pour louer son pays. Le sculpteur, touché par sa chaude éloquence, lui dit avec un timbre de voix qui vibrait un peu :

— Comme tu en parles... de ton village ! A t'entendre, Nancy et Gérardmer seraient les deux perles de la Lorraine !

Sur sa lancée, Paulus parla aussi du lait des montagnes, de son goût de chaque saison et de la vie des fromages. Il expliqua comment apprécier leur saveur, sentir leur âge et distinguer leur origine, comment flairer le gazon ras ou la richesse d'une répandise. Tous les convives goûtèrent les fromages avec un plaisir insoupçonné, le faiseur de luth italien y décela un goût de forêt, le maître tapissier des Flandres une saveur sauvage apparentée aux meilleurs gibiers. Contre toute attente, les géromés avaient surpassé les plats de viande.

Les serviteurs emportèrent le plateau et déposèrent à sa place un énorme gâteau coloré, nappé de crème, parsemé de cerises et parfumé de kirsch. Aussitôt l'atmosphère changea : une douceur sucrée, courtisane, chassa l'air sauvage des montagnes, on se remit à parler de luxe et de fête, des maîtres pâtissiers renommés et des galeries peintes du Palais ducal. Orinthio et Melchior von der Hagen se replongeaient dans leur élément, la vie sûre et feutrée des couloirs du Palais. Seul Jean de Trémont, les yeux perçants, la barbe noire et touffue, regardait le montagnard rentrer dans sa coquille. A la fin du repas le sculpteur se rapprocha de Paulus.

— Les gens des villes sont inconstants, ne t'en formalise pas. Il est de bon ton à Nancy de n'admirer que la capitale, de ne s'intéresser qu'aux derniers engouements de Son Altesse. Selon les moments toute la Cour se passionne pour un melon ou un concombre, pour de nouvelles roses d'Inde, pour des plants de mûrier que la duchesse tente d'acclimater, pour le pavillon que l'on chauffe en hiver à l'intention des orangers. Les vaches ont connu elles aussi leur époque de faveur, tout comme les animaux étranges : ces autruches, ces hyènes, ces singes et ces chameaux que nos ducs ont fait venir de contrées lointaines pour agrémenter leur ménagerie, et qui n'amusent plus que les enfants des bourgeois. Ton récit peut intéresser un instant nos convives, mais il leur faut vite des amusements nouveaux.

— Bien sûr, Nancy est plein de splendeurs, mais je préfère vivre à Gérardmer.

— C'est ce que j'aime en toi, reprit Jean de Trémont, tu as gardé les yeux ouverts et l'esprit naturel. Viens me voir dans mon atelier, cela me ferait plaisir.

Paulus s'endormit vite ce soir-là malgré le cadre

insolite de son grand lit à baldaquin entouré de lourds rideaux pourpres. Sur le matin, il fit un songe exceptionnel : il se trouvait dans une forêt en pleine nuit d'hiver, sous une lune étincelante, plus grande qu'à l'accoutumée. Autour de lui, tous les sapins brillaient d'une blancheur sucrée. En goûtant les premières branches, il découvrit que les flocons étaient en crème et les glaçons en sucre. S'avançant dans la forêt, il déboucha dans une clairière où tout était lumineux, les arbres décorés de fil d'or, de caramel et d'argent. Un homme, avec un manteau de soie et une barbe d'or, s'approcha de Paulus : c'était le sculpteur Jean de Trémont qui le guida vers un palais. Devant la porte une jeune femme vêtue d'une fine robe de lin blanc rehaussé de broderies d'or souriait en lui tendant les bras. Paulus reconnut alors sa femme, avec son visage frais de jeune fille, quand une cloche d'église le tira de son rêve.

Paulus se demandait où il se trouvait. Par la fenêtre lui parvenaient des sons de cloches variés et bruyants, les uns légers comme des cascades cristallines, les autres plus lourds rampant au ras des toits sur le ton grave du bourdon. Il semblait y avoir à Nancy plus de clochers que dans tous les villages des Vosges réunis. Il resta un moment émerveillé par son rêve en se demandant ce qu'il pouvait signifier. Etait-ce Marion qui pensait si fort à lui qu'elle venait ainsi lui redonner confiance ou le sculpteur à la voix accueillante qui lui avait inspiré cette vision surnaturelle ?

Malgré l'heure matinale il y avait déjà une grande agitation dans les rues de la capitale : des commis boulangers livraient le pain dans de grands paniers, des porteuses de lait se rendaient de porte en porte avec leur odeur familière, des cossons proposaient leurs œufs et les mendiants se postaient à leur place. Paulus et ses amis étaient entrés dans la Vieille Ville et n'avaient plus en tête que leur procès, si proche qu'ils en avaient la gorge serrée. Ils marchaient vite et en silence. Devant l'immeuble imposant de la Chambre des Comptes, Petitcolas souffla :

— Vous croyez qu'ils nous écouteront ?

— Il le faut ! répondit Paulus qui essayait de surmonter son émotion.

Un garde les dirigea vers un grand escalier de marbre blanc et on les introduisit dans une vaste salle où attendait déjà le receveur d'Arches, convoqué sans doute pour leur procès. Les Géromois le saluèrent avec déférence et se regardèrent avec une appréhension croissante. Cet homme avait la réputation d'être honnête et rigoureux, mais était-il disposé à témoigner favorablement à leur égard ? Ne pouvant le déchiffrer sur son visage froid et sévère, Paulus essaya de se concentrer sur la décoration de la pièce. Sur le mur d'en face une gigantesque tapisserie représentait une scène de chasse inattendue. Le chasseur était en effet une femme nue qui tendait un arc devant sa poitrine et visait un cerf au bord d'un étang. Elle avait posé contre un arbre son carquois rempli de flèches et deux chiens superbes se tenaient à ses côtés. Petitcolas le tira de sa contemplation par un coup de coude et un clin d'œil amusé en direction de la chasseresse.

— J'aimerais bien la rencontrer dans la forêt de Narouel !

— Les femmes nobles vont peut-être nues à la chasse, chuchota La Rivière, ils ont de telles fantaisies à Nancy !

Malgré leur ton faussement badin, leur voix trahissait l'émotion qui les rapprochait. Paulus était devenu incapable de parler, guettait la porte et tendait l'oreille aux allées et venues. Finalement des gardes les appelèrent et ils suivirent le receveur François du Bois dans la salle d'audience où ils attendirent un temps interminable l'arrivée des juges. Les greffiers entrèrent d'abord, bientôt suivis de trois auditeurs et du président Parisot, qui avançaient avec une solennité calculée et presque religieuse. Les Géromois profondément impressionnés retenaient leur souffle en se demandant avec anxiété comment l'audience allait se dérouler. Dans quelques instants leur sort allait être tranché.

Enfin le Président de la Chambre des Comptes déclara la séance ouverte et lut le procès-verbal qui les accusait d'avoir enfreint l'interdiction de chasser et refusé de payer l'amende. Paulus fut soudain pris de doute. Et si de nouvelles ordonnances avaient annulé les décrets sur lesquels il s'appuyait ? Puis le sieur Parisot donna la parole à François du Bois qui confirma les faits mais ajouta que les habitants de Gérardmer croyaient certainement de bonne foi être dans leur droit.

— Je rencontre beaucoup de Géromois lors des mes tournées des chaumes et je peux vous assurer, Monsieur le Président, qu'ils montrent toujours un grand respect pour Son Altesse. Je suis persuadé qu'ils n'ont jamais voulu nuire à Son Altesse ou mépriser Ses ordonnances. S'ils ont retardé le paiement, c'est qu'ils attendaient simplement l'issue de la requête.

Paulus fut soulagé par la position du receveur qui manifestait ainsi une certaine compréhension à leur égard. Son témoignage devait mettre les juges en de bonnes dispositions et l'encourageait lui-même, indirectement, pour la plaidoirie qu'il envisageait. Mais un des auditeurs intervint en évoquant le témoignage du maire de Gérardmer.

— Je peux vous lire la déposition du sieur Thomasson. Il a demandé d'excuser la faute de ses compatriotes et c'est généreux de sa part. Il les avait prévenus de l'interdiction de chasser et il a alerté le bangard pour essayer d'arrêter à temps leur entreprise illicite. Les coupables ont donc agi en connaissance de cause et avec préméditation. Ils ne méritent aucune indulgence !

Les Géromois furent accablés en entendant cette déposition.

— Mais vous parlez de ces montagnards comme s'ils connaissaient les subtilités juridiques ou comme s'ils avaient commis un crime, répliqua François du Bois. Ce sont des gens simples qui ne voient que les nécessités immédiates...

Une discussion s'engagea entre l'auditeur qui s'en tenait obstinément à la lettre des ordonnances et le receveur d'Arches qui tentait de disculper les accusés.

Le président intervint alors vigoureusement.

— Vous êtes ici pour témoigner, Receveur, et non pour les défendre !

Devant cette mise en garde, François du Bois modéra brusquement sa déposition.

— Je vous indique seulement ce que je sais du caractère des montagnards. Vous apprécierez vous-même s'ils sont responsables...

Paulus fut alors bouleversé par la tournure que prenait l'audience et se demanda si les juges lui laisseraient le temps et la permission de se défendre. A cet instant un greffier entra dans la salle et dit quelques mots au président qui déclara :

— On m'informe que le maître des Requêtes ne viendra pas aujourd'hui. L'audience est donc suspendue et reprendra le 4 août à 9 heures du matin.

Les Géromois quittèrent la salle et rejoignirent leur hostellerie, abattus et découragés. Petitcolas, le plus effondré, ne pensait plus qu'à retourner au pays.

— On n'est pas venus jusqu'ici pour abandonner tout de suite ! dit Paulus qui ne voulait pas encore se résigner.

— Mais on n'a aucune chance ! objecta Petitcolas. Tu as vu comment le président a coupé la parole au receveur ?

— Et pourtant il parlait bien ! soupira La Rivière. Je croyais déjà que tout allait s'arranger.

— Les auditeurs sont plus durs et plus intransigeants que je ne le prévoyais, reconnut Paulus. Le combat sera difficile avec si peu d'atouts ! Mais il y a quand même ce décret particulier à Gérardmer...

En raison de la semaine qui les séparait de la prochaine audience, ils décidèrent que Petitcolas rentrerait prévenir leurs familles, tandis que Paulus et La Rivière resteraient à Nancy.

Le coutelier passait son temps à parcourir les rues de la capitale à la découverte des métiers. Il s'attardait dans une échoppe, observait le tour de main d'un artisan, bavardait avec les uns et les autres. Pour cet homme du métal et du feu, l'inactivité lui pesait. Il se sentait tout décontenancé de ne rien avoir à serrer dans ses mains, de ne pas avoir de lame à polir. Il tournait en rond, désœuvré, dans les rues, admirait un orfèvre pour son adresse, s'étonnait chez un épinglier du nombre d'opérations nécessaires à la fabrication des épingles. Puis il revenait à la taverne et buvait de la bière en attendant le retour de Paulus.

Après quelques gobelets, La Rivière se lamentait sur le procès qu'il risquait de perdre et sur la modicité de sa condition à côté de celle des orfèvres de Nancy. Puis remontait en lui sa révolte contre celui qui était la cause de tous ses maux, cette fripouille de Thomasson le Vieux qui les avait fait surprendre par le bangard.

— On l'a élu maire de Gérardmer, mais il ne pense qu'à profiter et à prendre le bien des autres. Il veut la peau de Quirin et la mienne aussi, mais je la défendrai chèrement, je vous le dis !

Paulus retrouvait souvent son ami en train d'haranguer une petite compagnie de buveurs, agglutinés autour de sa table, buvant ses paroles et surtout ses pichets de bière. Il était peiné de voir son compagnon se morfondre ainsi et l'entraînait loin de ces sangsues. L'angoisse et l'oisiveté forcée minaient peu à peu sa grande carcasse, sapaient sa force et son moral. Où était le fier coutelier de Gérardmer qui s'enorgueillissait de ses ouvrages ? Ses couteaux dont il tirait vanité étaient devenus misérables auprès de ce qu'il découvrait chez les artisans de Nancy : il regardait ses mains si sûres et les trouvait maintenant impuissantes et maladroites.

Paulus lui redonnait confiance en lui répétant qu'ils gagneraient leur procès, puis il le détournait de ses préoccupations en relatant sa journée. Depuis la première audience, il avait pris l'habitude de se rendre à l'atelier de Jean de Trémont. Celui-ci l'avait accueilli avec un large sourire et lui avait montré ses œuvres de pierre ou de bois, gargouilles insolites, feuilles vibrantes dans la pierre, fontaine d'Eros pour un jardin privé ou buste féminin au galbe généreux. L'atelier du sculpteur était un fouillis inimaginable, un taillis confus de figures entrelacées où se mêlaient les poussières de roche et les fibres de bois. Des statues inachevées cachaient sous une draperie poudreuse leurs formes incertaines, sur des tréteaux de bois des blocs vierges attendaient le ciseau de Jean de Trémont, sur une table s'étalaient esquisses et croquis, contre un mur sommeillaient des projets de monstres et de déesses.

Paulus avait tout de suite aimé cette atmosphère. Il était à l'aise dans cet entassement de mystères à cent lieues de Nancy et y retrouvait l'odeur du bois. Il reconnaissait chez Jean de Trémont ses gestes de sabotier, mais des gestes embellis, magnifiés qui produisaient des corps, des plis de vêtement, des courbes divines. Le sculpteur avait des gestes d'amour pour son œuvre quand il lissait la rondeur d'un sein ou ébauchait un nouveau personnage. Paulus le regardait travailler pendant des heures en observant ses mouvements. Il avait l'impression de sentir contre sa poitrine le bloc de bois que Jean de Trémont serrait et métamorphosait à petits coups de gouge. Malgré le jour il y avait souvent une chandelle allumée dans l'atelier. Le sculpteur disait qu'il voyait mieux les reliefs et percevait plus intensément son sujet. Sur le bois ainsi fécondé dansait une flamme de vie.

Paulus posait ses yeux sur la statue qui prenait forme, voyait naître une bouche, un regard, une oreille attentive, puis parlait de son pays. Il racontait la coulée du lait, l'odeur du foin, les soins des fromages, les rires des enfants, les truites des Relles Gouttes et les oiseaux de Marion. Il se confiait au sculpteur et à son œuvre, comme si le visage naissant de la statue l'écoutait. A force de regarder ces mains qui modelaient la matière, il avait l'impression que l'âme de Jean de Trémont y passait secrètement. Quand Paulus dévoilait son admiration pour Claudel le Juste, sa pitié pour le pauvre Jean Gayé, son indignation devant les manœuvres de Thomasson le Vieux, ou quand il décrivait les personnages de Gérardmer en termes pittoresques, la main du sculpteur s'arrêtait. Ses yeux perdus dans le bric-à-brac confus de son atelier, Jean de Trémont se laissait envahir par ces descriptions qui faisaient naître en lui des modèles nouveaux.

Jour après jour Paulus et le sculpteur prenaient plaisir à se retrouver. Jean de Trémont apprenait de son visiteur la sobre existence des montagnards, s'ouvrait à une race rude qu'il ne connaissait pas encore, et traduisait ses sentiments en esquisses sur le papier. Paulus appréciait ses croquis, précisait un détail, s'étonnait de trouver des ressemblances. L'artiste était vraiment un créateur pour faire revivre ainsi, en quelques traits de fusain, les gens de son pays. Un créateur sensible et malicieux parfois quand il représentait le maire et le tabellion avec des corps de loup et de faucon en train de pourchasser les marcaires.

En le regardant travailler, Paulus pensa à la Vierge qu'il avait promise à Marion et essaya de garder en mémoire la façon de tenir la gouge et de creuser le bois. Jean de Trémont qui remarqua son intérêt prit plaisir à l'initier à la sculpture. Quand le Géromois saisit contre lui une pièce de bois, il lui sembla qu'il n'avait qu'à caresser la matière pour dégager une forme prête à naître et qu'il pressentait déjà. Etait-ce l'habitude du sabotier, l'exemple du sculpteur ou l'âme de cet atelier inspiré ? En tout cas Paulus détacha du bloc une figure de montagnard aux traits ridés, aux arcades saillantes, une face de vieux qui pouvait rappeler son père. Jean de Trémont le félicita et lui confia ses conseils les plus secrets en lui disant :

— Tu as un don, c'est certain. Si tu n'aimais pas tant ton village et tes fromages, je te proposerais bien de rester mon élève ! Mais quand tu seras chez toi, continue de sculpter. Ce serait dommage d'abandonner.

Le soir dans la taverne, Paulus rapportait ainsi cette

passion naissante et La Rivière ses découvertes de la ville, mêlant dans leur causerie le sculpteur et l'épinglier. Le marcaire des Relles Gouttes qui n'aimait pas la chaleur lourde des rues de la capitale apprenait par son ami le tohu-bohu des ruelles, la hâte des charpentiers à dresser des théâtres pour la venue de Don Juan de Médicis et l'arrivée du long cortège de chariots chargés de meubles et de cadeaux.

Pendant que le coutelier ragaillardi allait reconnaître les grands moulins de Tomblaine ou la baignade aménagée pour la duchesse au pied du pont de Malzéville, Paulus retournait chez le sculpteur. Toute la montagne entrait avec lui dans le monde de l'artiste, bousculait ses habitudes courtisanes et sa sensualité maniérée. Un souffle sauvage hérissait maintenant ses dessins. Les esquisses des belles dames de la Cour, les robes magnifiques et décolletées, les épaules frêles et les bras nus, les dessins de seigneurs et de chevaux puissants, tout ce monde inconnu qui avait frappé Paulus le premier jour, tombait maintenant en feuilles mortes. La Cour n'était plus de saison. Jean de Trémont vivait avec la montagne, dans l'univers de son admirateur et, pour que l'ambiance soit parfaite, il avait envoyé sa servante acheter des géromés sur un marché de la *Ville Neuve*.

La veille de l'audience, il reçut la visite de Jacques Bellange, le peintre officiel du duc de Lorraine.

— Voici mon ami de Gérardmer, dit le sculpteur, je suis heureux de vous le présenter.

Jacques Bellange s'étonna de la présence d'un simple manant dans l'atelier et plus encore de l'intérêt que ce Géromois semblait témoigner pour la sculpture. Depuis que le duc de Lorraine l'avait officiellement choisi et envoyé étudier les fresques des maîtres italiens, il voyait le monde au diapason des souhaits de la Cour. L'art était fait pour les seigneurs : que pouvait y comprendre un homme du fond des montagnes ?

— Je vous assure qu'il porte en lui une intuition surprenante des formes, insista Jean de Trémont. Et si vous l'entendiez parler de ses chaumes, de son bétail et de son lait, il aurait de quoi vous inspirer un tableau...

Paulus était trop impressionné par ce peintre qui approchait le duc de Lorraine, pour pouvoir s'exprimer. Jacques Bellange coula sur lui un regard clair et pénétrant avant de répondre au sculpteur :

— C'est vrai. Votre ami a la couleur et la vigueur d'un faune. Je le placerais bien dans le tableau de *Bacchus et Ariane* que je prépare pour le promenoir de Son Altesse.

— Avec cette mode de la mythologie antique, on décore le Palais de scènes anachroniques et on ne représente pas la Lorraine telle qu'elle est, estima Jean de Trémont. Vous peindriez Jupiter en taureau enlevant la jeune Europe nue sur son dos, mais non les vaches sur les hautes chaumes.

— L'art est fait pour montrer le beau et non le vrai, pour susciter le rêve et non la comparaison.

Entre le peintre esthète et le sculpteur réaliste se prolongea un débat où Paulus se sentait étranger. Quand Jacques Bellange parla du portrait commandé par Mme de Luxembourg et d'un pamphlet qui médisait sur les dames de la Cour, il était tout à fait perdu. Avec le peintre officiel l'univers courtisan avait repris possession de l'atelier et dévoilait au Géromois ses défaveurs et ses querelles, ses mesquineries et ses revers. Ce soir-là il rentra mélancolique à la taverne et, dans les échos assourdis de la capitale, il ne pensa plus qu'au procès.

Pour la deuxième fois les Géromois se retrouvèrent dans la grande salle d'audience, au milieu d'une foule variée et dans un silence pesant. Les gardes frappèrent le sol de leur lance, et les juges entrèrent, majestueux, inquiétants, plus nombreux encore que la fois précédente. Le président Parisot était entouré du maître des Requêtes Bardin et de six auditeurs. En un instant Paulus se concentra. Il pensa intensément à sa famille et à son pays, et une paix profonde s'installa en lui, aussi imperturbable que les eaux du lac au petit matin. Alors le président le fit se lever et Paulus parla. Sa voix simple et posée était celle de Claudel le Juste et de tous les Géromois, avec l'accent de la montagne et le timbre des hautes chaumes. Elle résonnait claire dans cette enceinte triste. Elle faisait vibrer La Rivière et forçait l'attention des juges monotones par ses mots inhabituels au sein de cette Cour sévère et parfois magnanime.

Ce qui vivait dans les paroles du marcaire des Relles Gouttes, c'était la dure existence de la montagne, toutes les peines des Géromois et tous les périls qui les guettaient. Longuement mais avec des intonations toujours renouvelées, Paulus décrivait les terribles conditions de vie dans les hautes montagnes, les champs stériles et les récoltes gelées, les hivers rigoureux et les marcaires qui mouraient dans la neige, les hurlements des meutes de loups et les ossements de bétail qu'on retrouvait dans la forêt, les incursions des ours et des soudards qui les pillaient, le tournoiement des busards au-dessus des granges isolées. Il racontait les hivers qui s'éternisaient jusqu'à la fin mai, les pluies qui gâtaient les foins, le mouron qui étouffait les bonnes plantes et les années où l'on mangeait la soupe aux branches de sapin.

Toute l'assistance écoutait avec attention et comprenait mieux la condition difficile et cruciale des montagnards de Gérardmer. Il insista de nouveau sur les bêtes sauvages qui détruisaient leurs récoltes et les menaçaient de famine. Pour les Géromois, il était impossible de laisser les sangliers divaguer dans leurs champs, c'était une question de vie ou de mort. La sagesse commandait de les éloigner pour préserver les pauvres sujets et les maigres richesses que Son Altesse Charles III avait dans ce coin perdu des Vosges, l'endroit le plus difficile de son beau pays. Des richesses bien modestes mais qu'il fallait sauver pour la prospérité de la Lorraine. Il assura que les lointains et humbles Géromois nourrissaient dans leur cœur le plus grand respect et la plus inaltérable fidélité pour Son Altesse.

— Je vous en supplie très humblement, Messieurs, ne jugez pas notre affaire comme si elle s'était passée dans une plaine prospère aux environs de Nancy. Pensez que nous vivons dans des lieux déserts et stériles, et que nous sommes enfermés une grande partie de l'année dans les neiges et les gelées avec une froidure insupportable. Si nous avons chassé, ce n'était pas pour notre plaisir mais seulement pour conserver notre bétail et notre héritage. Si vous maintenez la rigueur des nobles ordonnances dans notre cas si particulier, la plupart d'entre nous seront réduits infailliblement à la misère, à la famine et finalement à quitter le pays. Notre bon duc a besoin de nous pour surveiller la frontière avec l'Allemagne.

Paulus parlait sans réfléchir, les mots sortaient de son cœur comme une fontaine en sa répandise. Il ne regardait pas les juges et ne sentait pas les regards fixés sur lui. Il était tout à sa cause qu'il défendait, quelque part entre Gérardmer et le Palais de Son Altesse, dans le néant sublime de la pensée et de la volonté. Devant lui, les visages des auditeurs semblaient s'éclairer, le maître des Requêtes tenait son menton dans sa main en hochant la tête et le président fronçait les sourcils avec attention tandis que Paulus continuait.

— Dans Sa clémence et Sa bonté, Son Altesse ne peut pas vouloir accélérer la ruine de Ses sujets. Aussi je vous supplie de lever les amendes et de reconfirmer définitivement pour tous les Géromois la permission de chasser qui fut accordée en 1546. Pour témoigner de notre fidélité et de notre bonne affection envers Son Altesse, nous assurons de prier à jamais pour la prospérité de notre duc bien-aimé.

Paulus regagna sa place. Le président annonça une suspension de séance et se retira avec le maître des Requêtes et les auditeurs. La Rivière félicitait déjà son ami à voix basse.

— Si tu avais vu comme ils t'écoutaient, je crois que tu les as convaincus.

Le marcaire ne répondit pas. Il était encore dans son

discours, habité par d'autres mots qu'il aurait voulu dire. Il pensait qu'il avait oublié des arguments, qu'il aurait dû rappeler les histoires d'autrefois, des drames du siècle dernier.

Après une brève délibération la Chambre des Comptes de la Cour de Lorraine rendit son jugement. Elle acceptait de prendre en considération les arguments présentés et se déclarait favorable à la requête. Dans les jours qui suivraient, Son Altesse prendrait Sa décision, mais Elle se ralliait toujours à l'avis des conseillers.

La Rivière serra Paulus dans ses bras et celui-ci réalisa pleinement qu'il avait gagné son procès. En repartant dans les rues de la capitale, ils se répétaient sans se lasser les paroles du président et se réjouissaient de leur victoire.

— Notre amende va être levée. Petitcolas sera soulagé, lui qui n'y croyait plus !

— Et j'ai hâte de voir la tête de Thomasson le Vieux ! Il ne pourra plus se prendre pour le maître et faire ce qu'il veut. Mais dis donc, Paulus, tu y allais fort dans ton tableau de Gérardmer !

— Comment donc ?

Avec une expression malicieuse, le coutelier poursuivit en exagérant les propos de son ami :

— Tu te rends compte ? Nous vivons au milieu des troupeaux d'ours et dans les glaces éternelles ! Et nous n'avons que des pousses de sapin à nous mettre sous la dent ! Tu ne crois pas qu'on devrait rester ici ?

Le marcaire hésita un court instant avant de comprendre la facétie de son compagnon et rit de bon cœur avec lui. A cette heure, Nancy lui semblait la plus belle des villes. Il croyait voir le sourire sur tous les visages et les gens en effet s'amusaient de leur joie débordante. Si Nancy paraissait radieuse et insouciante, c'était parce qu'il projetait autour de lui ses propres sentiments, un peu comme le faisait le sculpteur sur les œuvres de son atelier.

Avant de prendre le chemin des Vosges, il voulut dire adieu à Jean de Trémont. Celui-ci devina d'emblée leur victoire, servit en leur honneur un pichet de vin bavarois et fit cadeau à Paulus de sa gouge à bois préférée.

— Tiens, Paulus, je sais que tu en feras bon usage.

Avec un sourire complice il ajouta sur le pas de sa porte :

— Et souviens-toi un peu de ton vieil ami de Nancy, le sculpteur à la barbe d'or !

IV

La peste noire

1

A l'abri des sapins, un homme en blouse grise et chapeau noir remontait le sentier vers la répandise des Relles Gouttes. Ses sabots avançaient pesants sur la croûte d'humus et d'aiguilles. Sa canne repoussa d'un élan machinal une pomme de pin, relique inachevée d'un repas d'écureuils. L'homme leva la tête. Il était à l'entrée de la vaste clairière, en vue de la grange de Paulus, au pied d'un gigantesque épicéa. Des jonquilles avaient mis du soleil aux joues des montagnes. Il s'arrêta et dirigea son regard vers une chapelotte en bois qui abritait la statue d'une Vierge au manteau.

Il existait à Gérardmer d'autres statues de la Vierge, sculptées lourdement dans le bois, au visage naïf et carré, placées dans des niches ou des trous de sapins, mais celle-ci avait une expression différente, profonde et presque étrangère. Tous les gens qui passaient s'émouvaient de sa beauté, les hommes se signaient et les femmes qui avaient toujours une angoisse ou une supplique en tête prononçaient une prière.

Paulus avait sculpté cette Vierge comme il l'avait promis à Marion, pendant l'hiver qui avait suivi son retour de Nancy. Ce retour tout auréolé d'éclat et de prestige s'était transformé en estime lorsque arriva le décret du duc de Lorraine, daté du 17 septembre 1607 et confirmant la permission de chasser : « Nous déclarons les suppliants nos sujets n'avoir pas à payer l'amende à eux prétendue. Moyennant quoi nous mandons les laisser paisiblement jouir de notre permission de chasser, et ne leur donner aucun trouble, car ainsi nous plaît. » Cette décision capitale pour la sécurité des Géromois confirmait aux yeux de tous combien Paulus était capable de défendre leurs intérêts. Malgré son jeune âge, il fut élu, dès le mois de novembre suivant, commis-juré de la communauté et réélu chaque année. Arrivé dans la quarantaine, il avait trouvé son équilibre. Ses compatriotes reconnaissaient son intelligence, appréciaient ses conseils judicieux, le choisissaient pour parrain de leurs enfants et leur estime avait rejailli sur Marion, élue de son côté sage-femme à l'automne précédent. La Rivière, avec son exubérance naturelle, avait fait entrer dans la légende leur voyage à Nancy.

L'homme qui priait la Vierge au manteau, ne semblait pas pressé et contemplait avec attention la statue dont les formes s'estompaient peu à peu dans le déclin du jour. C'était Petitcolas.

La Vierge portait sur sa tête un grand châle lorrain qui retombait sur ses bras, écartés dans un geste protecteur. Sa robe, serrée par une ceinture nouée sur le devant, descendait en plis jusqu'à ses pieds. Son visage, curieusement disproportionné, avait une belle forme allongée, des yeux en amande et de longs cheveux ondoyants. En sculptant cette Vierge au cours des veillées d'hiver, dans la chaleur du feu et près de Marion occupée à tisser, Paulus n'avait pas remarqué d'abord qu'il dessinait un visage aussi grand que la moitié du corps. Il travaillait avec patience de la gouge et du ciseau, dégageant peu à peu les formes, serrant le bloc de bois contre son cœur où revenaient, en écho fidèle, les images de Jean de Trémont. Ce qu'il avait admiré avant tout chez le sculpteur nancéien et qu'il tentait d'exprimer dans la Vierge, c'était la douceur, l'amour et le pardon. C'était au visage qu'il apportait le plus de soin. Il fignolait le coin des lèvres, il en lissait le grain de peau avec une tendresse de mère. La face divine et bienveillante était ainsi devenue la partie dominante de la statue, on ne pouvait pas la regarder sans se sentir baigné d'une onde pacifique.

Le marcaire se signa, marcha rapidement jusqu'à la grange de Paulus et entra dans le poêle sans cérémonie. Evon et Dominique étaient déjà dans ses jambes et toute la pièce sentait bon le fromage frais qui gouttait au-dessus du cuveau. Barbeline, une jeune fille de dix-sept ans aux joues rondelettes, aidait sa mère à préparer une soupe aux choux. Marion coupait dans une bande de lard fumé une tranche économe. Nicolas, qui devait cet été pour la première fois accompagner Blaison sur la chaume, réparait une hotte à fromage. Par la fenêtre le jour déclinait. Au centre de la table une chandelle joignait son éclat tout neuf aux reflets intermittents du feu de bois, chassant l'ombre entre les sapines du plafond.

Il n'y avait rien que de très habituel dans cette scène de fin du jour, un intérieur comme toutes les granges vosgiennes, le même écho des vaches à travers la cloison de planches, le même frémissement de l'eau des montagnes surprise dans le chaudron de fonte, la même terre battue sans teinte et sans empreinte, les mêmes parfums et le même repas. Pourtant ce foyer avait quelque chose d'insolite. Au bout de la table se dressait une statue de deux pieds de haut à laquelle Paulus mettait la dernière main, une statue plus belle que la Vierge du sentier, un personnage aux vêtements étranges en bois coloré. Le visage penché sur son œuvre, il teignait d'une couleur d'ocre les fines lanières des cothurnes avec un petit pinceau.

— Sois le bienvenu, Petitcolas, tu permets que j'achève avant que la teinture ne sèche ?

Son vieil ami d'enfance se sentait à l'aise dans cette maison qu'il avait aidé à construire. Il s'assit simplement sur un banc et le regarda travailler, les yeux remplis d'admiration. De temps en temps, Paulus posait son pinceau, prenait l'un des ciseaux que La Rivière lui confectionnait, affinait une ligne, creusait une broderie, retouchait un défaut qu'on ne remarquait pas. Le personnage portait une longue toge rouge qui descendait en drapé de l'épaule droite jusqu'aux genoux. Le front dégarni contrastait avec des cheveux abondants et une barbe longue. Les sourcils saillants et les yeux ronds donnaient au visage une expression grave et décidée. La main, plus grande que nature, forte et active, tenait une épée dont la pointe reposait sur le socle de gazon stylisé. C'était saint Paul, le patron et l'image de Paulus, tel qu'il l'avait vu représenté à Nancy en soldat romain. En le sculptant tout au long des soirées d'hiver, il y avait mis son cœur et son ardeur. Le saint Paul des Relles Gouttes avait dans le regard son souci de justice et dans la main sa fermeté farouche. Près de la porte d'entrée, il allait être le plus bel accueil et pour certains un avertissement sérieux.

— Demain je préparerai de la teinture de lichen pour le socle, dit-il en achevant la dernière bride.

Petitcolas le complimenta et ils bavardèrent autour d'un pichet de vin sur les derniers soubresauts de l'hiver et les nouvelles de la vallée.

— J'ai entendu dire que des envoyés du duc de Lorraine devaient venir pour enquêter sur l'établissement d'un four banal et d'un moulin banal. Ce serait fâcheux pour nous s'il fallait porter la pâte à cuire jusqu'au bourg.

Paulus en avait été informé par le nouveau maire et cette prochaine enquête le tracassait. Un four banal, ce serait l'obligation pour chacun de cuire son pain dans un four unique, au centre du village, en payant une redevance. Comment irait-on jusqu'au bourg en hiver, et dans quel état arriverait la pâte par temps de pluie et de neige? Comment feraient les veuves et les impotents? Toutes ces questions alarmaient les montagnards, surtout depuis que le tabellion Balthazard avait affirmé publiquement que le duc de Lorraine pouvait rétablir à Gérardmer cet usage de la banalité quand bon lui semblerait.

— Tu ne vas pas croire, toi aussi, le tabellion, dit Paulus avec fermeté. De mémoire de Géromois, la banalité n'a jamais été mise en usage ici.

— Tous les villages alentour y sont pourtant soumis.

— C'est comme pour le droit de chasse, rappelle-toi ! Personne n'y croyait et nous avons eu gain de cause. C'est une tolérance pour compenser notre isolement, et notre obligation de surveiller la frontière avec l'Allemagne.

Paulus n'était pas le seul juré de la communauté, mais c'était lui qu'on venait voir, c'était sur lui qu'on comptait pour éviter au village cette nouvelle contrainte. Vingt ans plus tôt, des enquêteurs étaient déjà venus pour le même sujet en plein mois d'août, un été de sécheresse exceptionnelle. Les ruisseaux presque secs n'entraînaient plus les moulins et le maire de l'époque avait pu détourner la Prévôté de son projet.

— T'inquiète pas ! On arrivera bien à convaincre les enquêteurs que la banalité n'est pas praticable ici, dit Paulus avec un air malicieux. La dernière fois il n'y avait pas d'eau mais, cette fois, il pourrait bien y en avoir beaucoup trop.

— Qu'est-ce que tu mijotes ?

Paulus chuchota quelques mots à l'oreille de son ami qui ouvrit des yeux ronds comme des vesses-de-loup et éclata d'un gros rire bruyant.

— Sacré Paulus ! Il n'y a que toi pour imaginer un tour pareil.

— Surtout n'en parle à personne !

Ils discutèrent un moment avec des airs de conspirateurs. Au moment de partir, Petitcolas fit un signe de tête vers la statue de saint Paul qui trônait sur la table en demandant :

— Tu pourrais pas me faire un saint Florent ?

Depuis que Paulus avait réalisé la Vierge au manteau, les voisins en parlaient avec tant d'éloge que les Géromois se déplaçaient pour venir la voir. Le marcaire des Relles Gouttes avait pratiquement cessé de fabriquer des sabots en hiver pour sculpter des statues à ses compatriotes. Il avait ainsi façonné un saint Eloi, patron des forgerons, pour La Rivière, et un saint Jacques, patron des chaumes pour un autre juré. Certains Géromois peu enclins à la religion et peu sensibles à l'art de la sculpture, l'appelaient le faiseur de saints. En l'apprenant, il s'en était défendu. Il ne fabriquait que des œuvres à figure humaine. C'était le curé qui venait ensuite les bénir lorsqu'elles étaient en place dans leur niche, dans une grange ou dans un rocher.

— Je ne peux plus sculpter avant l'hiver prochain, répondit-il. Et pourquoi saint Florent ?

— C'est ma femme. Elle dit qu'il nous protégera des maladies.

— Voilà une bonne raison, dit Paulus en pensant aux rumeurs de peste et de contagion qui couraient sur plusieurs villages de Lorraine.

Il accompagna son ami jusqu'au sentier. L'air froid les saisit au visage avec avidité ; déjà la nuit se tapissait autour de la répandise.

— Je le ferai, ton saint Florent. Et dors tranquille, ce n'est pas maintenant que s'éteindront les fours à pains dans nos maisons ! Mais n'oublie pas de venir demain de bonne heure.

Deux jours plus tard, Paulus se préparait à descendre au bourg pour la réunion des commis-jurés quand Marion annonça son intention de se rendre sur le coteau des Fies.

— Je vais aller voir la Gagatte, elle devrait accoucher ces jours-ci et je m'étonne de ne pas avoir de ses nouvelles.

Cette femme âgée de la quarantaine venait de faire plusieurs fausses couches. Quand elle s'était découverte de nouveau enceinte, la Gagatte était venue plusieurs fois consulter Marion pour lui demander conseil et lui confier sa crainte de mourir ou de mettre au monde un enfant bancal ou « bic-et-boc ».

Depuis qu'elle avait été élue sage-femme, Marion s'acquittait de sa mission avec beaucoup de conscience et de zèle. Elle courait les montagnes par tous les temps pour assister les parturientes au risque de prendre froid. Elle revenait à la maison fourbue, parfois trempée et sur son visage Paulus lisait tout de suite le résultat de l'accouchement, l'étincelle de la vie ou les yeux cendreux de la mort. Malgré ses soins attentifs et les enseignements de la vieille Emiliatte, doyenne des sages-femmes, un enfant sur quatre mourait à la naissance et un autre dans les semaines qui suivaient. Marion en était chaque fois bouleversée. Pour sauver ces pauvres âmes elle priait la Vierge à longueur de journée. Qu'elle ait en mains la binette ou le dévidoir à lin, elle avait aux lèvres un *Ave Maria* et dans le cœur une pensée nostalgique. Au pied de la statue de la Vierge au manteau, Marion plaçait une petite croix de bois pour chaque enfant qu'elle n'avait pu sauver, des croix sans inscription dont elle seule savait les noms. Ces enfants perdus s'oublieraient dans le cimetière et dans les familles aux multiples naissances, mais ils laisseraient à la Vierge des Relles Gouttes l'écho d'une prière triste.

Paulus attendit que sa femme prépare son petit ballot de toile grise. Elle y mit une paire de ciseaux, une lancette, deux serviettes et des bandes de toile. C'était tout son attirail de sage-femme avec les petites fioles de sel et d'eau bénite qu'elle portait dans sa poche pour baptiser le nouveau-né s'il était en danger. Sous sa chemise de lin reposait la médaille de Marie que son mari avait rapportée de Saint-Nicolas-du-Port.

Ils descendirent ensemble le sentier sous un ciel froid qui faisait hésiter les jonquilles, et se séparèrent au pied du coteau. Paulus lança alors sa jument au galop pour rejoindre le bourg. Il avait maintenant l'habitude de ces réunions de jurés. La première fois qu'il avait participé à cette assemblée pour dresser la liste des feux de Gérardmer à remettre au receveur, il s'était senti intimidé et honoré mais avait découvert plus de papotages que de hautes discussions sur les intérêts du village. Pendant le recensement fastidieux des conduits et demi-conduits, c'est-à-dire des ménages et des veufs, qui servait au calcul de l'impôt direct, les commis-jurés n'avaient trouvé un intérêt qu'en évoquant les petits événements locaux, la naissance de Judith Parmentelat, la fausse couche de la femme au petit Gérard, la mort de Colas Valentin des

Fies. Au cours de ces réunions, Paulus avait tenté de soulever certains problèmes dont il mesurait l'importance et les conséquences possibles comme le mauvais état des chemins et le nombre croissant des étrangers qui s'établissaient sur les terres géromoises. Devant l'inertie des séances communales, il avait entrepris de convaincre un à un les commis-jurés. Chaque fois qu'il avait accompagné l'un d'eux pour collecter les impôts de grange en grange ou pour porter les deniers à la Recette d'Arches, il avait présenté ses idées en ajustant ses arguments selon la personnalité de chacun. Avec Demenge Coutret, un marcaire de la Goutte du Tour dont le chariot chargé de grains s'était enlisé à l'automne dans une fondrière, il avait insisté sur la réfection des chemins. Avec Dieudonné le chaptollier dont il connaissait la ferveur religieuse, il avait proposé d'occuper les mendiants sur les chemins et d'écarter les vagabonds qui pillaient les églises. Avec Jean-Claude Gley et Perrin Mengel Perrin qui habitaient dans des répandises isolées il avait rappelé les méfaits des larrons et souligné le risque des chemins incertains. Enfin, après de longs mois de persévérance, il avait obtenu d'augmenter le droit de bourgeoisie, ce qui accroissait les ressources de la communauté tout en freinant l'afflux des étrangers. Ce droit était acquitté par toute personne étrangère qui désirait s'installer à Gérardmer.

Et depuis les gens avaient pris l'habitude de venir le consulter. Chacun voulait être son ami, lui demander conseil ou appui. Durant toute l'année 1609, il s'était démené pour remettre les chemins en bon état. Il avait décidé d'autres Géromois à le seconder, enrôlé des mendiants et quelques manouvriers, et permis aux chariots de revenir des marchés sans risque de verser ou de s'enliser.

En chevauchant vers le bourg, Paulus se demandait ce qui avait pu susciter la nouvelle enquête sur les fours et les moulins. Il ne pouvait pas croire à une initiative du duc de Lorraine. Actuellement Son Altesse devait avoir d'autres soucis en tête avec la contagion qui gagnait du terrain depuis les portes de l'Allemagne. Après Nancy et Metz on avait cité en été 1610 des cas de peste de plus en plus fréquents dans les Vosges.

Il croyait bien plus à une nouvelle entreprise de Thomasson le Vieux et de son allié le tabellion Balthazard. L'un et l'autre n'avaient jamais accepté qu'un marcaire de la montagne ait eu raison sur eux dans l'affaire des sangliers. Au mois d'août 1610 Paulus s'était déjà douté d'une manœuvre perfide de son vieil ennemi lorsqu'il avait vu arriver chez lui le receveur d'Arches avec son Gruyer et un arpenteur pour vérifier les limites de ses terres. Dans ce cas, Paulus avait compris l'attaque de Thomasson le Vieux puisqu'elle le visait personnellement. Mais que pouvait-il gagner à cette enquête sur la banalité, sinon quelque profit en se faisant attribuer le monopole de la cuisson du pain pour tout Gérardmer ? En ce qui concernait Balthazard, ses soupçons fragiles reposaient seulement sur les impressions que lui rapportaient les fils de feu Claudel le Juste. Ceux-ci n'aimaient pas leur beau-père, arrogant et imbu de lui-même, qui avait usurpé leurs biens en épousant leur mère et qui abusait de son office de tabellion pour acquérir les héritages de mainmorte. Les trois enfants Claudel s'étaient rapprochés de Paulus, ce marcaire qui leur parlait de leur père avec reconnaissance et vénération. Ils montaient parfois le voir aux Relles Gouttes, le regardaient sculpter ou couler ses fromages et s'étaient liés de sympathie avec lui.

Quand Paulus franchit le pont de Forgoutte, une silhouette juvénile sortit du moulin de Balthazard. C'était Dominique, l'un des trois fils Claudel, un adolescent fluet et pâlot.

— Alors Mimique, tu as pu faire ta petite enquête sur cette histoire de moulin ?

— Ils ont tout combiné ensemble. Thomasson le Vieux s'arroge le four et mon beau-père se réserve le moulin banal. Ils disent que malgré les droits à payer au duc de Lorraine, ce monopole leur fera gagner beaucoup d'argent.

— C'est tout ce que je voulais savoir. Retourne chez toi et ne parle de rien !

Paulus repartit à travers le village vers la maison de Jacot Wiry, le juré chez qui devait se tenir la réunion d'aujourd'hui. Sa grange aux dimensions respectables était la dernière avant le grand champ qui descendait vers le lac. Elle se cachait en partie derrière une touffe de bouleaux et le bruit des forges lui parvenait assourdi, mais cela n'empêchait pas ses habitants, « le petit Cacot » et sa femme « la Trolotte », d'être les plus bavards, ceux qui diffusaient les premiers tous les cancans du bourg.

— Ils sont tous là, dit la Trolotte en accueillant le juré des Relles Gouttes. « Le Tocpire » a l'air très inquiet avec cette histoire de banalité. Il a la tête d'un pic vert qui a avalé son bec !

Quand Paulus pénétra dans le poêle, tous les commis-jurés étaient attablés sous la présidence du maire Pierrat de Rougimont et formaient un tableau pittoresque de figures les plus variées du pays. Demenge du Biazot se tenait un peu à l'écart, taciturne et presque ombrageux. Le maître de maison, le petit Cacot jovial et bavard, se moquait parfois de son silence en prétendant qu'il avait l'esprit en friche comme sa chevelure. De l'autre côté de la table Mengeon « Lentine » au nez camus, aussi bigot que la femme du marguillier, voisinait de façon inattendue avec le Tocpire, un certain Mengin des Hauts qui complétait ses ressources en cassant des pierres. Il disait que son grand-père avait taillé les fameuses croix des Trois-cinq, érigées en plusieurs endroits de la vallée en 1555 au moment de la vague de nouveaux acensements. En fait on le connaissait surtout pour son caractère d'ours entêté, aussi buté contre les curés qu'une pierre sous la roue d'un char. Claudon de Xonrupt, élu depuis quelques mois seulement, complétait enfin cette fresque de rudes montagnards avec sa face bonhomme et ronde.

Le juré des Relles Gouttes prit place au bout de la

table, laissa le maire présenter l'objet de la réunion et prit aussitôt la parole. Avec l'habitude, il savait maintenant concentrer l'attention du Conseil et ne laissait pas les commis se disperser en remarques futiles.

— Je vous le dis, ce four banal est absolument irréalisable. Si les enquêteurs ont un peu de bon sens, nous arriverons à le leur faire admettre. Mais pour le moulin banal, je crains que ce ne soit plus difficile.

Le maire répugnait à prendre position. Du fait de sa charge il ne voulait pas s'opposer ouvertement aux officiers de la Prévôté, ni paraître délaisser les intérêts des habitants des répandises lointaines.

— Je reconnais que cela nous gênerait fort. Mais je ne peux pas empêcher cette enquête, ni m'opposer à ses conclusions. J'ai prêté serment de fidélité à Son Altesse...

Paulus comprit la situation délicate du maire et tenta de calmer ses inquiétudes.

— Il n'est pas question de manquer de fidélité à Son Altesse. Vous pourriez, en tant que maire, présenter aux enquêteurs les inconvénients de la banalité. Après tout, elle n'a jamais été en vigueur ici, on peut soutenir justement que c'est un usage...

— J'essaierai, dit le maire, mais je ne promets rien. Et si l'enquête conclut en faveur de la banalité, je devrai m'y soumettre au nom de la communauté.

— Espérons alors que l'enquête n'aura pas cette issue !

Les autres jurés auraient dû s'étonner de la facilité avec laquelle Paulus entérina cette fois la décision du maire. D'habitude il défendait plus vivement son avis, mais ce jour-là il réfléchissait à quelques détails de son plan secret pendant que Mengeon Lentine soulevait une fois de plus la question qui lui tenait à cœur :

— Au lieu de penser à réduire le nombre des fours et des moulins, la Prévôté ferait mieux de limiter le nombre des tavernes, nous en avons plus de dix à Gérardmer maintenant et c'est pitié de voir notre jeunesse s'y débaucher !

— N'exagère pas ! répliquait le Tocpire. Nous sommes bien contents d'y aller nous aussi. Mais toi, évidemment, le seul vin que tu rêves de boire, c'est le vin de messe !

— Vous savez que la Florette vient d'être arrêtée ? révéla tout de go le petit Cacot. Il y a belle lurette que je l'avais prédit. Elle était enceinte et cela se voyait comme une vache au milieu d'un champ de jonquilles ! Ça fait un moment qu'on ne la voyait plus à la messe, elle ne devait pas avoir la conscience nette.

— Ni les fesses propres, ajoutait le Tocpire.

— C'est une jupe-en-l'air, une culotte ouverte...

L'heure du débat sérieux était définitivement passée. La réunion tournait au papotage de cabaret tandis que, sur le coteau des Fies, Marion se hâtait de baptiser l'enfant de la Gagatte. Il n'était encore qu'à moitié sorti du corps de la mère quand elle s'était rendu compte qu'il ne vivrait pas. Sans tarder et le cœur serré par le sentiment de sa tragique impuissance, elle se dépêchait de verser sur le petit être le sel et l'eau bénite en murmurant une prière émue.

Dès le lendemain commencèrent de mystérieuses allées et venues entre la répandise des Relles Gouttes et le coin reculé de la montagne d'où descendait le ruisseau de Forgoutte. Petitcolas et La Rivière arrivèrent de bon matin, dissimulant des outils sous leur manteau et disparurent dans la forêt avec Paulus jusqu'au soir. Marion exprima une certaine inquiétude que son mari aussitôt balaya.

— Ne t'inquiète pas, on ne touchera qu'au bois mort ou au chablis. Ce n'est pas à un montagnard qu'on apprendra à tourner une écuelle ! Le bangard lui-même n'y verra goutte. Et si Claudel le Juste était là, il nous approuverait.

Les trois amis échangèrent des regards malicieux et malgré la pluie, ils partirent avec entrain, plus heureux encore de se retrouver que de préparer un mauvais tour aux enquêteurs et du même coup à Balthazard. Pendant le trajet ils perfectionnèrent leur plan pour établir un barrage improvisé qu'ils abattraient le jour de l'enquête. Le flot d'eau libéré endommagerait les vannes du moulin de Balthazard et ruinerait le projet d'en faire un moulin banal. L'idée en était venue à Paulus quand il s'était rappelé la sécheresse qui avait fait échouer l'enquête précédente. Il avait pensé que les nouveaux envoyés du duc de Lorraine ne manqueraient pas de venir avec les résultats antérieurs qui concluaient à un « manquement d'eau ». Cette fois ils seraient bien embarrassés de devoir aboutir à une conclusion opposée.

— Tu vois un peu la tête des aiguillettes quand ils devront faire leur rapport ? Car on va leur en offrir de l'eau cette fois ! Et la Chambre des Comptes sera complètement déconcertée.

Le temps pluvieux qui durait depuis quelques jours ne pouvait d'ailleurs que servir leur dessein.

— Il faut retirer des chevilles aux vannes du moulin de Balthazard. On sera plus sûr du résultat, suggéra La Rivière.

— Il va s'affoler, ce gros Balthazard, c'est sûr. Quand il voudra fermer la vanne, il aura de sacrés problèmes !

Tout en marchant sous les sapins les trois amis laissaient courir leur imagination et tournaient au ridicule le tabellion. Avant d'avoir touché une seule pièce de bois ils savouraient déjà le tour qu'ils jouaient à tous ces indésirables. Quand ils arrivèrent dans la gorge de Forgoutte, leurs chausses et leurs culottes volèrent comme au temps de leur jeunesse lorsqu'ils se débarrassaient à la hâte de leurs frusques pour s'amuser dans le ruisseau de Belbriette. Ils se mirent aussitôt à lancer dans le torrent des chablis et des pierres qui se fracassaient dans un bruit épouvantable et provoquaient d'énormes gerbes d'eau qui les arrosaient abondamment. Les cris fusaient, mais ils poursuivaient de plus belle. Ils se découvrirent ce jour-là autant de force et d'énergie qu'à leurs vingt ans. Bientôt insensibles au froid du torrent ils y descendirent jusqu'aux genoux pour déplacer les roches, coincer les chablis et entasser les pierres dans les interstices.

Peu à peu une retenue se forma ainsi dans la gorge tout en laissant filtrer un filet d'eau. L'entrelacement de bois était si bien disposé qu'en brisant une seule pièce tout le barrage serait entraîné. Le deuxième soir, avant de rentrer aux Relles Gouttes où Marion les attendait avec une soupe bien chaude, ils décidèrent de se glisser à travers la forêt jusqu'au village pour saboter la vanne dès la tombée de la nuit.

— A cette heure Balthazard sera occupé à s'empiffrer, à moins qu'il ne soit chez le vieux Thomasson. Il n'y a pas de danger qu'on nous voie.

Sous la pluie, la nuit tombait vite et dès leur arrivée en bas de la pente, les trois montagnards purent se glisser vers l'entrée du petit canal qui menait au moulin. Autour d'eux les granges étaient assoupies, le bourg en contrebas ne diffusait plus aucun bruit et entre les volets perçaient à peine les faibles lueurs des chandelles.

— C'est un couche-tôt, le Parmentier. Il doit déjà dormir et ne risque pas de nous entendre, dit Petitcolas.

— Tu ferais mieux d'avoir l'œil et l'oreille vers la maison du tabellion, lui souffla Paulus tandis que La Rivière, en quelques coups habiles, dégageait des chevilles et manœuvrait la vanne.

— Voilà, il suffira d'un pet de jument pour qu'elle cède et la roue du moulin tournera alors comme une folle...

Accroupis dans l'obscurité au bord de la rivière froide, sous la pluie qui imprégnait leurs habits et leur collait à la peau, les trois complices regardèrent un moment la silhouette massive de la maison du tabellion. Ils ne pouvaient pas distinguer la roue du moulin, mais le craquement qu'elle faisait en tournant doucement leur parvint très distinctement.

— Elle ne fera pas le même bruit mardi prochain, je te le dis !

— En tout cas, si maître Balthazard a du grain à l'ouvrage il sera vite moulu ce jour-là !

Plus bas une porte s'ouvrit, une brèche de lumière traversa l'écran de pluie noire. Surpris, Paulus et ses amis se hâtèrent alors de se replier sous la forêt pour rejoindre leurs granges.

2

« Avril détrempé, signe de cherté », rabâchaient cette année les Géromoises. Le vent amenait en grandes cavalcades des averses soudaines et des pluies en rafales entrecoupées parfois de grêle ou de redoux inattendus. Il semblait que le ciel du couchant n'arrêtait pas de se vider, il gonflait les ruisseaux, élevait le niveau du lac qui se déversait en bouillonnant dans la rivière étranglée. En chaire le jour de Pâques, le curé avait parlé de graves inondations dans la plaine. Le doigt pointé vers la charpente de l'église qui crépitait sous le déluge, il avait appelé les fidèles à faire pénitence pour détourner de Gérardmer la colère du Ciel qui menaçait. La petite église, bourrée ce jour-là, avait tardé à se vider. Les Géromois impressionnés avaient attendu une accalmie avant de repartir vers les quatre coins de la vallée, les hommes tenant fermement leur chapeau et les femmes rabattant sur leur tête une de leurs jupes, noire et lourde de pluie.

Toutes les rivières s'enflaient, tiraient nerveusement sur leurs rives comme des pouliches impatientes, arrachaient des mottes de gazon, charriaient pierres et branches cassées. Toutes sauf une, celle de Forgoutte qui restait curieusement régulière et dont le niveau ne montait guère. Les riverains s'étonnaient, le Parmentier rendait grâce au Ciel et le tabellion Balthazard était bien le seul à trouver naturel que son moulin tourne en paix dans le ruisseau indifférent.

Aux voisines qui le saluaient ou aux femmes qui lui apportaient du grain à moudre, il expliquait sur un ton docte et prétentieux :

— Vous voyez comme il tourne mon moulin ? Placé sur cette rivière, il échappera aux vicissitudes de tous les temps. Nonobstant ce que dit le curé, je ne redoute point les caprices des cieux car je connais ce torrent, je l'ai étudié. La conjonction des astres et des constellations qui gouvernent sa force vitale le met totalement à l'abri de toute coagulation. Et son eau a une qualité essentielle que tout homme sensé remarquerait. Elle allie la dureté rouge de Mars à l'éclat bleuâtre de Vénus. C'est ce qui fait sa malléabilité et toute la substance de sa liquidité. C'est ce qui assure aussi la qualité des grains ici moulus. Le torrent dépose contre la roue du moulin son armure de Mars et va revêtir votre farine de la peau de Vénus. Je vous l'affirme, il ne peut point y avoir de meilleur moulin que celui-ci. Il mérite l'attention et la reconnaissance de Gérardmer.

Sa voix était chargée de sous-entendus que personne encore ne saisissait et les Géromoises l'écoutaient sans bien comprendre en attendant leur farine. Elles oubliaient les mots savants et repartaient en souriant de ses histoires mais s'accordaient à reconnaître sa science. D'ailleurs, l'autre moulin de Gérardmer, celui du Cugnin à Xonrupt, était souvent endommagé par les glaces qui s'accumulaient dans le chenal et s'arc-boutaient contre les vannes. Le pauvre bois, las de résister à la pression formidable, éclatait dans une détonation qui s'entendait alors dans tout Xonrupt. Les vannes du Cugnin n'avaient jamais le temps de vieillir et en ces jours pluvieux d'avril le meunier de la Vologne en confectionnait de nouvelles à l'abri de sa scierie.

Le jour où devait se dérouler l'enquête sur la banalité, Paulus était au coin de sa maison, regardant tour à tour le sentier qui descendait des chaumes et le passage des nuages, bousculés par le vent et laissant aux sapins des lambeaux de ciel gris. Il avait mis son pourpoint noir des jours de fête, un haut-de-chausse de drap vert sombre et ses chaussures nettes et luisantes. Il allait et venait d'une démarche inhabituelle, presque anxieuse, s'arrêtait devant la statue de saint Paul, pénétrait dans l'étable, prononçait quelques mots en flattant sa jument, retournait dehors, scrutait la lisière de la forêt, revenait parler avec Marion qui pétrissait une pâte à pain.

— Ils devraient déjà être ici ! Pourvu que tout se soit bien passé ! Et toi, tu as bien mis plus d'eau qu'il n'en faut dans ta pâte ?

— Sois tranquille, elle ne donnera pas du bon pain.

Leur fils Nicolas descendait du grenier des brassées de foin sec, faisant voler autour de lui un tourbillon de poussière au parfum d'été. Barbeline portait les seaux de lait et les vidait dans le cuveau au coin du poêle. Depuis que les enfants étaient grands, les bras ne manquaient pas dans la grange. Quand Barbeline et Nicolas se marieraient les cadets prendraient la relève, assurant la continuité paisible des générations de marcaires. Après Paulus, viendraient Nicolas et Dominique. La vie se donnait la main d'une répandise à l'autre, sûr de sa force et de sa durée, pourvu que les prévôts laissent les montagnards vivre leur existence des chaumes, dans leur âpre liberté.

Dans le bruit mou des sabots sur le sol fondu arriva enfin Petitcolas. Il confirma le lâcher des eaux et repartit vers Narouel tandis que Paulus se rendait avec confiance à la réunion des jurés.

Quand il entra dans le village, tous les habitants étaient en effervescence. Il se mêla à la foule nombreuse qui se pressait sur le pont de Forgoutte au-dessus du torrent soudain grossi charriant des morceaux de bois. Feignant la surprise, il demanda innocemment :

— Mais qu'est-ce qu'il a voulu faire Balthazard ? Pourquoi il a lâché toute cette eau ?

— Mais pensez-vous ! Le torrent a gonflé d'un coup et lui a saccagé son moulin.

— Quand la masse d'eau est passée j'ai cru que c'était le tonnerre qui n'en finissait plus.

— C'est la neige du Grand Haut qui a fondu avec ce vent de malheur.

— Le sieur Balthazard était trop fier, il croyait échapper à tout, le ciel l'a puni, lança La Rivière d'un ton goguenard.

Sur l'autre rive, le gros tabellion se lamentait devant la roue brisée du moulin et ses vannes arrachées. Il pestait contre le torrent, maudissait la montagne, s'agitait comme jamais on ne l'avait vu, longeait le court chenal en gesticulant au risque de tomber à la rivière, lançait des imprécations furieuses dans le dos du vent en oubliant toute sa dignité.

— Torrent maudit, c'est le vent du Diable qui t'a ensorcelé ! Casseur de moulins, il a fallu que ça te prenne aujourd'hui. Pourquoi aujourd'hui ? Vent de ruine, montagne de malheur, je voudrais être dans la plaine, que fais-je dans ce pays de misère ?

En regardant l'état du moulin, Paulus imagina facilement la violence du choc lorsque, selon leur plan, ils avaient lâché la retenue. Dès la brèche ouverte, le torrent avait emporté les pièces de bois, s'était rué dans la pente, entraînant dans un grondement d'enfer une avalanche de pierrailles et de branches mortes. La vanne n'ayant opposé aucune résistance, le flot avait saccagé le moulin avant de reprendre son cours normal, passant tout juste sous le pont de Forgoutte et laissant sur le rivage des reliques de roue.

— Je suis ruiné, votre tabellion est ruiné ! criait Balthazard à la foule des curieux.

Les Géromois regardaient, indifférents aux plaintes du sieur Balthazard. On le savait assez riche pour réparer son moulin.

Paulus s'efforçait de ne pas laisser transparaître sa satisfaction. La première partie de son plan avait réussi, le tabellion ne pouvait plus prétendre tenir en toute sécurité le moulin banal et, celui de Xonrupt étant brisé par les glaces, les enquêteurs devraient bien admettre pour les Géromois le droit de moudre leurs grains où bon leur semblait. Dans le flot tumultueux qui l'hypnotisait, Paulus vit revenir un lointain souvenir nocturne et frissonnant, celui de sa descente en cuveau une nuit de Saint-Jean. Aujourd'hui Paulus prenait sa revanche sur la peur et le froid. Une issue favorable lui semblait toute proche quand il franchit le pont, il n'avait plus qu'à attendre tranquillement l'arrivée des enquêteurs.

Il rejoignit le groupe des jurés qui s'entretenaient devant la taverne des Thomasson.

— Les enquêteurs sont déjà là. Ils sont arrivés hier soir, révéla le petit Cacot. Le gros Balthazard les a rejoints pour le dîner et j'ai vu de la lumière jusque fort tard. Je me demande de quoi ils ont discuté.

— Thomasson le Jeune a dû les combler de viande et Balthazard a peut-être réussi à les convaincre de renoncer à la banalité, opina Mengeon Lentine. Il est si savant !

— Trop savant pour être honnête, oui, intervint Paulus. Je suis sûr qu'il ne pensait qu'à son intérêt. Vous êtes vraiment naïfs si vous croyez que Balthazard défend les Géromois !

Le juré des Relles Gouttes était préoccupé par cette réunion anticipée entre les enquêteurs et le tabellion. Ce dernier avait eu tout le temps d'exposer son projet qui devait satisfaire les envoyés du duc de Lorraine. Les dommages causés au moulin suffiraient-ils à en arrêter maintenant la réalisation ? Les autres commis-jurés cependant ne partageaient pas son pessimisme et dès l'arrivée du maire ils entrèrent tous dans la taverne.

Dans une atmosphère de lendemain d'ivresse et de flagornerie, Thomasson le Jeune servait à boire aux enquêteurs. Paulus reconnut le sieur Gérardin, représentant de l'abbaye de Remiremont, dans son pourpoint habituel de drap ponceau. En revanche les deux envoyés du duc de Lorraine lui étaient inconnus. Ils avaient le visage austère des auditeurs entrevus à Nancy et étaient visiblement d'un autre monde. Le premier, assez âgé, avait dû passer sa vie dans un cabinet d'avocat et le second paraissait fraîchement émoulu de l'université de Pont-à-Mousson. Leur sérieux donnait confiance à Paulus, mais leur ignorance évidente de la vie montagnarde risquait d'être fâcheuse.

Le débat s'annonçait difficile et Paulus prit aussitôt une initiative audacieuse.

— En toute humilité et avec tout le respect que je vous dois, je trouve que cette salle de taverne ne convient pas à la gravité de votre enquête. Comme celle-ci intéresse tous les Géromois, je vous suggère d'en débattre au vu de tous, devant le portail de notre église.

Paulus sentit le regard pénétrant du jeune auditeur se planter dans ses yeux et à cet instant il reconnut en lui une volonté de franchise et de loyauté. Soucieux de remplir sa première mission avec rigueur et honnêteté il n'était sûrement pas encore homme à se laisser corrompre par le festin du tavernier ou illusionner par les discours extravagants du tabellion Balthazard.

— Vous êtes mieux ici, il va pleuvoir, protesta Thomasson le Vieux, et d'ailleurs qu'avons-nous à dire de plus ?

— C'est vrai, que pouvons-nous répondre à vos si justes arguments ? renchérit Thomasson le Jeune d'une voix obséquieuse.

Le maire et les jurés se regardèrent avec étonnement devant ces propos qui sentaient la trahison.

— Mais le sieur Thomasson n'a pas qualité pour parler seul au nom de la communauté, ajouta Paulus.

— Votre juré a raison, approuva le jeune auditeur Poirson. Cette affaire concerne tous les Géromois, ils ont le droit d'en être informés.

Devant la foule amassée près de l'église le sieur Poirson rappela à haute voix l'objet de l'enquête. Il n'épargna aux Géromois aucune des prérogatives seigneuriales du duc de Lorraine sur les manants du lieu. Puis, comme si la banalité des fours et des moulins était une chose acquise, il informa la population des solutions conseillées par certains notables de Gérardmer.

— Votre tavernier Thomasson le Vieux ici présent s'est proposé lui-même, en son nom et au nom de son fils, d'assumer en tout temps la lourde charge du four banal pour tous les Géromois.

Cette révélation réveilla soudain la foule et des exclamations fusèrent partout.

— C'est pas Dieu possible !

— On ne pourrait plus cuire notre pain chez nous ?

— Mais il veut nous affamer !

— Et sur les hauts ? Comment feront-ils pour descendre la pâte à cuire en hiver ?

Le sieur Egloff ramena le silence et son adjoint poursuivit :

— Votre tabellion est prêt à se charger du moulin banal pour vous tous.

Cette fois ce fut un tollé général qui éclata.

— Il accapare déjà tous les biens des pauvres gens que frappe la mainmorte.

— Et maintenant il veut nos grains ? Mais son moulin ne tient même pas debout !

— Il n'a pas résisté à la dernière crue.

— Et il n'est même pas Géromois !

Les cris de protestation et d'indignation des villageois dépassaient ce que Paulus avait espéré en amenant le débat sur la place publique. La machination de Thomasson le Vieux et de Balthazard était ainsi étalée au grand jour et tous les Géromois seraient prêts à l'appuyer quand il plaiderait pour eux. Il ne parlerait pas seul mais avec tout le village, et les auditeurs devraient bien se rendre à l'évidence que la banalité était impraticable ici.

Quand le brouhaha se fut un peu calmé, Paulus prit la parole au nom de tous les jurés. D'une voix claire qui résonnait dans le cœur des Géromois, il développa longuement les risques de la banalité. Il cita en exemple les deux moulins endommagés, toujours incertains. Il rappela la dispersion des granges dans la montagne et l'impossibilité de porter la pâte à cuire dans le bourg. Il évoqua la pluie et la neige qui détruiraient tant de richesse et de peine inutile.

— Cependant, lors de la dernière enquête, il avait été signalé un long manquement d'eau qui rendait les moulins inutilisables, remarqua le sieur Egloff. Comment expliquer cette fois que les moulins sont inutilisables par excès d'eau ?

— C'est pourtant simple. Cela tient à la date de l'enquête et c'est bien la preuve de la démesure de notre climat.

Paulus proposa encore aux enquêteurs de faire un essai en montant dans une répandise écartée et de revenir au village avec la pâte à pain pour vérifier si elle ne serait pas gâchée en arrivant. Le jeune auditeur était tenté de faire ce contrôle, mais les sieurs Egloff et Gérardin, peu attirés par une telle marche, firent une moue de lassitude. Ils étaient venus à Gérardmer pour une enquête, un bon repas à l'occasion, et non pour une longue marche en montagne sous la menace de la pluie. Quelques gouttes opportunes achevèrent de les décider et le sieur Egloff déclara qu'il n'avait pas besoin d'aller en montagne pour se rendre compte de l'exactitude des arguments qu'on lui faisait valoir. Le rapport d'enquête allait de nouveau conclure à l'impossibilité d'installer un four et un moulin banaux à Gérardmer.

Dès les enquêteurs partis, les amis de Paulus l'entraînèrent à la taverne Demengeat où le vin coula à flots. On ne parlait plus de Balthazard et de Thomasson le Vieux sur le même ton. On riait d'eux. On oubliait leur puissance, on les trouvait ridicules. Pourtant combien, parmi les railleurs d'aujourd'hui devraient bientôt courber l'échine devant Thomasson le nanti, le supplier de renouveler le bail de leur terre ou de leur bétail, de ne pas augmenter le loyer, de leur céder un peu de grain en attendant la moisson, de leur prêter de l'argent pour l'achat d'un cheval. Le pouvoir de la richesse se moquait du ridicule et l'on pouvait craindre que Thomasson le Vieux ne s'en montre plus inflexible encore.

3

En ce mois de mai 1611, Paulus allait et venait de sa répandise des Relles Gouttes au centre du bourg, préoccupé tour à tour par ses fromages et par les affaires de la communauté. On le voyait partout, de la grange du maire à celle du juré Demenge, des chaumes du levant aux répandises de l'occident. Partout les Géromois reconnaissaient de loin son cheval, sa silhouette trapue et vive, son geste large de salut. En même temps qu'il questionnait les gens, Paulus examinait l'état des chemins et des ponts, s'avisait des travaux à proposer au Conseil, se tenait au courant de tous les événements. Tout au long des prés et des sentiers on le saluait, les femmes le trouvaient beau, les enfants s'étonnaient.

— C'est le juré des Relles Gouttes, leur disait-on.

— L'homme qui fait des statues en couleurs.

— Celui qui a tenu tête à Thomasson le Vieux, aux enquêteurs du duc de Lorraine, aux juges de la Cour de Nancy.

Paulus aimait parler avec les vieux mais accordait souvent quelques mots aux enfants qui l'entouraient.

— Apprends à travailler comme ton père, il a le plus beau métier du pays, disait-il au fils du cordonnier.

— Soigne bien tes fromages, conseillait-il au fils du Claudon, c'est notre salut. Tant que les géromés plairont à la Cour de Lorraine, on nous ménagera.

Mais en revenant de ses tournées de juré Paulus redevenait marcaire. Il bouchonnait sa jument, étrillait ses vaches, reprenait contact avec son monde. Il retrouvait aussi Marion qui soignait son jardin avec une ferveur presque religieuse. Vestale de la terre et fière d'en connaître certains secrets, elle la creusait en petits trous réguliers, la mesurait de la main comme on prend la taille d'un enfant, la baptisait d'eau claire, plaçait dans chaque cavité un paquet de graines humectées, refermait le tout d'une main berceuse comme on tapote le ventre rebondi d'une femme enceinte. Chaque jour Paulus la voyait dans un nouveau coin du jardin.

Les cheveux noués dans son bonnet, les mains noires de terre et les manches retroussées, à genoux sur une planche pour ménager son tablier, sa femme éveillait en lui un désir farouche et puissant. Il entourait ses épaules, faisait naître sur sa nuque un souffle chaud, la prenait par la main, enjouée mais protestant pour la forme, et l'entraînait dans la grange. Dans les draps au parfum de fougère, sous la petite croix de bois et le rameau béni, Paulus prenait sa femme comme s'il prenait possession de sa répandise. Il la prenait comme un fromage encore vert, à pleines brassées de chair offerte, à pleines gorgées d'arôme d'herbe chaude. Il laissait Marion brisée comme le lait caillé dans le cuveau, tournée et retournée sens dessus dessous, molle soudain, perdant ses dernières gouttes d'énergie.

L'instant d'après pourtant, Marion retournait au jardin, un regard amoureux planté dans le dos de Paulus qui allait voir le troupeau que gardait Nicolas. Plus loin, dans le coin le plus attardé, Barbeline guidait les enfants à la recherche des derniers pissenlits.

Un peu avant l'Ascension le temps se gâta de nouveau. Un après-midi, profitant d'une éclaircie, Paulus s'assit à l'emplacement du pré où il avait l'habitude de rebattre sa faux, un endroit qui offrait juste l'inclination souhaitable pour que le fil de la lame se présente bien droit sur la pierre d'affût. Avec un petit marteau à tête ronde, il martelait la faux à coups réguliers, étirant insensiblement vers lui le tranchant émoussé tout en pensant aux larrons qui recommençaient à troubler la paix des Géromois. On parlait de nouveau de portes forcées, de coffres crochetés, de fromages pillés. Un voleur s'était introduit récemment chez Dieudonné le chaptollier et lui avait dérobé l'argent de la fabrique. Devant la carence des sergents il comptait proposer à la Communauté d'organiser elle-même sa protection en se dotant de chasse-coquins comme il en avait vu dans les ruelles grouillantes de Nancy.

Pour se rendre chez le maire, Paulus attendait le retour de sa femme, descendue depuis longtemps à Xonrupt avec son ballot de sage-femme. Inquiet de ne pas la voir revenir, il avait envoyé Nicolas à sa rencontre, rangé sa faux et ses outils, quand une averse éclata, subite et torrentielle. Au pas de course, avec les enfants qui riaient sous la pluie, il rentra prestement, ranima le feu et remit ses fromages. L'attente lui paraissait très longue et il guettait souvent le sentier.

Quand Marion revint enfin, elle avait les habits détrempés. L'ondée avait transpercé sa jupe et sa chemise et collé sur ses joues de grandes larmes de cheveux. Paulus l'entraîna devant le feu, Barbeline aida sa mère à se débarrasser de ses vêtements imprégnés d'eau, la frictionna, lui passa d'autres effets. Tandis que Nicolas insouciant s'essuyait en riant, Marion tremblait toujours. Après une écuelle de bouillon chaud elle frissonnait encore, malgré une goutte d'eau-de-vie que Paulus avait ajoutée. Ses premières paroles concernèrent l'enfant qu'elle venait de mettre au monde chez un marcaire de Xonrupt.

— C'est une belle petite fille, ils ont décidé de l'appeler Marion, comme moi.

Marion retrouvait son sourire, un pauvre sourire secoué de frémissements nerveux du menton. Elle n'y prenait pas garde, l'important était d'avoir fait éclore une vie, des yeux qui verraient à leur tour fleurir les jonquilles, un petit nez qui se jaunirait dans le cœur des marguerites.

Elle ne pensait jamais à elle et voulut ce soir-là, malgré sa fatigue, traire les vaches comme d'habitude.

— Ça me réchauffera, dit-elle.

Dans la nuit, quand Paulus la prit contre lui, il ne pensait plus ni au maire ni aux brigands. Sa femme avait le front brûlant. La veille, à cause de la lune montante, elle avait déjà voulu achever ses rangs de petits pois malgré la pluie battante.

Le lendemain matin, Paulus partait au galop vers Narouel. Dans la nuit il avait dû changer la chemise de sa femme, trempée de sueur et lui avait préparé une infusion de feuilles de ronce. Le matin Marion avait eu un malaise en voulant se lever. Paulus l'avait trouvée affaissée contre le coffre à vêtements et avait pris peur. Sa femme avait la fièvre et il n'y avait pas un instant à perdre pour quérir Odile, la seule capable de la guérir.

Il ne se trouvait alors à Gérardmer ni médecin, ni apothicaire. On ne faisait venir le chirurgien de Bruyères que pour les blessures importantes. Devant les maladies on se défendait comme on pouvait, avec des recettes à base de plantes et des prières répétées. Dans les cas les plus graves, on dérangeait Odile de Narouel, connue pour sa science des herbes rares. Le curé fermait les yeux sur ses pratiques du moment que les malades y ajoutaient de nombreuses prières. Seul le tabellion Balthazard manifestait sa réprobation en termes méprisants.

— Une guérisseuse de cul-de-vache, une apothicaire à la bave de crapaud, voilà ce qu'elle est votre illuminée des bois !

Paulus était très loin de partager l'avis fulminant du sieur Balthazard et tenait Odile pour une femme de bien, la plus utile de toutes les Géromoises.

Ce matin-là, en montant dans le silence hostile de la forêt, il réalisait combien il tenait à Marion. Les années de vie commune avaient tissé entre eux des liens que rien ne semblait pouvoir briser, des liens qui pourtant devant la maladie paraissaient très fragiles. Il ne pouvait imaginer la grange des Relles Gouttes sans sa femme, elle en était l'âme et le cœur. Des détails insignifiants lui revinrent à l'esprit comme sa façon de secouer la couette de plume ou de goûter la soupe avant de la servir.

— Bonne bouche fait bonne soupe, disait-elle en ajoutant un brin d'aromate.

Ce que préparait Marion avait toujours beaucoup de senteur et de goût, tout ce qui sortait de ses mains était fignolé avec soin et tendresse et ces petits souvenirs de rien émouvaient Paulus encore davantage. Quelle maladie pouvait-elle avoir ? Odile saurait-elle la guérir ? De plus en plus tourmenté, il avait hâte de rejoindre Marion et poussa son cheval au galop vers Narouel.

A l'arrivée de Paulus, Odile comprit aussitôt qu'un événement grave avait dû se passer. Aux simples mots de fièvre et de Marion, elle prit dans sa huche un petit sac d'herbes et le suivit sans hésiter.

La femme de Petitcolas commença par observer Marion, lui tâta le front et les poignets, examina ses yeux tout en lui prodiguant des mots encourageants :

— C'est une fièvre de printemps, tu as dû faire des imprudences sous la pluie.

Paulus les regardait à quelques pas du lit, attentif et soucieux. Odile disposa sur la table du poêle les herbes qu'elle avait apportées, les choisit soigneusement et les jeta dans l'eau bouillante en marmonnant :

— On sait bien que Dieu est, Notre-Dame aussi, par le cœur vrai que Marion soit guérie.

Paulus se demandait si la science d'Odile serait plus forte que la fièvre, croyait reconnaître parmi les plantes sèches l'herbe de Saint-Pierre et le cresson sauvage, humait le parfum de l'anis des prés et retournait voir Marion immobile dans son lit. La femme de Petitcolas sentant son inquiétude, lui demanda un peu de crème de lait et ajouta :

— Marion guérira, fièvre de mai avant Pentecôte se remet !

Odile avait l'art de prononcer des formules qu'elle

était seule à connaître et qui semblaient aussi sûres que des proverbes ancestraux. Elle mélangea les plantes et la crème, en tira un baume verdâtre et parfumé. Elle étala le remède sur un linge, y parsema des petites graines jaunes et appliqua le tout en cataplasme sur la poitrine et dans le dos de Marion. Quand elle repartit, Paulus resta assis un long moment près de sa femme. Il lui semblait que ses yeux s'étaient un peu ranimés et qu'elle respirait mieux.

— Elle sait guérir toutes sortes de maladies : les gens le disent, elle aura vite raison de ta fièvre.

— Je l'espère, j'ai tant à faire au jardin !

— Tu vas d'abord te reposer et boire beaucoup de tisane.

Plusieurs jours de suite la guérisseuse de Narouel revint aux Relles Gouttes pour préparer divers remèdes, pommades ou fumigations. Pourtant la fièvre ne tombait pas. Plusieurs fois Paulus eut à l'esprit l'idée de la peste, une idée qui lui serrait la gorge et qu'il se hâtait de chasser, s'interdisant même d'y penser. Paulus angoissé ne songeait qu'à sa femme et revenait souvent à son chevet. Malgré son cœur serré il lui souriait et l'assurait qu'elle avait meilleur visage. Les enfants récitaient des prières pour leur mère et lui apportaient des gobelets d'infusion. Toute la famille, figée dans l'angoisse, semblait vivre au ralenti, retenait ses gestes et ses soupirs, évitait les bruits. Paulus ne quittait plus les Relles Gouttes et maudissait la pluie qui entretenait dans la répandise une atmosphère inhospitalière. Chaque jour son beau-frère venait s'enquérir de l'état de Marion, d'autres voisines du coteau assuraient Paulus de toutes leurs prières. Enfin, au bout d'une semaine interminable, la fièvre tomba. Marion se sentit mieux et voulait déjà se relever. Les remèdes d'Odile, peut-être les prières avaient vaincu sa maladie.

Quelques jours plus tard, Marion encore faible aidait son mari à semer les fèves. Paulus creusait avec un bâton des trous bien alignés que Marion, derrière lui, garnissait de graines et rebouchait aussitôt. Le soleil séchait peu à peu le gazon, la répandise se parfumait de printemps.

Bientôt les vaches remonteraient sur les chaumes. Les oiseaux venaient se poser près d'eux pour guetter les vers qui sortaient de terre. Marion les regardait en souriant et pensait à Odile qui l'avait sauvée.

— Tu as vu ce qu'elle mettait dans son remède ?

— Il y avait de l'anis, c'est sûr. Et de la crème de lait puisque Odile en a demandé. Pour le reste, je ne sais pas trop. Elle a dit qu'elle utilisait aussi de l'herbe de Saint-Gengoult...

— Ah ? fit Marion perplexe. En tout cas, herbe de Saint-Gengoult ou pas, elle m'a bien guérie.

Ils étaient arrivés au bout de la rangée quand la voix de Nicolas lança :

— Voilà Blaison !

C'était une surprise. D'habitude le pâtre ne venait qu'au moment de monter sur les chaumes. Pourtant c'était bien lui qui débouchait de la forêt, essoufflé, un petit baluchon sur l'épaule. Il les salua en arborant un sourire qui ne semblait pas très naturel.

— Qu'est-ce qui t'amène si tôt ?

Blaison parut gêné pour répondre et changeait son sac d'épaule en les regardant.

— Tu t'es disputé avec ton père ? demanda Marion.

— ...

— Tu t'es battu pour une fille ?

— La peste est à Brouvelieures !

La phrase de Blaison éclata dans le calme de la répandise avec la violence et la soudaineté d'un coup d'arquebuse en pleine nuit. Marion, saisie par la brusquerie de la nouvelle, poussa un cri d'épouvante et se signa.

— La peste ? Tu en es vraiment sûr ? demanda Paulus.

— Absolument. C'est le sergent qui est venu nous l'apprendre en nous donnant l'ordre de barrer les chemins. Mais... ici, la peste ne peut pas venir, n'est-ce pas ?

Paulus ne savait pas quoi répondre. De mémoire de Géromois on ne se souvenait pas de cas de peste dans les montagnes. Il se rappela cependant l'épidémie toujours présente dans la plaine, le quartier où l'on regroupait les pestiférés de Nancy, et répondit en cherchant surtout à rassurer Marion :

— C'est vrai que c'est une maladie des plaines et surtout des grandes villes. Où pourrait-on respirer un air plus neuf et plus pur qu'à Gérardmer ?

— Mais je peux rester ? Vous n'allez pas me renvoyer...

— Maintenant que tu es là... Allez, va faire la traite.

Rien ne pouvait réconforter Blaison davantage que le travail et il entra résolument dans la grange pour soigner les bêtes. La chaude compagnie des vaches familières, la sympathie de Nicolas, le sourire de la belle Barbeline, l'intimité de la maison, tout contribuait à l'accueillir dans un univers rassurant.

Paulus et Marion terminèrent leurs travaux du jardin sans un mot. Malgré son effort pour paraître rassurant, Paulus était tourmenté. Si la peste était à Brouvelieures, elle était presque aux portes de Gérardmer. Un vagabond, un marchand ou un journalier de retour des moissons ne pourrait-il pas apporter la contagion avec lui ? Ne serait-il pas plus sage de surveiller les accès de Gérardmer, de s'assurer que les passants ne viennent pas des bourgs contaminés ? Paulus se souvenait que des villes comme Epinal et Mirecourt avaient fermé leurs portes l'année précédente quand l'épidémie les avait frappées. Aussi résolut-il d'aller voir le maire.

Le vieux marcaire de Rougimont n'avait pas pris au sérieux la préoccupation de Paulus et avait trouvé ses propositions exagérées.

— Comment garder tous les chemins qui mènent à Gérardmer ? Les personnes qu'on refoulerait pourraient facilement passer à travers la forêt !

— On en dissuaderait quand même, il faut au moins prévenir les Géromois de se tenir sur leurs gardes.

— Si Dieu veut que la peste vienne cette fois, nous ne pourrons pas faire grand-chose.

A force d'insistance Paulus avait obtenu du maire la

réunion prochaine des jurés. Il aurait souhaité aussi que le curé recommande au prône de la messe des mesures de précaution, mais le maire s'y était refusé par crainte d'affoler les paroissiens. Quelques jours plus tard, tracassé par un lourd pressentiment, Paulus décida de faire un tour des montagnes avant la réunion des jurés. Comme d'habitude lorsqu'il allait à la collecte des deniers, il monta le chemin du Valtin, frappa à toutes les portes du coteau. Sur un ton qu'il voulait neutre il demandait des nouvelles de chacun :

— Toute la famille va bien ? Vous n'avez vu personne ces temps-ci ?

Les gens s'étonnaient et pour que les montagnards se méfient des inconnus, Paulus inventa le retour d'un brigand redouté qui s'était échappé de prison et risquait de passer par là.

— Surtout n'ouvrez votre porte à personne. Ne laissez entrer aucun étranger. On dit que ce « Caresset » a recruté toute une bande de larrons qui hantent la région.

Les femmes rappelaient leurs enfants et surveillaient les alentours, les hommes allaient aux champs comme des braves mais lançaient des regards soupçonneux vers la lisière de la forêt.

Après le versant des Fies et le col de Martimpré, Paulus prit le chemin de Liézey. Partout le printemps prometteur semblait démentir ses sombres craintes. On ne pouvait pas croire que la peste rôdait à quelques lieues de là. Les vaches s'appelaient en beuglant, elles sentaient avec gourmandise l'approche du départ pour les chaumes. Un marcaire à genoux sur son toit changeait quelques essies en martelant l'air du matin et Paulus s'arrêta un instant pour lui parler. A ses pieds s'étendait maintenant toute la vallée de Gérardmer. Le lac brillait d'écailles bleues et de reflets d'argent. Le bourg au pied du versant opposé orientait ses toits vers le soleil et la vallée colorée de tons plus chauds s'étirait vers les hautes montagnes et leur couronne de chaume. Avant de poursuivre son chemin, il contempla son pays, ce berceau de vie paisible, ces douzaines de répandises, toutes ces fumées qui témoignaient de la fière activité des hommes. Cette paix ardemment défendue contre les atteintes de la Prévôté pouvait-elle être balayée par le souffle insidieux de la peste ? Ce n'était qu'une appréhension, il ne pouvait pas le croire mais préférait pousser son tour des montagnes jusqu'à la grange la plus lointaine.

A Liézey comme ailleurs les gens étaient en harmonie avec leur environnement. Paulus allait rebrousser chemin quand il se rappela la cabane de Simon Jacot en lisière des arbres. C'était une pauvre masure en bois, semblable à celles bâties sur les chaumes pour les pâtres en estivage. En s'approchant il remarqua que les vaches malgré le beau temps n'étaient pas au pré. Les alentours étaient étrangement déserts et silencieux. Quand il pénétra dans la grange misérable, une odeur âcre et oppressante l'immobilisa qui lui fit mettre instinctivement la main devant son nez. Le long de la cloison un jeune garçon couché sur un lit de fougères crispait ses mains sur sa chemise, se retournait en gémissant, la tête trempée de sueur, les lèvres pincées, les yeux hagards et exorbités. Son cou était déformé par une boule de la grosseur d'un œuf. Sa mère l'essuyait en murmurant des paroles apaisantes.

Effondré sur un tabouret, appuyé à la petite table grossière, le père affichait un visage ténébreux. Dans un coin les deux autres enfants restaient figés de stupeur.

Un grand frisson de frayeur parcourut le dos de Paulus. Tout son être voulait fuir l'horrible mal, respirer l'air pur, nier ce qu'il découvrait.

— Qu'est-il arrivé à votre fils ?

Le jeune Bastien avait eu la veille une fièvre brutale et inexplicable. Devant son délire et cette grosseur inconnue qui gonflait dans son cou, les parents s'étaient sentis frappés par la malédiction et restaient paralysés.

— Je vais quérir le chirugien Gérard à Bruyères, dit Paulus. En attendant, ne bougez pas d'ici et ouvrez les fenêtres pour changer l'air.

L'oppression l'étouffait si lourdement dans la grange

qu'aussitôt sorti il se libéra en aspirant de profondes bouffées d'air. Puis il éprouva le besoin de se purifier et, dès qu'il le put, il se lava dans un ruisseau d'eau claire et cueillit de la menthe sauvage qu'il froissa dans ses mains pour la respirer longuement. Il alerta les voisins et leur conseilla de fermer les volets du côté de chez Simon Jacot avant de partir au galop vers Bruyères.

Lorsqu'il revint avec le chirurgien, celui-ci lui parla des habitants de Brouvelieures qui avaient caché leur maladie par crainte de voir leur maison brûlée. Il avait été averti trop tard par des gens troublés devant le comportement de certains voisins qui se cloîtraient dans leur grange. Il était intervenu aussitôt, mais déjà trois familles étaient atteintes par l'épidémie.

— Dans la plaine on a vu des hameaux entiers anéantis par la peste, poursuivit le sieur Gérard en s'approchant de Liézey. Il faut espérer qu'ici le vent des montagnes chassera la contagion.

— Qu'est-ce qu'on peut faire contre cette terrible maladie ?

— Une fois que les humeurs sont atteintes par le mal on ne sait pas trop la guérir. Certains chirurgiens recommandent la fréquente saignée.

— La saignée ?

— Oui. Plus on tire l'eau d'un puits, plus elle est bonne. Plus on tète une nourrice, plus elle a de lait. Il en est de même pour le sang. Mais j'ai vu si peu de malades guérir de la peste que je n'y crois pas dans ce cas. Le seul remède véritable consiste à se prémunir de la contamination.

— Mais comment ?

— Il faut éviter de manger des viscères et des abats, surtout les jours impairs. Pour repousser le mauvais air, il faut allumer des feux sur les chemins, brûler des branches de genévrier dans les maisons. Il ne faut pas avoir peur de s'enfumer. La peste craint la fumée. Et je recommande aussi de se parfumer, de boire des infusions d'herbe de

Saint-Pierre et de feuilles de Notre-Dame, de mâcher des graines de genièvre et d'en porter sur soi...

— Vous en avez sur vous ?

— Evidemment, répondit le chirurgien en tirant du doigt l'encolure de sa chemise. Je porte même un talisman puissant, une pierre de bézoard qui m'a été vendue par un apothicaire de Nancy.

Ils arrivaient alors devant la grange de Simon Jacot et Paulus n'eut pas le temps d'interroger davantage le sieur Gérard. Celui-ci enfila des gants, ordonna à Paulus de l'attendre à distance et se mit sur la tête un masque étrange et blanc à tête d'oiseau qui le recouvrait jusqu'au cou. Le long bec était rempli d'encens, de thym et d'autres plantes aromatiques pour filtrer les odeurs pestilentielles. Le chirurgien regardait à travers deux yeux de verre cousus dans le masque et sa voix transformée par le maroquin était méconnaissable. Il passa à l'épaule son sac de remèdes et de lancettes de chirurgie, alluma un flambeau de poix et entra dans la maison en tenant la flamme devant lui. Son apparition monstrueuse déchaîna aussitôt un cri d'effroi qui déchira l'air et se répercuta contre la forêt toute proche, hérissant les aiguilles des sapins et l'échine de Paulus

Peu après les deux enfants sortirent et des plaintes aiguës retentirent. Comme dans un cauchemar, Paulus vit la femme de Simon Jacot apparaître avec une écuelle qu'elle vida par terre. Une forme hideuse coula dans un liquide fumant, rouge de sang, écœurant, forçant le juré à détourner les yeux.

Le chirurgien sortit à son tour, à reculons, tenant toujours le flambeau de poix brandi entre lui et la masure. Paulus éprouva de nouveaux frissons, et ressentit une violente douleur au ventre. Avant d'entendre les paroles fatidiques du chirurgien et pour ne plus voir son horrible tête d'oiseau, il ferma les yeux un instant et dans un murmure invoqua le nom de Marie. Contre sa joue le souffle régulier et chaud de sa jument le baignait d'affection, pareil à une caresse maternelle.

Quand il rouvrit les yeux, le sieur Gérard était devant lui. Il avait repris son visage humain, mais des gouttes de sueur perlaient sur son front, son regard paraissait injecté de sang et il empestait les plantes aromatiques.

— Le garçon a la peste. J'ai incisé le bubon pour le soulager et maintenant seul Dieu peut le sauver.

Le chirurgien parlait de façon saccadée, comme s'il avait du mal à reprendre son souffle. En quelques mots précis, brutaux, il prescrivit à Paulus les mesures à prendre. Le reste de la famille Jacot ne semblant pas atteinte par la contagion, il fallait, pour les sauver, bâtir vite une petite loge pour le malade, aérer la maison et brûler un cône d'encens. Il déposa dans la main de Paulus un petit sachet, monta en selle et conclut :

— J'enverrai un confesseur pour le malade. Surtout n'approchez pas du pestiféré sans un flambeau allumé et une serviette parfumée sur le visage.

Le chirurgien Gérard repartit au galop vers Bruyères sans se retourner. Abasourdi par la confirmation du terrible mal, les jambes amollies, Paulus marcha un long moment près de son cheval. Devant lui, le long du chemin qui descendait du Grand Liézey, se déroulait un chapelet de granges avec leur oriflamme de fumée. La contagion allait-elle frapper ces maisons souriantes, étouffer les feux et la vie, transformer ce coteau animé en un désert maudit ? Des images défilaient dans sa tête, mélangeant le masque du chirurgien, les grimaces du jeune garçon, le sang purulent et les yeux effarés des parents. Il croyait toujours entendre le hurlement du malade et sentir la puanteur de la pièce. Sous sa peau couraient des picotements d'angoisse. Il allait devoir annoncer aux habitants de Liézey la terrible vérité, les mettre en garde, leur dire de clore leurs volets et d'allumer des feux. Il allait falloir trouver des volontaires pour ériger la loge, et ensuite regagner Gérardmer où il serait cette fois un bien triste messager quand il annoncerait aux jurés l'affreuse nouvelle, la menace la plus sournoise et la plus dangereuse. Il n'avait pas eu peur de la Cour de Nancy, il avait affronté prévôts et gruyers, mais aujourd'hui il désespérait de sauver la vallée et craignait de voir la peste ravager le coteau où vivait sa famille. Il savait qu'il allait déclencher des lamentations et peut-être une rancune inconsciente contre lui, mais il devait remplir sa charge de juré jusqu'au bout, dans le plus pénible comme dans le plus glorieux. Il était sans doute le seul à Gérardmer à connaître les prescriptions du chirurgien, il devait les répéter, il devait lutter contre la peste, même si les chances de réussite étaient minces.

— Le fils de Simon Jacot a la contagion. Tenez-vous à l'écart, portez du genièvre sur vous et allumez un feu pour purifier l'air, répéta-t-il de grange en grange.

— Dites au curé de nous apporter sa bénédiction, nous en avons besoin, supplia « le Titisse » qui tissait le lin pour tout Liézey.

— Mon Dieu, nous sommes perdus ! gémit une vieille femme au visage ridé comme une pomme.

— Sainte Marie, qu'avons-nous fait pour mériter ça ? s'écria Valentine en se signant trois fois.

A mesure que Paulus avançait, l'écho des lamentations grandissait, le suivait, se répercutait sur les montagnes. Bientôt la rumeur de la contagion se mit à le précéder, les femmes se signaient en le voyant approcher et le juré n'avait plus qu'à confirmer d'un signe de tête le mot que les gens bredouillaient d'une voix abattue, à peine audible, entre deux prières confuses.

Derrière lui un tourbillon de folie semblait s'être emparé de tous les habitants de Liézey. Partout, après le passage du juré, on s'était hâté d'allumer des feux. On y jetait des bûches, des branches vertes et des rameaux mouillés. Dans toutes les granges, on sortait les herbes aromatiques, on mâchait du genièvre, on calfeutrait les fenêtres, on se cachait du vent de mort qui rôdait sur les toits. Les femmes, sans se lasser, débitaient n'importe où d'interminables prières et des suppliques à tous les saints.

4

Dans toutes les familles géromoises les bavardages ne portaient que sur la peste à Liézey, et quand le marguillier sonnait l'angélus, les femmes priaient en redoublant de ferveur. La répandise des Relles Gouttes n'avait pas échappé à la peur générale. Quand Paulus avait rapporté les paroles du chirurgien, Marion s'était aussitôt affolée.

— Mon Dieu ! Nous sommes perdus. L'épidémie va se répandre dans toute la contrée !

Paulus avait tenté de la rassurer en lui expliquant les remèdes préventifs du sieur Gérard. Il était monté lui-même en haut de la clairière pour cueillir un rameau de genévrier qu'il avait jeté dans le feu.

— Tu sens cette odeur, Marion ? Elle a la vertu d'éloigner la contagion. Il faut que tu nous fasses des petits sachets de toile pour pendre à notre cou des graines de genévrier.

— Tu crois que c'est efficace ? avait-elle demandé.

— Bien sûr, le chirurgien sait de quoi il parle.

— Je demanderai aussi à Odile, dit Marion qui croyait davantage encore en la science herboriste de la femme de Petitcolas.

En essayant de tranquilliser sa famille, Paulus surmontait un peu sa propre inquiétude. Avec un courage que beaucoup de Géromois admiraient, il parcourait les montagnes pour transmettre les conseils du chirurgien.

Tout en remplissant sa mission de juré il fanait sa répandise et montait presque chaque semaine, à la chaume de la Basse de la Fée où son fils Nicolas et le pâtre Blaison gardaient le troupeau pour l'été. Marion allait alors s'agenouiller devant la statue de la Vierge au manteau pour une courte prière.

— Douce Marie, mon homme est dans les montagnes, mon fils est sur la chaume, préserve-les du mauvais mal. Que cette croix soit entre la peste et nous, protège-nous, douce Mère de Dieu !

— Tout va bien sur la chaume, disait Paulus en revenant. Les vaches se portent comme il faut, les fromages sont beaux et on n'annonce pas de peste à La Bresse.

— Et Nicolas ?

— Il se plaît bien là-haut avec Blaison.

Marion rapportait alors l'inquiétude d'une voisine.

— Jeannon a entendu dire que la peste avait atteint d'autres familles à Liézey...

— Mais non ! L'épidémie n'est pas sortie de la maison de Simon Jacot. Avec tous les feux qui ont été allumés, le mal doit être brûlé.

Paulus ne croyait qu'à moitié à ses affirmations. Il les prononçait pourtant d'une voix sûre pour apaiser sa famille et fortifier en même temps sa confiance. Les faits d'ailleurs semblaient le confirmer. Aucun autre foyer de Liézey ne paraissait atteint par la maladie. En lui l'espérance brillait toujours, timide et fragile, telle la flamme d'une chandelle dans les courants d'air de la grange.

A l'autre extrémité de Gérardmer, au nord de la ligne fatidique, régnaient cependant l'angoisse et la mort. Les hommes de Liézey, une serviette parfumée sur la bouche, avaient dû lutter contre leur répulsion pour bâtir une loge au fils Jacot. Malgré les soins prodigués par le confesseur, le jeune garçon était décédé. On l'avait enterré sur place et on avait brûlé ses vêtements. Après lui, son père et les deux autres enfants, atteints par la contagion et transférés dans la loge, moururent à leur tour. Seule la mère, le cœur déchiré, restait dans la maison pour soigner ses vaches, sa seule raison de vivre.

Les gens de Liézey ne voyaient personne en dehors du chirurgien Gérard, du maire et de Paulus. Les autres commis-jurés refusaient de prendre le risque de s'approcher des lieux qu'on disait maudits. Quand Paulus s'y rendait il devait d'ailleurs dominer un réflexe de répugnance au moment de franchir la barrière qui séparait le coteau contaminé du reste de la communauté. En suivant scrupuleusement les conseils du chirurgien, il enfilait un masque parfumé, allumait un flambeau de poix qu'il tenait à bout de bras, prononçait mentalement une courte prière, et s'engageait dans le bois de Miselle. Sous cette sorte de cagoule protectrice il ne percevait aucun des effluves de la forêt et marchait comme un automate, la tête pleine des senteurs de menthe et de cassissier. Il étouffait bientôt sous ce masque et ne pouvait s'empêcher de s'arrêter pour le soulever et aspirer une bouffée d'air. Il appliquait son nez contre un jeune rameau de sapin, là où les aiguilles sont plus tendres, plus claires, un peu collantes et combien plus odorantes. Il respirait ainsi l'air purifié par le sapin, remettait son masque et s'avançait dans le vallon.

Le haut val de Liézey était strictement méconnaissable avec ses prés à demi déserts, ses jardins presque abandonnés, ses granges enfumées, ses grands feux de branchage qui brûlaient de loin en loin et formaient dans le ciel une traînée grise et lugubre. Paulus prenait rapidement des nouvelles, pressé de quitter cet endroit où tout pouvait être imprégné du mal. Mais il y avait toujours un marcaire tourmenté, une femme angoissée qui s'approchaient du sentier, le questionnaient, l'imploraient. Il s'arrêtait un instant, cherchant des paroles de réconfort. Mais que dire alors que la femme de Simon Jacot était malade à son tour ?

— La peste ne sortira pas de la maison Jacot, vos feux l'ont arrêtée, affirmait-il.

— Je n'ai jamais vu autant de galeries de taupes,

prétendait une femme. Ce sont elles qui nous apporté la contagion. Je ne veux plus toucher à mon jardin.

— Que mangerez-vous cet hiver ? reprenait Paulus. Il faut cultiver vos champs, le chirurgien n'a jamais dit que les taupes donnaient la peste.

— Le chirurgien, il ne sait pas tout !

Paulus répétait inlassablement que le mal ne se répandrait pas, mais personne n'était convaincu.

— Vous savez bien que nous allons tous mourir !

— Dites au curé de venir ! Je ne veux pas partir sans les derniers sacrements.

Malgré toute sa volonté de rendre l'espoir à ses compatriotes, Paulus se sentait impuissant. Ses paroles ne portaient plus, ses arguments avaient peu de poids et il finit par réaliser que seule la religion pourrait leur apporter un réconfort. Aussi entreprit-il de décider l'abbé Vigneron à se rendre à Liézey avec lui.

Avant d'arriver sur les lieux de la contagion, Paulus et le curé agitèrent fébrilement des clochettes pour s'annoncer et furent stupéfaits de voir tous les habitants du coteau rassemblés dans le pré. Ils étaient tous venus, jeunes et vieux, hommes et femmes, jusqu'aux plus jeunes enfants dans les bras de leur mère. Les plus vieux, voûtés sur leur canne, achevaient de s'approcher pendant que les autres, déjà, s'agenouillaient dans l'herbe. Ces dizaines de visages tendus vers le prêtre dans l'attente de sa bénédiction formaient un spectacle émouvant, pathétique. Il semblait que toutes ces âmes résignées n'espéraient plus que le geste du curé pour mourir en paix. Pourtant, après la bénédiction Paulus essaya encore de leur dire quelques paroles d'encouragement.

— Croyez-moi, dans quarante jours, Liézey ne sera plus isolé. Vous pourrez chercher vos grains sur le marché de Bruyères comme les autres années. La contagion ne sera plus qu'un triste souvenir. Aussi faites les foins ! Rentrez le bois de chauffage ! Préparez l'hiver prochain ! Vous n'allez tout de même pas vous laisser mourir de faim ! Vous n'avez pas honte de laisser vos jardins dans l'état où ils sont ?

Les habitants de Liézey, soulagés par la venue de l'abbé Vigneron, acceptaient maintenant de l'écouter. Peu à peu les paroles de Paulus ranimaient l'espoir dans leur cœur. Le curé les avaient bénis, le juré des Relles Gouttes annonçait qu'ils allaient survivre à la contagion, pourquoi ne pas le croire ? Doucement un murmure monta des lèvres des femmes, puis des hommes, un marmonnement indistinct qui prit bientôt l'élan d'une prière. Le curé Vigneron, saisissant au vol ce renouveau de foi, entama d'une voix forte une litanie que reprirent en chœur des dizaines de poitrines et qui fit vibrer longtemps le cadre de la forêt.

Depuis le début de la maladie, les Géromois conscients du danger et alarmés par les rumeurs des environs, gardaient les chemins d'accès pour se prémunir de l'arrivée de nouveaux malades contagieux. Ils appliquaient ainsi les conseils du chirurgien et les ordonnances de Son Altesse le duc de Lorraine.

Paulus assurait lui aussi son tour de garde, le plus souvent sur la voie du Valtin qui communiquait avec l'Allemagne. Armé de son arquebuse, il se postait à l'embouchure d'une gorge étroite et profonde où les épicéas prenaient des tailles gigantesques, les plus hautes de Lorraine. Pendant des heures il allait et venait à la lisière de la forêt, attentif au moindre bruit. Il était seul avec les échos de la forêt et attendait avec impatience la relève d'un autre marcaire. A cause des rumeurs de peste en Allemagne, il venait moins de saisonniers en Lorraine sur ce chemin habituellement si fréquenté. Il interdit néanmoins le passage à un individu qui voulait se faire passer pour un marchand de Saint-Dié et lui proposait quelques piécettes. Une autre fois il repoussa un jeune inconnu qui se prétendait originaire de Champdray.

— Vous ne pouvez pas pénétrer sur le territoire de Gérardmer sans un papier certifiant que vous ne venez pas d'un village contaminé. Ce sont les ordonnances formelles de Son Altesse. Demandez-le à votre maire !

L'homme s'étant montré récalcitrant, Paulus avait dû le poursuivre et le menacer de son arquebuse pour le contraindre de faire demi-tour. Bien lui avait pris d'ailleurs car, trois jours plus tard, il apprit qu'un certain Pidéron de Champdray avait pénétré par effraction dans la forge et volé des clous.

Quand Paulus revenait aux Relles Gouttes, Marion lui servait aussitôt une écuelle de soupe fumante et toujours très parfumée. Suivant les conseils du chirurgien Gérard et les suggestions avisées d'Odile, elle ajoutait dans sa marmite une quantité inhabituelle d'aromates les plus variés. Les herbes longuement mijotées purifiaient l'air de la grange avant d'assainir les gosiers de toute la famille. Paulus rentrait ainsi dans une maison qui embaumait, selon les jours, le cerfeuil ou le serpolet, l'oignon ou le genièvre, la ciboulette ou le cresson des ruisseaux. En avalant la soupe à grandes lampées, il racontait ses rencontres, Marion parlait de son jardin ou d'une naissance attendue. Barbeline en silence desservait la table, Paulus achevait de se réchauffer de ses heures d'immobilité par un trait d'eau-de-vie.

— J'ai vu la Jeannon aujourd'hui, elle a entendu dire que tous les gens de Liézey allaient tomber malades, que tout allait mourir là-haut.

Paulus soupirait.

— Qu'est-ce que les gens ne vont pas raconter ! Depuis que le curé est monté bénir les habitants du val de Liézey, les Géromois s'imaginent qu'il leur a donné l'extrême-onction. Pas du tout ! Je peux te dire au contraire que les marcaires de Liézey ont repris espoir et se sont remis aux travaux des champs.

Marion se rassurait pour un temps et mettait dans le feu qui faiblissait un petit rameau de genévrier qui diffuserait son parfum bienfaisant dans le sommeil de la grange. Elle devinait alors la lassitude de son mari et lui parlait tranquillement de ses travaux des champs.

— Le lin pousse bien cette année, nous en ferons une belle récolte. Mais il faudrait qu'il pleuve. Barbeline et moi, nous avons vidé des seaux d'eau dans le jardin et la terre a toujours soif.

Une fois par semaine au cours de ce mois de juin, Paulus retrouvait le maire et les autres représentants de la communauté pour faire le point de la situation. Au cours de ces réunions, chaque commis rendait compte du chemin dont il avait la garde. Le maire et Paulus parlaient de leur visite à Liézey et de l'évolution de la maladie.

— Il n'y a toujours pas d'autres cas, confirma le maire quelques jours avant la Saint-Jean.

— La garde des chemins et les feux de broussaille ont été efficaces. Le chirurgien Gérard nous a bien conseillés.

On but même à la mort de la peste. Le petit Cacot, las de garder les chemins, suggéra de relâcher la surveillance. Mengeon Lentine était prêt à le suivre.

— L'important, c'est de prier. Tout ce qu'on peut faire d'autre n'a pas grand poids. Si la contagion s'est arrêtée, c'est que Dieu a entendu nos prières.

Le Tocpire qui ne supportait pas la ferveur religieuse de son collègue réagit.

— Vous me faites rire avec vos bondieuseries, vos statues de saints et vos prières. Je crois qu'il est plus sûr d'allumer des feux pour détruire la contagion. Pour moi, la meilleure solution serait de brûler tout Liézey.

Pendant ce temps, sur le triste coteau du Nord, les granges de Liézey priaient, les fenêtres jointes et les yeux clos, agenouillées au pied d'un muret centenaire. Dans la nuit étoilée les cheminées obscures filaient leur dernière prière en forme de fumée.

5

Un jour de juillet, Marion accompagna son mari au bourg. Paulus lui avait rapporté naguère une pièce de drap dans laquelle elle voulait faire tailler par le Parmentier des jupes chaudes pour le prochain hiver. Ce serait pour elle l'occasion de bavarder avec ses amies. Le tailleur d'habits, un petit homme fringant et guilleret, vint les accueillir sur le pas de sa porte.

— Il y a réunion des jurés aujourd'hui ? De quoi nos grands commis vont-ils débattre ? dit-il avec son ironie habituelle.

Aucun nouveau cas de peste ne s'étant déclaré, les villageois avaient retrouvé un peu de leur bonne humeur.

— Des amendes pour les tailleurs qui ne couperont pas le tissu dans le bon sens, répondit Paulus en souriant.

— Ah ! Ah ! Je suis tranquille, ça ne me concerne pas ! Mais vous feriez mieux de vous occuper d'arrêter Sautebuisson...

Colette, la femme du Parmentier, entraîna Marion dans la maison.

— Entrez donc, il y a longtemps que vous n'êtes pas descendue au village ! Quoi de neuf aux Relles Gouttes ? Je vais appeler la Jeannon et la Pierrette.

Au milieu du poêle trônait une table aux dimensions inhabituelles, au bois lisse du souvenir de tant de jupes découpées. Marion se sentait heureuse. Elle ne descendait pas souvent au bourg et l'accueil de ses amies lui causait chaque fois un grand plaisir. Elle imaginait déjà la ronde Pierrette, la plus opulente de toutes les Géromoises qui riait quand on se moquait de ses rondeurs.

— Mon mari ne s'en plaint pas, il y trouve son compte.

Elle reconnut dans un coin d'ombre une femme assise, pensive, recroquevillée sur elle-même.

— Mais c'est la Jacquotte !

L'épouse de Noël le maréchal leva la tête et ses traits tourmentés inquiétèrent Marion. Qu'avait-il pu lui arriver ? Une dispute avec son mari dont les colères étaient si bruyantes ? Un souci pour un de ses enfants ? Le petit Parmentier souffla :

— Elle vient de se faire rouler par Sautebuisson et son mari est dans une grande colère.

— J'aurais voulu vous y voir ! s'écria Jacquotte qui se tordait les mains.

Ce matin-là son mari était parti chercher du charbon de bois pour sa forge. Pidéron Sautebuisson avait dû guetter son départ car il était entré peu après en proposant quelques clous et de la ferraille. Jacquotte avait d'abord refusé, mais le larron avait tant insisté, tant menacé de mettre le feu à sa maison qu'elle avait fini par céder. Noël à son retour s'était mis en colère en découvrant que sa femme avait acheté à un prix démesuré des objets volés à la forge du Valtin. La pauvre femme avait tremblé tout autant devant la fureur de son mari que sous les menaces du brigand. Le maréchal avait aussitôt ameuté tout le bourg et s'était lancé à la poursuite de Pidéron Sautebuisson.

— Que va-t-il me dire à son retour s'il n'a pas pu le rattraper ? conclut Jacquotte d'une voix plaintive.

— La course aura calmé ton mari, répondit le Parmentier qui déroulait sur la table la pièce de drap de Marion.

Il palpa son épaisseur, apprécia sa qualité en la caressant de la paume de la main. Il aimait les beaux tissus. Il les touchait toujours et les couvait des yeux avant de les découper et de les mettre en forme.

— Paulus m'a dit que ce drap vient du meilleur marchand de Saint-Dié, dit Marion flattée par l'appréciation d'un connaisseur.

L'une après l'autre, les voisines arrivèrent. Elles fêtaient Marion, la questionnaient, commençaient à papoter sur les échos du village.

— Il paraît que le Cunin aurait l'intention de marier sa fille cadette la Mathiatte à Jean Grosdemange.

— Elle n'a que dix-sept ans, l'âge de Barbeline. C'est tout de même jeune, remarqua Marion.

La peste de Liézey avait perdu sa place prépondérante, on la considérait comme terminée.

— Ils ont repris confiance là-haut, il paraît qu'ils ont rentré les foins, qu'ils se remettent à sortir les vaches.

— Et ton Paulus était bien courageux d'aller les voir, souligna Pierrette.

Chez le Parmentier on ne restait jamais inactif pendant le « couarôge ». Chaque femme prenait une aiguille, passait le fil rugueux sur un bloc de cire d'abeille, cousait une aiguillée et contribuait ainsi à l'ouvrage. Les bavardages ronronnaient, rebondissaient de bouche en bouche, berçaient la maison, pendant que le Parmentier, l'œil attentif et la main sûre, découpait le drap de Marion.

Une cavalcade bruyante parcourut alors le village. Le maréchal et ses compagnons revenaient bredouilles de leur poursuite.

— Si je le revois à Gérardmer, je l'attacherai à la queue de mon cheval et je le traînerai jusqu'à Longemer ! disait le grand Noël dont la colère n'était pas tombée.

Pendant ce temps, dans l'arrière-salle de la taverne Demengeat, le maire et les jurés parlaient du problème des brigandages. Le passage de Pidéron Sautebuisson prouvait que la garde des chemins était insuffisante. On redoutait d'autres intrusions, de nouveaux larcins, peut-être même un retour de la peste. Un juré émit l'idée folle de dresser une clôture tout autour de Gérardmer et Paulus suggéra pour sa part de constituer une petite compagnie de Géromois qui patrouillerait dans la vallée et serait toujours prête à intervenir pour arrêter les voleurs. Le maire et les jurés se plaisaient à l'idée que Gérardmer pourrait avoir sa compagnie d'arquebusiers et pressaient Paulus de rédiger une demande officielle. L'ambiance de la réunion était celle des grands jours. On fêta la démarche entreprise comme si l'accord de Son Altesse était acquis d'avance. Paulus était à son aise, il préférait tellement défendre les droits des Géromois plutôt que de lutter contre un mal invisible, sournois, comme la peste.

Soudain des cris d'affolement jaillissant de toutes les directions brisèrent le calme de la réunion.

— La peste ! Il y a la peste !

Tandis que les jurés se regardaient interdits, La Rivière fit irruption dans la salle, le visage bouleversé.

— La peste est au Phény ! Mon gamin revient de chez ma sœur et sa petite Jacotte a déliré toute la nuit. Quand je pense qu'Amélie vient d'avoir une autre petite fille ! c'est sûr, ils y passeront tous !

— Mais ce n'est pas forcément la peste, objecta Paulus, touché par la détresse de son ami.

— Mais si, je te dis ! Son ventre s'est mis à gonfler et sa tête cogne comme un bourdon...

— C'est-y pas Dieu possible ! Nous sommes perdus ! se lamenta le petit Cacot.

La compagnie d'arquebusiers et les brigands étaient maintenant oubliés. Seul importait désormais le retour de l'épidémie. A l'ambiance animée succéda un silence lourd d'angoisse.

On n'entendait plus que le léger pétillement du feu, le pas traînant de la femme du tavernier dans la pièce à côté. On percevait presque les bruits de salive déglutie.

— Nous sommes perdus ! murmura un juré. Dans quelques jours la peste sera dans le bourg.

Mengeon Lentine joignit ses mains pour gémir.

— Qu'avons-nous fait au Ciel pour mériter cette malédiction ?

Au milieu des lamentations fébriles, Paulus essayait de réfléchir. La nouvelle tragique était répandue dans le bourg et bientôt tout le monde allait se terrer chez soi comme à Liézey. La vie allait se cacher dans les granges closes et les gens n'écouteraient plus rien.

— Si l'on veut prendre des mesures de protection, il faut les décider et les annoncer très vite aux Géromois, ordonna Paulus.

— Il vaut mieux prier, c'est notre seule chance de salut, répétait toujours le vieux Mengeon Lentine.

Le maire retrouva un peu de courage devant l'initiative du juré des Relles Gouttes.

— Paulus a raison, il faut essayer d'enrayer l'épidémie. Rappelons-nous les conseils du chirurgien.

— Vous y croyez encore ? demanda La Rivière sceptique.

Au milieu des soupirs et de la confusion, le maire et Paulus résumèrent les précautions à prendre : accroître la garde des chemins, isoler le Phény du village comme on l'avait fait pour Liézey, y bâtir une loge, allumer des feux à tous les carrefours pour purifier l'air de la vallée. Le maire suggéra aussi d'interdire la divagation des animaux qui pouvaient propager la maladie.

Pendant que le maire se rendait à l'église pour faire sonner le tocsin et rassembler les villageois, Paulus raccompagna son ami La Rivière. Le grand coutelier avançait avec peine, sa haute stature affaissée, les bras abandonnés.

— Ma pauvre sœur ! gémissait-il. Et si mon gamin avait attrapé le mal ?

— Que vas-tu chercher ? Je suis allé maintes fois à Liézey et je ne l'ai pas eu. Ce qu'il faut, c'est se protéger...

Il y avait déjà tout un attroupement devant la maison du coutelier. Les voisines entouraient Katherine, la femme de La Rivière et la pressaient de questions. Des femmes plus éloignées accouraient à petits pas pressés et leurs sabots claquaient en cavalcade. Toutes se lamentaient en concert et jacassaient affolées comme un poulailler devant l'irruption d'un renard.

— La peste ! Marie Joseph ! La peste est au Phény ! Saint Florent, protégez-nous ! La peste est là !

Parmi la foule en effervescence Paulus reconnut Marion et la rejoignit aussitôt. Il lut dans ses yeux la panique et regretta de n'avoir pas pu la prévenir lui-même, plus doucement.

— Il y a la peste chez la sœur de La Rivière. Mais il ne faut pas s'affoler pour autant. A Liézey la contagion ne s'est pas étendue hors de la grange de Simon Jacot.

Les cloches de l'église se mirent à sonner à toute volée, appelant les Géromois à se réunir devant le porche. En peu de temps, il y eut autant de monde qu'un jour de Saint-Jean. Poussé par le vent, le son du tocsin diffusa l'anxiété jusqu'au-dessus des chaumes et, dans les montagnes, les marcaires suspendirent leurs travaux.

Au milieu des jurés, à côté du maire et du curé, Paulus faisait face aux cents visages. Tous se taisaient, essayaient de deviner la gravité de la situation. Les cloches se turent, le maire annonça les mesures à prendre et Paulus ajouta quelques mots d'espérance.

— Nous pouvons enrayer la contagion. Les habitants de Liézey en ont eu raison grâce à ces mesures de sauvegarde.

Dans les journées qui suivirent, la fièvre s'empara de Gérardmer. Des feux s'allumèrent sur tous les chemins. On se hâta de rentrer les foins ; on avança le plus possible la récolte des jardins. Un cordon de gardes s'installa au pied du Phény, plus resserré encore que la ligne qui isolait Liézey. Jour et nuit la vallée luisait de ses feux, se noyait sous la fumée de bois vert. Les femmes maintenaient l'intérieur des granges enfumé. Des recettes diverses circulaient à ce sujet : on voulait les essayer toutes. L'une recommandait les fumigations de fougère, Odile conseillait de brûler des graines de Saint-Gengoult, d'autres femmes soutenaient que rien n'était plus efficace que les fumigations de mousse ou de branches de bouleau. A longueur de journée, dans toutes les maisons, jeunes et vieux s'imprégnaient de fumées et de parfums. De vieilles femmes bien informées récitaient des formules qu'elles se rappelaient d'un guérisseur d'autrefois.

— Il est aussi vrai que Dieu est, pain n'a faim, feu n'a froid, eau n'a soif, couleuvre n'a poils, ainsi soyons guéris de tous les maux qui sont, au nom du Père, du Fils, et du Saint-Esprit, amen.

— Saint Pierre, saint Jean et saint Martin s'en vont parmi les champs, la nuit les prit, ils ne surent où s'héberger sinon au logis de saint Grégoire. Aussi vrai qu'une soupe leur fit, aussi vrai que la nuit la mangèrent, soyons guéris de tous les maux.

On faisait suivre ces formules de quelques prières et on se croyait pour quelque temps protégé de la contagion. Odile l'assurait en tout cas. Le vieux curé Vigneron dont les oreilles traînaient partout, protestait en chaire contre ces pratiques païennes, appelait les paroissiens à faire pénitence pour éloigner la colère de Dieu. Pendant la messe on l'écoutait. Mais bien vite on reprenait les mêmes incantations dont le succès s'était étendu à tout le bourg. De toutes les personnes qui les proféraient, on disait qu'aucune n'était tombée malade.

Aux Relles Gouttes, Marion veillait elle aussi à parfumer et enfumer l'intérieur de la grange. Elle allait cueillir les herbes avant le lever du soleil et ne rentrait jamais à la maison sans réciter une prière au pied de la Vierge au manteau. Plus que jamais, depuis que son mari avait sculpté cette statue, elle croyait à la protection de la Vierge. Elle la suppliait de les sauver du mauvais mal comme elle la priait pour les femmes dont l'accouchement s'annonçait difficile.

— Très douce Vierge Marie, prêtez-moi vos dignes clefs. Quand j'en aurai fait, je vous les rendrai si à Dieu plaît.

Marion prononçait très naturellement cette formule qu'elle tenait de l'ancienne sage-femme de Xonrupt.

C'était pour elle une prière, elle ne se sentait pas concernée par les reproches du curé et revenait de la messe l'âme en paix.

De son côté Paulus éprouvait un malaise qui croissait avec les progrès de l'épidémie. Lui qui s'était dépensé sans compter pendant la peste à Liézey, lui qui avait été le premier partisan des nouvelles mesures de protection, lui qui avait jusque-là rassuré les Géromois, il lui arrivait maintenant de se sentir impuissant, désarmé. En quelques jours la sœur de La Rivière avait perdu ses deux filles et on avait dû conduire Bartholomé dans la loge ainsi que deux enfants de la famille Crouvizier. Paulus gardait désormais le chemin du Valtin plus par devoir que par conviction car il pensait que des malades errants pouvaient passer par la forêt. Depuis la réapparition de la maladie au Phény, il doutait même des remèdes préventifs du chirurgien. La sœur de La Rivière n'avait-elle pas, elle aussi, brûlé du genévrier ? Par quel mystère la peste avait-elle pu se communiquer à une autre montagne ? Malgré les parfums et les feux, Paulus ne se sentait plus en sécurité nulle part, pas même aux Relles Gouttes. Selon les jours et les événements, il passait de la confiance au désespoir, de la lassitude à l'action, puis de nouveau de l'espoir à l'angoisse.

Au cours des réunions de jurés, Paulus devenait moins sûr de lui, plus réservé, indécis même sur la question qui tracassait tous les Géromois, le cheminement de la peste de Liézey au Phény. Chaque juré prétendait en trouver l'explication. Pour l'un le mal venait des déjections des poules qui divaguaient, pour un autre il fallait pourchasser les chiens errants, un troisième se demandait si les baies de la forêt n'étaient pas empoisonnées par les oiseaux. Comme Paulus n'avançait pas d'hypothèse, le maire demanda son avis.

— Qu'en pense notre ami Paulus ?

— Je ne sais pas, je ne comprends plus.

Les informations que le maire rapportait du Phény, étaient de plus en plus inquiétantes. Le père Perrin avait été conduit à son tour dans la loge des pestiférés, bientôt suivi par Claudon et Mengeatte. Le bruit courait qu'on avait vu entrer chez eux le chat noir de la veuve Coletat. Un juré se rappela ce qu'avait dit le fils de La Rivière.

— Il paraît que la Jacotte avait taquiné le chat de la vieille Coletat de la Charme !

Cela suffit pour enflammer l'assemblée. Les coupables étaient trouvés.

— Il faut abattre les chats noirs, s'écria le Tocpire.

Paulus n'aima pas l'éclair qui avait brillé dans les yeux du Tocpire. Il ne croyait pas vraiment que les chats noirs étaient la cause de la peste mais n'avait pas d'autre explication à avancer. La progression de l'épidémie le rendait si perplexe qu'il ne savait plus que penser. Et si le casseur de cailloux avait raison ? Le maire lui-même s'était rangé aussi à la proposition du Tocpire.

Après la réunion qui décida ainsi du massacre des chats noirs, Paulus s'ouvrit au maire de ses inquiétudes et de son sentiment d'impuissance.

— On va tuer les chats et les gens se croiront sauvés pour un temps, mais personnellement je me demande si on arrivera à arrêter l'épidémie.

Le vieux Pierrat plissa les yeux en regardant Paulus et lui dit d'une voix ferme et amicale :

— De toute façon il leur faut un bouc émissaire. Si ce n'est pas les chats, ce sera peut-être cette vieille Coletat de la Charme et ce serait bien plus grave. Crois-moi, il faut patienter. Gérardmer en verra bien le bout ! Nous avons vu d'autres fléaux.

Paulus resta un moment silencieux, se demandant si le maire était vraiment sûr de ce qu'il affirmait ou s'il voulait seulement le rassurer. C'était important pour lui car il estimait le vieux marcaire de Rougimont plus que tous les maires qui s'étaient succédés depuis de nombreuses années. Il appréciait ses paroles calmes et réservées, sa sagesse de montagnard endurci par la vie. Le vieux Nicolas Demenge Pierrat ne savait ni lire ni écrire, il n'avait pas le talent de Paulus pour persuader la foule, mais il avait montré depuis la peste à Liézey un courage et une ténacité admirables. Alors que Paulus hésitait maintenant à s'approcher du Phény, le maire y allait encore en disant :

— La peste ne voudra pas d'une vieille carcasse comme moi.

Le vieux Pierrat était son aîné d'une douzaine d'années. En voyant ses rides profondes et ses mains desséchées, Paulus pensa à son père. L'espace d'une seconde, il se retrouva jeune homme devant Colas Chan Coline et ressentit lourdement la fuite des années. Cette peste qui s'acharnait sur Gérardmer annonçait-elle la fin de sa vie ? Tout à coup il se sentit très las, à bout de course ; il éprouvait le besoin de s'appuyer sur quelqu'un.

— L'épidémie, cette fois, est plus forte que tout ce qu'on a pu connaître ici. Nous n'en sortirons pas.

Le vieux maire le regarda avec attention et Paulus remarqua combien ses yeux bleus étaient clairs, presque pâles et très lumineux. Des yeux qui semblaient couler des ruisseaux de la montagne, là où l'eau glisse sur le granit, pure et transparente.

— Nous en avons connu des calamités, et nous sommes toujours là !

Il lui rappela des souvenirs qui avaient animé les songes de son enfance, la troupe de gentilshommes français qui pillait les granges, la meute des loups de l'hiver des « Trois-cinq », les années de disette et l'Egyptien fou qui incendiait les chaumes. En écoutant le maire, Paulus reprit espoir et repartit un peu rasséréné.

Selon les jours, il soutenait le moral de son ami La Rivière ou allait chez le maire se faire réconforter. Comme tous les Géromois, en cette fin d'été 1611, Paulus ne savait plus à quel saint se vouer, qui croire ni que faire. Il était ballotté entre l'angoisse et de fragiles élans d'espoir. Quand il arrivait aux Relles Gouttes, tourmenté par les questions qu'on lui posait en chemin et les lamentations de la vallée, il se laissait tomber sur un banc. Marion sentant son découragement en oubliait sa propre anxiété pour lui parler longuement, sans se lasser, de la Vierge, de la vie, de la répandise et des échos de la forêt. Peu à peu ses paroles patientes pénétraient son âme avec la douceur onctueuse du lait des chaumes, l'imprégnaient d'images de sapins, de fromages à point et de pâte levée. Marion l'apaisait avec ses mots et ses parfums lentement mais plus profondément que les conseils de ses amis ou du maire.

— La douce Vierge Marie nous épargnera, disait-elle, et Paulus la croyait.

Plusieurs jours durant, Paulus entendit des coups d'arquebuse de tous les coins de la vallée. Il imaginait les chats noirs qui fuyaient en tous sens, tombaient dans des pièges ou étaient abattus dès qu'ils approchaient d'une grange. Seuls les plus sauvages avaient dû trouver leur salut dans la fuite en forêt. Marion tremblait pour sa chatte dont le pelage gris rayé pouvait être mal reconnu le soir, à l'heure où les chasseurs de souris devenaient le gibier.

— Reste ici, Minette, qu'est-ce que t'as besoin de courir ?

Paulus ne se sentait pas fier de ce massacre de bêtes qu'il n'avait pas su empêcher. Une nuit, il rêva de dizaines d'yeux verts qui l'entouraient dans une forêt plus obscure que la plus dense des sapinières. Il n'y avait pas d'autre lumière que tous ces yeux phosphorescents, brillants comme des étoiles mais fendus par une ligne noire. Paulus se réveilla en sueur. Il avait cru voir l'Enfer.

Le lendemain, il descendit au village consulter ses amis, pour faire cesser la tuerie, mais déjà, autour des granges on ne voyait plus un chat. Il s'obligea ce jour-là à poursuivre jusqu'au pied du Phény. Malgré sa propre inquiétude, il espérait pouvoir encore réconforter les gens qui habitaient au pied du coteau maudit. Il les trouva dans un affolement plus grand que d'habitude et apprit vite que la fille George du Phény était morte à son tour. Les habitants en perdaient la tête et n'osaient même plus toucher à l'eau de leurs fontaines. L'un d'eux ayant prétendu que les sources étaient empoisonnées, les femmes partaient chercher l'eau vers le coteau opposé puis revenaient, le dos ployé par la charge des seaux, traînant les sabots et bredouillant des prières désenchantées. Les habitants du lieu avaient une telle hantise de la peste qu'ils n'osaient plus cueillir les baies de la forêt et les fèves du jardin. Ils continuaient à entretenir le plus grand feu de la vallée, un feu de branchages qui enfumait tout le bas du coteau, mais ils ne se faisaient plus d'illusions.

— La peste va descendre sur nous. Si c'est écrit, nous n'y changerons rien, se lamentait la veuve Colin dont le fils, le matin même, ne supportant plus la menace au-dessus de sa tête, s'était enfui vers La Bresse.

— La mère Bartholomé est toujours en bonne santé, c'est la preuve qu'on peut résister à l'épidémie, faisait remarquer Paulus.

Les gens le savaient, mais ils n'écoutaient que les mauvaises nouvelles et la mort de la fille George en était une.

Tourmenté lui-même par l'extension de la contagion, Paulus retourna vers le bourg où l'on savait déjà que la peste avait touché une nouvelle famille du Phény et que le fils Colin s'était enfui. L'affolement gagnait d'autres jeunes gens du bourg qui se consultaient pour fuir Gérardmer.

En parcourant les sentiers du village, il discerna dans les bavardages une rumeur qui prenait forme et grossissait peu à peu comme un mensonge de marchotteur. Si la montagne du Phény était décimée par la peste, il semblait aux Géromois que ce coteau avait dû subir un mauvais sort. L'histoire du chat de la vieille Coletat était dans toutes les bouches et on la soupçonnait d'attirer la malédiction sur les voisins avec qui elle avait pu avoir une dispute. Tout le confirmait d'ailleurs. La petite Jacotte avait fait des facéties avec son chat, le père Bartholomé avait refusé un jour de lui prêter sa jument, la fille Crouvizier s'était querellée avec elle pour des pissenlits que la vieille récoltait dans son champ. D'ailleurs la peste n'atteignait pas la petite grange, à l'orée du bois où la vieille habitait.

Devant l'importance de cette nouvelle rumeur et en pensant comment les Géromois s'étaient acharnés contre les chats noirs, Paulus se mit à redouter le pire. Dans l'état de panique où ils se retrouvaient les villageois étaient capables de dénoncer la vieille Coletat comme sorcière, de la tuer, de brûler sa maison. Si un procès de sorcellerie s'ouvrait maintenant à Gérardmer, ce serait la fin de la communauté. Les Géromois se dénonceraient entre eux, se déchireraient et le prévôt deviendrait le maître tout-puissant. Ployés sous un joug impitoyable, les Géromois perdraient leurs droits ancestraux, leur liberté et leur honneur. Paulus était plongé dans ces réflexions quand le maréchal l'interpella.

— Les gens sont fous après cette vieille ! Si elle était dans le village, je crois qu'ils la lapideraient, dit Noël qui ne partageait pas l'opinion commune.

— C'est vrai, mais comment faire pour couper court à ces ragots ?

— Pidéron Sautebuisson est sûrement plus dangereux que la vieille Coletat. J'ai entendu dire qu'il s'était introduit chez la fille George et y avait volé des cotillons et un corset. Il a très bien pu y amener la peste !

— Pour sûr !

— D'ailleurs le petit Cacot le confirmera, je le tiens de La Trolotte.

— Tu as peut-être raison, Noël ! A rôder partout comme il le fait, il peut très bien propager la maladie.

Deux jours plus tard, à la réunion des jurés, Paulus n'eut même pas besoin d'émettre son hypothèse. Noël s'était chargé d'en parler tout autour de lui et le petit Cacot affirma que le responsable de la peste était bien le voleur Pidéron Sautebuisson. Malgré l'annonce des nouveaux cas de contagion, les jurés se trouvaient pour la première fois rassurés d'en connaître la cause. Une cause qui séduisait d'autant plus les Géromois qu'elle ne concernait pas l'un d'eux. Ils décidèrent d'entreprendre sur le champ une battue dans toute la vallée. Beaucoup de villageois y participèrent et Noël le maréchal prit la tête d'un des groupes. On fit beaucoup de tapage, mais on ne trouva pas le larron.

Les effets de cette poursuite tonitruante et précipitée dépassèrent cependant les espérances de Paulus. Dans toutes les granges il n'était plus question des chats noirs ou de la pauvre Coletat. La haine des Géromois visait maintenant un étranger, voleur de surcroît. Sautebuisson était devenu pour tous l'homme qui transmettait le malheur, le maudit qui apportait la peste, peut-être même un suppôt de Satan.

— Noël a failli l'arrêter, il était tout près de lui et le drôle a disparu comme par enchantement, prétendait un marcaire.

— Demenge l'a menacé avec son arquebuse, mais Sautebuisson s'est mis à rire et l'arme a refusé de tirer, affirmait un autre.

Depuis l'échec de la chasse au voleur maudit, des histoires si saugrenues couraient sur son compte qu'on ne savait plus distinguer la vérité de la légende. Quand Marion revenait de ses visites de sage-femme, elle rapportait à son mari les bruits qui circulaient entre les granges.

— Il paraît que Sautebuisson a de la poudre noire dans un sac et qu'il la répand là où il veut. Ce serait de la poudre de peste.

Paulus l'écoutait en hochant la tête, pas totalement incrédule et rassuré de constater qu'on ne parlait plus de la vieille Coletat.

L'été s'achevait et on n'avait même pas eu l'idée de célébrer cette année la fête patronale. L'épidémie ne se calmait pas au Phény, trois nouvelles personnes étaient mortes en quelques jours. La flambée de haine contre Sautebuisson céda bientôt la place à l'obsession renouvelée de la peste. Les vaches revenues des chaumes ne quittèrent plus les étables et les Géromois peu à peu se replièrent sur eux-mêmes. Le curé montra l'exemple en ne sortant plus de la cure. Il n'était plus question de mariage ou de fiançailles. L'abbé Vigneron n'allait à l'église que pour les baptêmes et la messe rapide du dimanche. Les Géromois craignaient tellement d'attraper la maladie au détour d'un sentier ou par la poudre de Sautebuisson qu'ils évitaient de se rencontrer. Les tavernes fermèrent, les jurés décidèrent d'espacer leurs réunions, Paulus lui-même restait plus souvent dans sa répandise et priait avec Marion.

La certitude que Sautebuisson transmettait la peste n'avait pas mis fin aux interrogations anxieuses des Géromois. Sous quelle apparence pouvait-il envoyer l'épidémie ? Par une poudre comme le prétendait Jeannon, par un chat, une souris ou un courant d'air ? Les habitants les plus proches du Phény réalisèrent que les oiseaux pouvaient se poser sur la loge des pestiférés et transmettre la maladie. Ils tendirent des filets pour les arrêter et dans toute la vallée on se mit à les chasser à coups de fronde. Après les champs et les sentiers du bourg, le ciel de Gérardmer se vida à son tour, au désespoir de Marion. La vallée entière ne présentait plus guère de signes de vie, elle était en septembre plus morte qu'en plein hiver. On n'y voyait plus que des fumées d'une montagne à l'autre comme les candélabres d'un sinistre catafalque. On n'entendait plus que les sons de cloche à longueur de journée. Le marguillier était désormais l'homme le plus occupé de toute la communauté. Les Géromois ne comptaient plus que sur les prières et les cloches pour éloigner la contagion et chasser le Maudit.

Aux Relles Gouttes la vie se déroulait au ralenti. La panique y était un peu atténuée par l'éloignement du bourg et l'isolement de la forêt. Marion, heureusement, ne doutait ni de ses prières ni de la pureté de sa fontaine.

— Très douce Vierge Marie, ayez pitié de nous, murmurait-elle à tout moment, en pétrissant le pain, en trayant ses vaches ou en servant le repas à toute la famille réunie.

Paulus ne disait rien mais la regardait en silence et, dans le regard qu'ils échangeaient, la prière de Marion devenait aussi la sienne.

6

Bravant le climat, la treille de Thomasson se garnissait de grappillons dérisoires et verts qui, cette année encore, n'auraient sans doute pas le temps de mûrir. Du temps où Thomasson le Vieux pouvait monter sur un escabeau et la tailler, sa vigne portait raisin une fois tous les sept ans seulement. Son fils ne s'y intéressait pas. Il ne pérorait plus dans le village, il restait au fond de sa taverne désertée ruminant l'âge d'or d'avant la peste.

L'épidémie avait bouleversé la vie du bourg et le cœur de ses habitants. On ne bavardait plus dans les sentiers, on ne se lançait des nouvelles que par bribes, par brins de folie qui prenaient quelquefois des proportions infernales. Un marcaire du fond de Ramberchamp avait rapporté un jour que des bandes de corbeaux tournaient au-dessus du Phény. De maison en maison son histoire avait grossi. Le croassement de ces oiseaux funestes était devenu le signe d'une malédiction, on chuchotait que les corbeaux dépeçaient les cadavres des pestiférés, attaquaient les gens du Phény et transportaient partout les germes de la mort.

Les Géromois, terrifiés par les morts qui s'accumulaient au-dessus d'eux et par les fumées qui disparaissaient une à une au Phény, étaient la proie facile des rumeurs les plus bizarres, des suppositions les plus folles. Des personnes toujours bien renseignées assuraient qu'on avait vu des petites grenouilles noirâtres jaillir du ventre incisé d'un malade. On déclarait que les malades du Phény vomissaient, avant de mourir, des mouches vertes et des orvets. D'autres expliquaient que les souffrances étaient causées par une bête qui pénétrait dans le corps, le rongeait de l'intérieur et s'y multipliait. Quand on enterrait le cadavre, les bêtes en sortaient et se faufilaient jusqu'aux maisons voisines par les galeries de taupes.

Plus l'histoire était insensée, plus elle retenait l'attention. A une contagion inexplicable, il fallait une cause incroyable. Les Géromois se méfiaient alors de tout, chassaient les corbeaux à la fronde, écrasaient à la bêche grenouilles et crapauds, obstruaient les galeries de taupes, calfeutraient avec de la mousse le moindre interstice dans leurs granges. Malgré toutes ces précautions, ils avaient peur. La peste était un mal sournois qui pouvait, à tout moment descendre du Phény et se jeter sur eux. Par le vent qui s'obstinait à souffler de l'ouest, par les ruisseaux de la montagne où l'on n'osait plus pêcher les truites, par les mouches et les corbeaux, par le brigand Pidéron Sautebuisson que l'on croyait voir rôder dans les ombres du bois. Chaque Géromois s'attendait un jour ou l'autre à être frappé par l'épidémie.

Les femmes venaient prier à l'église, le curé dirigeait de longues et inlassables litanies. Rentrées chez elles, les Géromoises préparaient des fumigations ponctuées d'incantations mille fois répétées, alliant par prudence les remèdes d'Odile à la bénédiction du vicaire.

L'angoisse de la peste portait en elle tout un cortège menaçant d'excroissances noires, de bubons écœurants, d'odeur de poix et de mort baveuse, un éventail d'images terrifiantes qui mobilisaient les pensées et avaient chassé le souvenir des temps paisibles. En apprenant les noms des cadavres enterrés au Phény, les Géromois tremblaient d'être à leur tour jetés dans une fosse anonyme, loin du cimetière où leurs ancêtres reposaient. La contagion enlevait aux gens la paix de la mort, la compagnie de leur famille et la prière de leurs descendants.

La panique les conduisait parfois à des actes démentiels. Une jeune femme du bourg, voyant son bébé malade et le croyant contaminé, avait voulu le tuer d'un coup de couteau et son mari avait juste eu le temps d'arrêter son geste. D'autres couraient toujours après Sautebuisson. La grand-mère d'un enfant mort au Phény ne voulait plus sortir de l'église et priait sans relâche pour la petite âme qu'elle disait perdue dans la forêt, incapable de trouver seule le sentier du Paradis. Certains eurent l'idée folle d'enflammer le coteau du Phény, espérant détruire dans le brasier les germes de la peste. Au milieu de cet affolement communicatif, rares étaient les personnes qui gardaient un peu de raison. Le tabellion Balthazard, malgré l'interdiction, s'était enfui par la montagne, du côté de La Bresse. Dieudonné le chaptollier se dévouait encore pour les mendiants mais ne distribuait le pain qu'en se munissant de gants et d'un masque d'oiseau. C'était le Parmentier qui confectionnait ces masques, à l'image de celui du chirurgien. Le curé ne parlait que de prières, les notables restaient muets. Seul un groupe de jurés, autour du maire, continuait à rechercher des remèdes hypothétiques.

L'assemblée des jurés avait elle-même fondu avec les progrès de la maladie. Le Tocpire et Mengeon Lentine craignant de respirer le mauvais air ne venaient plus aux réunions.

Paulus devait à Marion de conserver un peu d'espoir. Elle ne se départait pas de sa foi en la Vierge, une foi presque aveugle et aussi inébranlable que la montagne, une foi à laquelle elle s'accrochait plus encore lorsqu'elle ressentait le doute de Paulus.

— Dieu veut peut-être nous éprouver, disait-elle, mais la très douce Vierge ne nous laissera pas toujours dans le malheur.

Marion était persuadée que c'était la Vierge qui préservait les Relles Gouttes, et elle priait sans se lasser, son chapelet au poignet. Elle parlait d'aller en pèlerinage à Notre-Dame de Bonsecours quand les chemins seraient libérés.

— C'est insensé, disait Paulus.

— T'as bien été à Saint-Nicolas-du-Port, toi ! Je n'irai pas toute seule d'ailleurs, Barbeline m'accompagnera.

Un soir que Paulus, abattu par un nouveau décès, restait immobile et pensif, sa femme lui suggéra de commencer la statue de saint Florent promise à Petitcolas. Il y avait longtemps qu'il n'avait pas touché une pièce de bois et soudain, étrangement, cette entreprise l'apaisa. En projetant sur les traits du saint les tourments de son âme, il s'en libérait. En serrant le bloc de bouleau contre lui, il reprenait contact avec la forêt, la grande forêt qui jamais ne changeait, qui se riait des entreprises des hommes et repoussait si vite sur les surcenées délaissées. Le bois se moquait de la peste et, en le travaillant, Paulus reprenait confiance. La sculpture était sa prière, sa façon d'aller vers Dieu. Et son modèle, saint Florent, n'était-il pas un guérisseur ?

Paulus retrouva ainsi dans le bois, la force de l'espérance que le lait et les fromages ne parvenaient plus à lui donner. Aux plus grandes épreuves, il lui fallait une matière plus dure qui résisterait au temps et ne tournerait pas sous un coup de chaleur.

Lors d'une réunion des jurés, devant le maire et les trois commis qui venaient encore, il essaya d'envisager l'avenir.

— Un jour la peste aura une fin. Qu'adviendra-t-il des Géromois qui ont laissé leurs champs à l'abandon ? Ce ne sera plus la peste, mais ce sera la disette ! Il faut faire quelque chose.

Dès lors ils se mirent à parcourir les granges et les répandises, assurant les Géromois qu'il fallait faner, rentrer les récoltes et cueillir les baies. Ils donnaient l'exemple de Liézey où la culture avait repris, rappelaient la médecine d'Odile, tranquillisaient les femmes et secouaient les hommes dans la fierté de leurs champs. Ils parvenaient souvent à les convaincre et mettaient parfois la main à l'ouvrage pour aider quelques désespérés qui ne se décidaient pas à bouger.

Les journées étaient trop courtes pour Paulus qui

laissait maintenant à d'autres le soin de garder les chemins et se consacrait au soutien du moral des Géromois. La diminution des cas de peste l'y aidait.

— Il y a de moins en moins de malades. Le mal ne descendra pas jusqu'à chez vous, le froid l'étouffera bien avant, disait-il avec assurance.

— Ma femme a placé une croix pour votre famille au pied de la Vierge au manteau et dit des prières chaque jour. La Vierge vous protégera, vous pouvez en être certains, assurait-il à la femme de Jean Michel qui tremblait pour ses enfants.

Quand il entendit un marcaire prétendre que la peste allait tarir le lait des vaches, Paulus se mit en colère.

— Si vos vaches se tarissent un jour, ce sera de laisser votre pré en friches ! Vous n'avez pas honte de laisser votre herbe si haute ? Tout le monde a rentré son regain. Vous allez attirer tous les rats du pays. Votre père rougirait de vous !

L'homme, stupéfait, vexé dans sa dignité, oubliait les bruits de l'herbe empoisonnée et se mettait à faner. Malgré l'angoisse de la contagion, les marcaires se remettaient au travail, greniers et celliers se remplissaient. Pendant que les femmes priaient, la jeunesse, plus sensible aux arguments bourrus de Paulus, l'aidait à secouer les plus découragés. L'aîné des fils Claudel, les fils de La Rivière, celui du chaptollier et quelques autres prirent l'habitude d'accompagner le juré des Relles Gouttes dans ses tournées des répandises. Les vieux en souriaient, le Tocpire disait avec ironie :

— Vous avez vu le faiseur de saints qui part en croisade ?

En sentant cette jeunesse qui l'épaulait, Paulus retrouvait sa force et la communiquait. Avec énergie, les jeunes gens rentraient le regain de la vieille Antoinette qui n'osait plus sortir de chez elle, ils coupaient du bois pour la Célestine qui avait perdu ses enfants, ils aidaient des marcaires dans leurs travaux des champs ou distribuaient eux-mêmes le pain du chaptollier.

Tous les jours, Paulus remontait dans sa répandise épuisé, vidé. Pour ménager son cheval il mettait pied à terre devant la grange de Bastien et montait le dernier raidillon sous le couvert épais des sapins. En arrivant aux Relles Gouttes, il trouvait l'herbe nette et rase, les rigoles bien entretenues, le jardin qui offrait au soleil les grandes feuilles bleutées des rutabagas et les énormes choux au ventre tendu. Il reconnaissait partout la main de Marion. Pour décharger son mari du souci de la répandise, elle travaillait doublement, commandait les enfants, faisait ouvrage d'homme, allait jusqu'à remplacer des essies sur le toit. Cette vue remplissait Paulus de quiétude et de fierté, chassait les derniers échos des lamentations et des jérémiades. Il entrait chez lui dans un autre domaine loin de la peste et des servitudes.

Il accomplissait toujours les mêmes gestes devenus au fil des soirs un rite apaisant. Il s'arrêtait d'abord à la fontaine, y plongeait ses mains en écartant la jalousie, laissait boire sa jument, cueillait enfin au fil de l'eau, sous le tuyau de bois, une gorgée de fraîcheur. Le cheval et son maître se désaltéraient à la même source. Il rentrait alors « Jonquille » dans la grange en posant un regard implorant sur la statue de saint Paul. Il ne laissait personne bichonner sa jument, retirait son harnachement garni d'un sachet de genièvre, la frottait vigoureusement, flattait son pelage rêche, peignait sa queue, nettoyait soigneusement ses sabots, avant de garnir sa mangeoire. Alors seulement il se mettait à table, humait le parfum de la soupe du jour, goûtait avec plaisir la cuisine de Marion qui lui redonnerait l'énergie dont il aurait besoin le lendemain.

— Le petit Vincent s'est décidé à nous suivre aujourd'hui, il a fait du bon travail chez Antoinette, c'est un bon garçon, expliquait-il à Marion.

Chaque fois qu'un jeune homme se joignait à ses entreprises, Paulus s'en réjouissait. Il sentait la levée d'une jeunesse qui se préparait à prendre la relève. Il en observait les meilleurs éléments, ceux qui défendraient après lui la tranquillité et les droits des Géromois. Quand la contagion serait terminée et si le duc l'acceptait il comptait sur eux pour former la première compagnie d'arquebusiers.

Le mois d'octobre arriva. Les graines de genévrier étaient mûres et les Géromois recherchaient les moindres arbustes pour en cueillir les baies. Marion et Barbeline partaient en récolter jusque dans les clairières les plus reculées de la forêt. La recherche des genévriers était si essentielle que le maire organisa une grande expédition sur les coteaux du Tholy. Chaque foyer géromois put ainsi se constituer sa réserve de graines de genièvre, ces graines presque magiques qui étaient, plus qu'une médecine, un véritable talisman. Personne ne pouvait plus rester sans son sachet de genièvre autour du cou.

On parlait encore des décès du Phény et des granges vidées de toute vie, mais on ne signalait plus de nouveaux cas de contagion. Avec l'approche de l'hiver les gens du bourg reprenaient confiance et on pensait que la peste ne survivrait pas aux premiers assauts du froid. Pour une fois, les Géromois regardaient le ciel en espérant la première neige, en guettant les nuages aux reflets bleutés. En revanche ils commençaient à s'inquiéter pour leur approvisionnement en céréales, et protestaient contre la rigueur de la quarantaine.

Thomasson le Jeune s'en était plaint le premier, bientôt suivi par plusieurs villageois. Le bruit courut que les champs de blé n'avaient pas été moissonnés dans la plaine, près des villages contaminés. Seuls les brigands et les mendiants osaient y glaner quelques grains et la récolte serait donc insuffisante sur les marchés. Les Géromois s'en préoccupèrent alors sérieusement et Dieudonné le chaptollier refusa tout de go le pain qu'on lui demandait pour les malheureux habitants du Phény.

— Je n'aurai bientôt plus de farine pour les mendiants du bourg, je ne vais pas la gaspiller pour ceux qui ont la peste.

Depuis quelque temps, Paulus venait chez le chaptollier chercher du pain pour les plus démunis du coteau et les jeunes gens qui l'accompagnaient déposaient ce pain sur une toile de chanvre, à une distance respectable des maisons contaminées.

— Ils n'ont pas tous la peste, pensez aux autres. On ne peut pas les laisser mourir de faim.

Paulus avait tellement insisté que Dieudonné lui avait remis trois boules de pain noir, en le prévenant que ce serait les dernières tant qu'il n'aurait pas de nouveaux sacs de grain.

Ce soir-là, en remontant aux Relles Gouttes, Paulus remâcha amèrement sa déception devant l'égoïsme des hommes. Maintenant qu'ils se pensaient à l'abri de la contagion, ils étaient indifférents à ceux qui restaient au Phény. Il devenait urgent de se procurer de la farine. Si elle venait à manquer dans les huches du village, les gens ne risquaient-ils pas de se battre pour les derniers sacs ? Avec la quarantaine qui enserrait Gérardmer à la manière d'un filet, on n'avait aucune chance d'accéder à un marché. La peur de la peste était telle qu'on citait le cas de personnes blessées à coups de pierres, quand ce n'était pas à coups d'arquebuse.

Paulus s'en ouvrit à Marion. Le poêle sentait justement le pain frais qu'elle avait défourné dans l'après-midi.

— Il y a un moment que j'ajoute de la poudre de fève et bientôt je ne sais pas comment je ferai le pain, se tracassa Marion.

— Il faut absolument que je trouve un moyen pour avoir du seigle ! L'hiver va arriver et il sera trop tard.

Pourtant ses géromés s'empilaient, affinés depuis longtemps, puisqu'il ne pouvait plus les vendre sur les marchés des environs. Tous ces fromages étaient un trésor. En cette période où la disette menaçait, ils valaient plus que des carolins d'or ou des thalers d'argent. Ils devaient permettre de soudoyer les gardes des environs et d'acheter du seigle aux laboureurs.

A la Sainte-Céline, les jurés devaient se réunir chez Paulus. Ce matin-là, le jour ne semblait pas se décider à se lever, le ciel restait sombre, les nuages bleutés s'accrochaient aux sapins. Le vent était tombé. Marion avait dit en poussant les volets :

— Ça sent la neige !

Dès l'aurore la grange des Relles Gouttes avait connu une animation à laquelle elle n'était plus accoutumée. Barbeline et Nicolas couraient en tous sens à l'appel de leur mère, rapportant de la fontaine un seau d'eau claire ou du grenier un panier de fruits secs. Evon sortait en chantant, revenait avec une bûche qu'elle jetait au feu sous le regard souriant de ses parents. La maison fredonnait, respirait d'aise, retenait à grand-peine son secret qui filtrait en volutes généreuses par la cheminée. Sur la table du poêle en ce matin d'automne si lourd de privations, Marion gaspillait la farine pour un plat de gâteaux. Pas pour un plat d'Epiphanie ou de Quasimodo, mais pour un plat de festin, tel celui que les taverniers disposent sur les tables à la Saint-Jean. Elle préparait une montagne de beignets, des « curvéhé » comme on en mange à Carnaval, des beignets aux brimbelles, des gâteaux salés garnis de géromé, des galettes aux oignons, au genièvre et au lard. Un marcaire du bourg, même le plus cossu, n'en aurait pas cru ses yeux devant une telle profusion.

Autour de la grange les oiseaux muets se pelotonnaient contre les troncs puissants, le ruisseau sous ses paupières d'herbe fanée coulait en se taisant, toute la nature guettait un geste de la nuée. Des plumules glissèrent en effleurement, blanches et si légères qu'elles tournoyaient en l'air et se dissipaient avant le sol. Puis le duvet du firmament se fit plus matériel et plus présent, il se hasarda sur l'herbe, caressa les essies du toit et se fondit dans la fontaine. Sur la répandise, en silence, tombait maintenant la neige.

La petite Evon s'en aperçut la première. Les visages se pressèrent à la fenêtre, admirant la neige qui dansait comme un voile de mousseline, ensevelissant peu à peu les germes du mal.

Quand le maire et les jurés arrivèrent à l'orée des

Relles Gouttes, la prairie était blanche. Ils avaient froid, leurs chapeaux étaient couverts de neige. Le petit Cacot maugréait :

— Quel coin perdu ! Quelle idée d'habiter ici ! Nous aurions dû rester dans la vallée.

Le Tocpire grommelait aussi et Mengeon Lentine contempla la Vierge au manteau en se signant discrètement. Pour cette réunion Paulus avait demandé au maire de rassembler tous les commis-jurés.

Paulus les accueillit avec un large sourire qui contrastait avec leurs mines renfrognées.

— Qu'est-ce que vous avez à grogner comme ça ? Vous savez pourtant que la peste ne survit pas à l'hiver. Cette neige, c'est notre salut !

— Tout de même, elle commence bien tôt cette année, bougonna Le Tocpire.

— On aurait mieux fait de se réunir chez moi, ronchonna le petit Cacot qui glissait en mettant pied à terre.

Sans se départir de sa bonne humeur, Paulus les invita à mettre leurs chevaux à l'abri et à entrer dans la grange. Devant la porte chacun des jurés tapa ses sabots pour décoller les plaques de neige et le suivit dans le poêle.

Ebaubis, les jurés roulaient des yeux ronds devant l'étalage inattendu de beignets, de gâteaux et de galettes. Sur la table trônaient aussi des boules de pain bien gonflées, des fromages à point, des tranches croustillantes et luisantes de lard grillé. Toute la pièce embaumait la fine cuisine. Le maire et les jurés immobiles regardaient tour à tour les plats, le four à pain tout chaud, Paulus et Marion qui souriaient, les enfants qui pouffaient de rire. Ils ne pouvaient pas croire ce qu'ils voyaient, eux qui venaient de quitter le village où l'on comptait les dernières mesures de farine et dont les oreilles entendaient encore les plaintes des femmes inquiètes. Pourquoi Paulus, le sage juré des Relles Gouttes, avait-il gaspillé d'un coup toutes ses réserves de farine ? En cette année difficile et dans les circonstances actuelles, c'était invraisemblable.

— Qu'est-ce qui t'arrive ? demanda enfin le maire. Qu'est-ce que c'est que tout ça ?

Paulus s'amusait beaucoup de leur étonnement et répondit avec élan :

— J'ai de très bonnes nouvelles. Mais asseyez-vous d'abord.

Le maire s'installa en bout de table. Le petit Cacot prit place le dos à l'âtre, et tous les jurés s'assirent à leur tour. Marion tendit à chacun une tranche de pain épaisse, généreuse, encore imprégnée de l'odeur fortifiante de la levure humide. Barbeline emplit les gobelets et reçut des compliments chaleureux. On se servit du lard et des galettes salées.

— Mais enfin, Paulus, pourquoi tout ça ? questionna de nouveau le maire en faisant craquer entre ses dents une couenne de lard fumé.

— Pour fêter le seigle que j'ai rapporté !

— Du seigle nouveau ? s'exclamèrent tous les jurés.

— Oui, notre chambre en est pleine. Il y a des sacs de farine tout le long des cloisons et il y en a autant chez Petitcolas de Narouel et chez Claudon.

— Chez Claudon ? s'étonna le petit Cacot. Tu étais au courant ? Et tu n'as rien dit ?

— Evidemment, toi tu n'aurais pas tenu ta langue, répondit le juré de Xonrupt. Mais Paulus et moi nous voulions vous faire la surprise.

— Mon Dieu ! C'est un cadeau du Ciel ! C'est le signe que le Bon Dieu nous a pardonné, s'écria Mengeon Lentine.

Le Tocpire s'arrêta de sucer ses doigts enrobés de graisse savoureuse pour interrompre son voisin :

— Tu diras tes prières après ! Racontez-nous plutôt comment vous avez fait.

Paulus expliqua qu'ils étaient partis avec Claudon et Petitcolas jusqu'à Gerbépal. Pour éviter les barrages sur les chemins, ils étaient passés par la forêt de Martimpré, marchant le plus souvent à côté de leurs chevaux chargés de fromages.

— Et nous en avons vu des coqs de bruyère et des gelinottes ! intervint Claudon. Depuis qu'on n'ose plus braconner à cause de la peste, il semble qu'ils se sont multipliés. Quand nous sommes arrivés au-dessus de Gerbépal, je suis descendu à pied avec un chargement de géromés et j'ai convaincu un laboureur de nous céder du seigle en échange. Puis Paulus en a trouvé un autre et ainsi, de maison en maison, nous avons réussi à échanger tous nos fromages contre des sacs de farine.

— Nos chevaux étaient surchargés et nous sommes revenus à pied, toujours par la forêt, précisa Petitcolas.

— Et ce n'est pas tout, dit Paulus sur un ton mystérieux.

— ...

— Pendant que mes amis gardaient les sacs de seigle, je suis allé au galop jusqu'à Bruyères. J'ai vu le chirurgien Gérard qui m'a promis de lever la quarantaine à la fin du mois prochain s'il n'y a plus de nouveau malade. D'ailleurs il croit fermement que la neige et le froid jugulеront la peste.

Dehors la neige continuait à tricoter le manteau qui allait étouffer les germes de la contagion.

V

La guérisseuse de Narouel

1

Cinq hivers étaient passés et la contagion ne s'était plus ranimée. Dans le haut val de Liézey, peu à peu remis des affres de la peste, les gens travaillaient aux champs comme autrefois, évitant seulement de s'approcher d'un carré de ronces et d'orties, soigneusement enclos. C'était l'endroit où avait brûlé la loge de Simon Jacot, dernière cicatrice de la maladie. Le Phény se relevait plus difficilement de ces mois tragiques. Sur ce coteau naguère rayonnant, les granges n'abritaient plus que des vieillards au regard éteint. La jeunesse était partie vivre au village ou sur d'autres montagnes. Le Phény continuait à faire peur. Au retour de Vagney, les Géromois passaient vite, détournant les yeux du lieu de l'épidémie et fuyant l'ombre froide des maisons vides.

Le bourg avait renoué avec son existence tranquille et ses habitudes familières. Les femmes prenaient de nouveau le temps de papoter sur les sentiers, les hommes de bavarder devant la forge du maréchal ou l'échoppe du cordonnier. Des artisans voisins recommençaient à solliciter le droit de s'installer à Gérardmer. Seul le nombre des taverniers qui avait fondu de moitié pendant la peste tardait à se reconstituer.

Il y avait eu d'assez nombreux changements dans la communauté, notamment parmi les notables. Thomasson le Jeune avait succédé à son père, le tabellion Balthazard était revenu sans honte de sa lâche désertion, son beau-fils Jean Claudel avait acheté pour six ans la charge de greffier et surtout le duc de Lorraine Henri II avait par deux fois donné aux Géromois des marques d'attention. Il les avait autorisés en effet à constituer une compagnie d'arquebusiers pour mieux contrôler la frontière et, afin de les encourager à s'exercer au tir de l'arquebuse, il avait accordé une subvention annuelle de quarante francs destinés au financement des armes et des concours. Jean Claudel avait été élu le premier commandant de cette compagnie. Par ailleurs Henri II venait d'anoblir un homme du pays, qui l'avait servi longtemps et qui avait brillé dans plusieurs campagnes en dirigeant avec vaillance une compagnie d'infanterie. Revenu depuis deux ans sur sa terre natale, ce valeureux capitaine s'était vu récompenser par l'anoblissement sous le nom de Jean de Martimpré, et par l'érection en fief de sa propriété. Les Géromois n'auraient toutefois guère senti le changement d'avoir un noble au pays si le seigneur de Martimpré ne s'était mis en tête de bâtir une douve autour de ses terres. Il avait institué une corvée à laquelle participaient les marcaires voisins comme Petitcolas.

Depuis la peste qui l'avait tant éprouvé et vieilli avant l'âge, Paulus n'attachait plus la même importance aux affaires de la communauté et dans l'année qui avait suivi le drame du Phény, il avait demandé qu'on ne renouvelât plus son mandat de juré. A la cinquantaine, après les honneurs et les épreuves, sa vie se recentrait autour de l'essentiel, sa famille, les Relles Gouttes et quelques amis bien choisis.

Parmi eux se trouvait le jeune greffier Jean Claudel qui avait perdu successivement et par une triste fatalité ses deux frères, et qui avait pris l'ancien juré comme confident. Paulus avait de son côté une profonde estime pour le jeune greffier et voyait en lui l'homme le mieux placé pour prendre la relève dans la défense des intérêts géromois. Quand il descendait au bourg il ne manquait plus de lui rendre visite. C'était devenu un rite comme d'aller saluer son ami La Rivière. Il y avait pris ses habitudes, s'asseyait toujours sur le même tabouret, engageait le jeune greffier à poursuivre la rédaction de ses actes notariés, pour le plaisir de le regarder écrire. Puis le greffier posait sa plume, écoutait Paulus lui parler de sa répandise, d'une vache qui donnait moins de lait, des échos de la montagne ou de ses souvenirs avec Claudel le Juste. Jean Claudel aimait sa voix grave et posée, ses yeux calmes et profonds, ses mouvements arrondis par les années, ses grosses mains puissantes qui mataient les vaches et le bois, et qui sommeillaient maintenant sur sa table de greffier. En écoutant Paulus, il croyait entendre son père et s'imprégnait d'une sagesse qui semblait venir du fond des âges.

A la mauvaise saison, c'était plutôt Jean Claudel qui montait aux Relles Gouttes. Dans la grange réchauffée par le bétail autant que par la cheminée, dans le poêle vibrant de senteurs et de vitalité, il se sentait chez lui, mieux que dans sa maison du bourg pourtant confortable.

Paulus et Marion voyaient aussi très souvent Petitcolas et Odile, surtout depuis que Barbeline avait épousé leur fils aîné Clément. Malgré l'éloignement de leurs répandises ils se rendaient de fréquentes visites dès que la neige et les travaux des champs leur en laissaient le loisir. C'était le cas en ce dernier dimanche de septembre où Paulus et Marion prenaient le chemin de Narouel. En arrivant au col de Martimpré ils trouvèrent Petitcolas venu à leur rencontre.

— Tu n'es pas de corvée aujourd'hui ? railla Paulus qui se trouvait plus chanceux de vivre aux Relles Gouttes que dans le voisinage d'un puissant.

— Ris toujours ! Elle n'a pas belle allure notre chapelle ?

Au centre de la vaste clairière se dressaient la maison du nouveau noble et la petite chapelle qui se reflétait dans l'eau calme d'un étang. Les chevaux au pâturage augmentaient l'impression de richesse qui contrastait avec la sombre sévérité de la forêt. Auprès du fossé qu'alimentait en eau le ruisseau de Narouel, le mur d'enceinte à peine commencé encadrait les piliers d'entrée, fièrement peints aux armoiries du seigneur, trois étoiles de gueule sur un fond d'or et d'azur.

— En tout cas, il n'a guère avancé, ton mur ! Ton Jean de Martimpré aurait pu se choisir de meilleurs maçons.

— Mais c'est quelqu'un, « mon » Jean de Martimpré, comme tu dis. Il ne reçoit pas n'importe qui. Et si tu savais ce que ma femme y a gagné à servir dans ses réceptions.

— Et toi ? Quand tu auras fini le mur, il va peut-être te prendre comme écuyer !

Ils arrivèrent dans la répandise de Narouel en se chamaillant comme des pâtres. C'était toujours ainsi quand Paulus retrouvait Petitcolas.

— Nos maris sont de vrais gosses ! dit Marion à Odile.

— Vaut mieux des gosses que des boiteux ! Tant que nos hommes sont valides...

— Et Barbeline, elle va bien ?

— Elle nous rejoindra tout à l'heure. Mais suis-moi d'abord au jardin, j'ai quelque chose à te montrer.

Le potager était entretenu avec le même soin qu'aux Relles Gouttes, les sentiers bien sarclés et rien ne semblait justifier le mystère dont s'entourait Odile quand celle-ci s'arrêta devant un carré de plantes incongrues. De longs rameaux jaunissants et tortueux portaient des feuilles inconnues, flétries et ridicules.

— Ce n'est vraiment pas beau, ce que tu cultives ! jugea Marion avec une grimace étonnée.

Petitcolas s'amusa beaucoup de leur déconvenue et Odile arracha une de ces plantes étranges, fouilla la terre de ses mains et en sortit plusieurs tubercules bizarres aux formes arrondies et gros comme le poing.

— Voilà ! Qu'est-ce que vous dites de ça ?

Paulus et Marion prirent chacun un tubercule et le tâtèrent avec curiosité. La forme n'avait rien de commun avec les raves ou les rutabagas. Un peu ovale, d'une consistance très ferme et la peau presque lisse sous la croûte de terre, l'incroyable racine ne ressemblait à rien.

— Et ça se mange ! déclara Petitcolas. On y a déjà goûté.

— Mais qu'est-ce que c'est ?

— Des cartoufles !

— ...

— Oui, des cartoufles. Ça vient de très loin, de l'autre côté des mers et ça n'a rien à voir avec les légumes qu'on connaît par chez nous. D'abord ça ne se sème pas. Chacune de ces racines que vous avez en main est comme une graine qui peut donner l'année prochaine jusqu'à neuf cartoufles...

— Comment ? dit Marion qui examinait le tubercule avec un scepticisme teinté d'une certaine inquiétude.

— A l'endroit où je viens de récolter toute cette poignée, je n'avais mis en terre qu'une seule cartoufle, au mois de mai à la lune descendante et à quatre pieds de profondeur. Pendant l'été je n'ai eu qu'à butter la terre autour de chaque plante qui sortait, j'ai marcotté les tiges et des petites fleurs violacées sont apparues. Mais celles-ci ne servent à rien. C'est quand les tiges sont flétries et les feuilles jaunies que l'on peut récolter les cartoufles et les manger. Et le plus incroyable, c'est qu'on peut aussi les garder tout l'hiver et les remettre en terre l'an prochain. Elles se multiplieront de nouveau et ainsi ça n'a pas de fin. C'est un légume étonnant, non ?

— Essayez de faire la même chose en enterrant une carotte ou un navet, vous verrez ! ajouta Petitcolas qui était très content de l'étonnement de ses amis.

— Venez donc les goûter, vous n'êtes pas au bout de vos surprises, reprit Odile en enveloppant sa précieuse récolte dans son tablier.

Paulus et Marion se regardèrent en silence avant de lui emboîter le pas. La révélation qu'on venait de leur faire était si étrange qu'ils ne savaient que dire malgré toutes les questions qui affluaient à leur esprit. Comment Odile savait-elle tout cela ? Qui avait pu lui apporter un légume que l'on ne voyait sur aucun marché des environs et peut-être de Lorraine ? Comment avait-il pu venir de l'autre côté des mers comme elle le prétendait, jusqu'à cette modeste clairière ? En marchant vers la grange, Paulus regarda autour de lui comme s'il découvrait pour la première fois cette répandise. Plus petite que la sienne et presque carrée, avec le bas du pré mangé par l'ombre des sapins et par un coin de marécage, la répandise de Narouel était heureusement très bien orientée. Non point vers le levant comme celle de Paulus mais en plein midi. Elle était une lucarne de la montagne tout ouverte au moindre soleil et malgré sa relative petitesse, elle faisait vivre correctement la famille de Petitcolas.

Ce que Paulus ignorait encore, c'est qu'un étranger avait suivi ce même chemin et avait été touché par le charme sauvage de l'endroit. Quelques mois plus tôt, un professeur de l'université de Pont-à-Mousson, au retour d'un voyage en Italie, avait fait étape chez Jean de Martimpré. Il avait entendu parler des connaissances herboristes de la guérisseuse de Narouel. Curieux de tout ce qui touchait la nature, il était venu bavarder en toute simplicité avec la femme qui l'avait servi chez son hôte. Sur le modeste banc devant la grange et en recherchant les herbes sauvages de la prairie, ils avaient longuement confronté leur expérience des plantes. Michel d'Essentier avait l'habitude de fréquenter des savants italiens et français qui truffaient leur jargon de mots latins et s'étonna de ce qu'une montagnarde isolée savait le pouvoir des myrtilles pour voir à la nuit tombante et celui des fougères pour chasser les vers des enfants. Attendri par son langage tout simple qui manifestait pourtant une telle connaissance de la nature, il était revenu la voir le lendemain. Cette fois Odile et Petitcolas avaient osé l'inviter à entrer dans leur grange. Dans le demi-jour du poêle, Michel d'Essentier avait confié la découverte qu'il venait de faire. Un botaniste italien lui avait parlé de nouveaux légumes rapportés des Amériques, que les indigènes appelaient des papas et que les savants européens désignaient de divers noms, tartuffoli, kartofeules ou cartoufles. On les expérimentait, on discutait de leurs vertus médicinales et dans certaines vallées suisses on commençait à les cultiver. Le professeur lorrain en avait rapporté un sac et en remit une partie au marcaire de Narouel pour qu'il tentât de les acclimater dans les Vosges.

Odile eut tout le temps de raconter cette visite exceptionnelle pendant qu'elle faisait cuire les tubercules. Elle avait oublié les mots savants du professeur mais non point ses conseils de jardinage et elle parlait de lui avec emphase.

— C'est un maître dans le ménage des plantes, je vous le dis. Il les connaît toutes, il reconnaissait l'herbe de saint Robert et l'herbe à la femme battue rien qu'à leur odeur. Pourtant il s'intéressait à mes pommades et assurait que j'en savais autant que certains médecins de la ville !

Odile surveillait de près sa marmite et piquait de temps en temps son couteau dans une cartoufle.

— Elles sont cuites, affirma-t-elle enfin en les sortant avec une écumoire à lait.

Paulus et Marion regardèrent avec curiosité ces étranges légumes ovales qui fumaient maintenant au centre de la table et qui, tout en restant extraordinaires, commençaient à leur être familiers. Petitcolas pratiqua une fente dans un tubercule et détacha la peau aussi facilement que celle d'un oignon cru. Sous la pelure à la couleur triste apparut alors une chair jaunâtre qui semblait prête à s'effriter sous le couteau.

— Faites comme moi, lança-t-il. Vous n'êtes guère hardis !

Paulus se décida à imiter son ami. Avec des gestes de novice emprunté il déshabilla à son tour une cartoufle, en coupa une rondelle, la huma, ne lui trouva pas d'odeur particulière, et se décida à la porter à sa bouche. Le goût était vraiment inattendu. Aussi farineux mais plus sec qu'une purée de fèves trop cuite, il laissait au fond de la bouche une pointe amère qui n'était guère agréable.

— On ne peut pas dire que c'est fameux, jugea-t-il.

Odile, déçue, pressa Marion d'essayer à son tour.

— Manges-en une avec du fromage, tu verras, c'est bien meilleur.

Marion reconnut que la saveur du géromé se mariait favorablement avec ce légume.

— Si tes cartoufles s'engrossissent et se multiplient si aisément dans la terre et si elles se gardent tout l'hiver, ce n'est pas un légume à négliger.

— Je vous en donnerai quelques-unes et vous essaierez de les planter aux Relles Gouttes.

2

— Je n'en reviens pas encore de tes cartoufles. Elles ne ressemblent décidément à aucun autre légume. Si elles poussaient bien dans nos montagnes, nous serions un peu moins dépendants des marchés voisins.

Ce matin-là Paulus allait avec Petitcolas au marché de Bruyères pour acheter du seigle. Dans leur chariot s'alignaient des récipients en bois à la forme de berceaux où se serraient les fromages, debout sur la tranche. Après un moment de descente en silence, Petitcolas livra ses pensées.

— Tu te rends compte que nous avons dans notre jardin des plantes aussi rares que le jardinier du duc de Lorraine ? Michel d'Essentier a dû lui remettre le reste de son sac et Son Altesse a peut-être goûté les mêmes cartoufles que nous...

— Peut-être même qu'il a parlé de nous à la Cour de Nancy...

— Tu ne crois pas que tu exagères ?

— Mais Gérardmer n'est pas inconnue de Son Altesse. Nos géromés doivent être souvent sur sa table et tu sais combien nos vaches son réputées...

C'était vrai. Une nouvelle fois cette année, les envoyés du duc de Lorraine étaient venus sélectionner un taureau blanc et huit vaches laitières pour les conduire à Nancy et compléter l'élevage de Son Altesse. Henri II comptait sur celles-ci pour améliorer la race bovine de Lorraine en les croisant avec des vaches qu'il faisait venir de Suisse. Le receveur d'Arches avait fait le tour des répandises pour choisir les plus belles bêtes. Il était monté jusqu'aux Relles Gouttes et avait retenu une vache à pelage blanc et roux, une excellente laitière que Marion regrettait malgré le prix encaissé. Paulus se laissa gagner par la fierté que manifestait son ami. Tout ce qui distinguait Gérardmer leur faisait honneur et donnait à leur existence une satisfaction sans égale. Tout le long du chemin, sous les sapins qui gouttaient des larmes de réveil puis entre les champs qu'éventraient déjà les labours, les deux marcaires prirent plaisir ce jour-là à se rappeler tout ce qui différenciait Gérardmer des villages voisins. Les marques d'attention du duc de Lorraine ne manquaient pas depuis la création de la compagnie d'arquebusiers jusqu'à l'anoblissement d'un homme du pays. Ne disait-on pas qu'un autre Géromois, le jeune Georges Morel parti autrefois suivre des études à Nancy, avait été admis parmi les secrétaires d'Henri II ? Voilà qui lui ouvrait de hautes perspectives. Les perles que l'on avait trouvées dans des coquillages du ruisseau de Vologne et que le duc de Lorraine faisait rechercher par ses pêcheurs étaient encore une nouvelle source de fierté pour le pays. L'on assurait même que la duchesse Marguerite de Gonzague le trouvait si beau qu'elle rêvait de se faire bâtir un pavillon près du lac.

Le trajet se déroula ainsi, plus court que d'habitude. Le brouillard peu à peu se dissipa, laissant apparaître sur une colline proche la silhouette massive du château de Bruyères. Paulus et Petitcolas se trouvèrent pris dans la cohorte des chariots affluant vers le marché. A côté des chevaux caracolants des marchands, les bœufs des laboureurs, massifs et lourds, semblaient imperturbables à l'image de leurs maîtres qui les guidaient à pied et se saluaient entre eux, d'un coup de tête bourrue et renfermée. Le manteau, sur leurs épaules carrées était raide comme un collier.

Les deux Géromois franchirent à leur tour la porte de la ville en saluant eux aussi les visages connus. Ils n'avaient qu'à suivre le flot des véhicules hétéroclites pour rejoindre la place du marché au pied du mur aveugle du château. Devant eux une charrette ballottait des barillets au clapotis révélateur.

— Venez goûter mon vin, lançait le marchand. J'ai aussi de l'hydromel et du vin de genièvre !

Derrière eux les cris perçants d'un porcelet leur harcelaient les oreilles. Un laboureur des environs l'avait attaché à son chariot pour le vendre avec ses grains et comme la bête voulait à toute force s'éloigner, le fils du laboureur criait encore plus fort en le reprenant par la queue. Tous ces cris, le souffle des chevaux, le brouhaha naissant des nouvelles, les retrouvailles des jeunes recréaient l'atmosphère du marché de Bruyères, une atmosphère que Paulus connaissait bien et qu'il respirait comme un jour de fête ou de spectacle. Quand il disposerait ses boîtes à fromage à la vue des acheteurs, ne serait-ce pas en effet pour une sorte de parade ? Pourtant le climat lui parut ce jour-là moins détendu qu'à l'habitude. Les maisons sur leur passage semblaient peu pressées de laisser porte ouverte et langue libre à leur curiosité. L'hôtelière Antoinette de Rainfaing qui viendrait sans nul doute se fournir en géromés chez lui l'avait salué sans entrain et Paulus avait cru voir sur son visage la marque d'une inquiétude.

— Elle qui est si bavarde d'habitude, elle doit avoir quelque souci. Elle nous racontera ça tout à l'heure. Et le tonnelier m'avait l'air préoccupé lui aussi.

— J'espère que cela n'annonce pas un retour de la peste...

Ils n'eurent pas à s'interroger longtemps. Avant de pénétrer dans l'emplacement réservé au marché, ils découvrirent devant la porte du château des manouvriers qui travaillaient à l'érection d'un bûcher. Autour de deux poteaux lugubres, le bois s'amoncelait déjà en pyramide. Paulus et son ami se regardèrent sans rien dire. Une même émotion les étreignait car ce bûcher ne leur laissait plus aucun doute sur ce qui pouvait inquiéter les bourgeois du lieu. On ne brûlait pas les voleurs ni même les assassins, on les pendait. Le supplice du feu était réservé à ceux dont les crimes étaient les plus abominables, à ceux qui mettaient en péril l'âme et le salut des honnêtes gens, à ceux qui pactisaient avec l'Ennemi du genre humain, en un mot aux sorciers.

Aucun écho de procès de sorcellerie n'était parvenu récemment à Gérardmer et pourtant la preuve était là : deux personnes allaient être brûlées à Bruyères et cette découverte terrifiante figea le sang de Paulus et de Petitcolas. Ainsi l'ombre qui planait sur le visage de la dame de Rainfaing était celle des sortilèges et la force qui retenait les langues était la hantise de la délation.

— Deux d'un coup ! fit Paulus, catastrophé.

Les deux marcaires franchirent la bannière du marché et arrêtèrent leur chariot entre celui d'un drapier et celui d'un marchand de Saint-Dié qui alignait des bocaux d'aromates parfumés sur ses clayettes d'apothicaire. Le marché de Bruyères était toujours très vivant et très bariolé avec ses étals variés qui allaient des blocs de sel et des précieuses marmites aux paniers d'œufs et aux pièces de tissu multicolores. Dès que le sergent déclara le marché ouvert, les acheteurs y pénétrèrent, mais il ne régnait pas vraiment l'animation habituelle. Les gens parlaient à voix basse et ne s'attardaient pas. Au-dessus d'eux se dessinait, raide et brutal dans sa poterne tragique, le spectre de la sorcellerie.

Paulus et Petitcolas avaient un certain nombre de clients, hôteliers et marchands, habitués à se fournir en géromés chez eux. Ils venaient, attirés par l'odeur corsée des fromages, séduits par leur belle couleur blanche ou légèrement rousse et sûrs de la qualité de leurs produits. Derrière eux résonna la voix d'un pêcheur aux prises avec le sergent qui vérifiait si ses truites mesuraient plus de huit pouces de long. Les acheteurs affluaient et l'environnement anonyme de la foule rassurait les gens dont les langues commençaient à se délier.

— Heureusement qu'on va les brûler ces deux sorcières qui nous gâtent les récoltes et tarissent nos vaches.

— Et qui nous jettent des sorts ! Regardez le pauvre Bernard qui s'était disputé avec la Grosse Gorge. Elle lui a soufflé au visage et il est mort six mois après !

Paulus présentait ses fromages, comptait ses deniers et n'ajoutait aucun commentaire aux confidences craintives ou coléreuses qu'on lui faisait. L'hôtelière acheva bientôt de le renseigner sur les deux condamnées qui devaient être brûlées le jour même. La Grosse Gorge, âgée de quarante ans et mère de trois enfants, avait fait mourir des bêtes, gâté des récoltes et rendu des enfants malades. Elle avait d'abord nié ses sortilèges pourtant évidents, mais sous la question elle avait enfin reconnu sa participation au sabbat.

— On ne sait pas qui elle a dénoncé comme allant au sabbat avec elle, dit-elle en baissant la voix. C'est cela qui inquiète tout le monde. Certains disent qu'elle y aurait reconnu Petronière la femme du tonnelier. Vous vous rendez compte ? Mais chut ! Je ne vous ai rien dit...

— Et l'autre ? demanda Petitcolas.

— Ysabeau la Geugnate ? C'est une vieille mendiante de soixante-cinq ans. Un jour Jean Clanchier lui a refusé l'aumône. C'était il y a trois ans de ça. L'an dernier, alors qu'il allait porter du drap chez le tailleur pour s'en faire une camisole, Ysabeau a effleuré le tissu au passage. Quand il a revêtu sa camisole, aussi vrai qu'un poisson n'a pas de poils, le Jean Clanchier est tombé aussitôt malade, les bras paralysés. Il est resté au lit près d'un quart d'année. Vous voyez le pouvoir de ces sorcières ?

Pendant qu'ils bavardaient, plusieurs femmes s'étaient groupées autour d'eux. Ravies de laisser exprimer l'angoisse et la haine qui les oppressaient, elles intervinrent, chacune parlant d'une voix bien assurée.

— La Grosse Gorge a connu l'attouchement de Maître Cresson. Il paraît que son membre viril est tout glacial. Elle aurait d'ailleurs dit qu'elle n'y prenait aucun plaisir.

— Il n'empêche qu'elle a copulé avec Verdelet.

— Ysabeau, aussi vieille et décrépite qu'elle est, a confessé elle aussi sa relation coupable avec Percinet.

Quand elles parlaient du Diable, les femmes se signaient et le désignaient par des surnoms champêtres ou fantaisistes. Toutes les appellations étaient bonnes pour éviter de prononcer le nom qui pouvait à lui seul porter malheur, celui du Démon. Paulus et Petitcolas, interdits par ces révélations, se sentaient de plus en plus mal à l'aise. L'ampleur de ces actes de sorcellerie ressemblait à une contagion.

— Le chirurgien a d'ailleurs détecté la marque du Malin sur leur épaule droite, précisa la femme du boulanger.

Instinctivement les femmes serraient le col de leur chemise et se regardaient à la dérobée pendant qu'une autre reprenait :

— Un jour la Grosse Gorge a voulu marchander deux porcs avec mon cousin Demenge Petit Homme. Ils n'ont pas pu s'accorder sur le prix et Petit Homme est parti les vendre à Epinal. Eh bien, ses porcs sont tombés malades, et vous savez de quoi ? De ce que la sorcière avait posé sa main sur leur dos ! Vous voyez bien qu'il y a du Très-Joly là-dessous !

Submergé par le déferlement de ces ragots vengeurs, Paulus ne disait rien. Il n'avait plus qu'une hâte : vendre son dernier fromage, acheter ses grains et quitter cette atmosphère pesante avant que ne s'allume, à la limite du marché, le sombre bûcher.

Un sergent qui surveillait le bon aloi des marchandises et des trente monnaies lorraines ou étrangères qui avaient cours légal, vint à passer dans l'allée où ils se trouvaient. Aussitôt les femmes se turent et se dispersèrent comme chandelle au vent. Les deux marcaires ayant vendu leurs derniers géromés firent provision de sacs de seigle et quittèrent la place du marché sans se parler.

Devant le château, le bûcher était prêt maintenant et les personnes commençaient à s'attrouper alentour en se transmettant à voix basse les méfaits des deux sorcières.

— Vous ne connaissez pas la dernière ? Je la tiens du sergent qui montait la garde la nuit précédente. La vieille Geugnate a prétendu qu'elle n'était qu'une victime et que Macraigne avait pris l'apparence d'un rat pour venir la poursuivre en prison de ses ignobles assiduités !

— Qu'on la brûle vite ! gronda une voix.

— Oui, elle nous attire le Mal...

— On devrait l'enterrer vive en laissant sa tête à la proie des corbeaux avant de la brûler, suggérait un autre.

Tous ces grondements parvenaient par bribes aux oreilles de Paulus qui dirigeait sa jument avec difficulté vers la sortie de la place. Petitcolas l'aidait à se frayer un chemin dans la bousculade en échangeant avec lui des regards alarmés. Quand ils atteignirent la ruelle qui descendait vers la sortie du bourg, une clameur s'éleva derrière eux. La herse du château venait de se lever, la lourde porte de s'ouvrir et des officiers s'avançaient en rang vers le bûcher. L'exécution était désormais très proche. Paulus bouscula les gens qui remontaient à l'inverse la rue et pressa sa jument. Il ne tenait pas du tout à voir flamber le bûcher, ni à sentir l'odeur âcre du soufre qui émanait toujours, à ce qu'on disait, des sorcières brûlées.

— Vous ne restez pas pour le spectacle ? leur demanda le sergent à la porte de la ville.

Paulus haussa les épaules d'un air désintéressé et l'homme lui lança :

— De toute façon vous aurez l'occasion d'en voir d'autres ! Deux de mes collègues sont partis à Dompierre arrêter Thomasse la femme du pâtre des chevaux et Claudatte qui garde avec son mari le troupeau des bêtes rouges. Ce sont des sorcières, elles aussi...

Dehors les champs étaient vides. Après le marché tout le monde était resté pour voir brûler les sorcières. Devant la grange d'un laboureur des enfants tendaient le doigt vers la colline de Bruyères avec excitation. Paulus et Petitcolas, se retournèrent et virent une fumée qui tournoyait devant le château.

— Vingt-queues ! jura Paulus, ils sont fous dans la plaine !

Les épaules lourdes et l'esprit préoccupé ils poursuivirent leur chemin en silence. Le chariot étant plus chargé qu'à l'aller, les roues s'enfonçaient dans la terre et pour épargner la jument ils marchèrent à côté d'elle.

A mi-chemin ils se dirigèrent vers un moulin au bord de la Vologne. Le bruit régulier de l'eau qui retombait de la roue dans le chenal, le grincement du bois et les bruits de voix qui sortaient du moulin commencèrent à dissiper leur inquiétude. Des oies jacassaient au coin de la maison. Les arbres au tronc moussu inclinaient leurs dernières feuilles dorées au-dessus de la rivière qui emportait leur image entre les boules rondes de granit. Un léger voile d'écume flottait devant le moulin, lui donnant des contours presque irréels et achevant d'imprégner tout l'endroit d'une douce atmosphère de paix.

Un chariot attendait déjà devant la porte et les Géromois s'arrêtèrent à côté. L'air gorgé d'humidité était agréable à respirer et semblait les purifier. Un homme sortit alors du moulin avec un sac sur le dos, suivi par le meunier qui lui disait :

— Tes grains sont trop humides ! Laisse ton sac ici. Je les ferai sécher au soleil avant de les moudre. Sinon ils ne donneront que de la farine molle, une espèce de migaine qui va empâter mes meules.

Cette réflexion fit sourire Paulus. Il reconnaissait bien là Jean Voirin. C'était pour son souci de perfection, pour sa manière méticuleuse de nettoyer ses meules et de palper ses grains qu'il l'avait choisi comme meunier et qu'il s'arrêtait toujours chez lui au retour de Bruyères. Après un bref salut il suivit Petitcolas dans le moulin. L'intérieur était très différent des granges de marcaire où régnaient l'ordre et la limpidité. Ici tout respirait la poussière et la confusion. Une sorte de brume sèche tournoyait en l'air et recouvrait la pièce entière, des tabourets à la blouse du meunier. Ce dernier, plongeant sa main dans le sac de Paulus, déclara :

— Eh bien, il est sec ton seigle !

— Je ne l'achète pas à n'importe qui, je sais bien que moins il a d'humidité, plus il donne de farine, et plus elle se garde !

— Il est presque trop sec, oui ! corrigea le meunier d'un ton bourru.

Jean Voirin n'était pas homme à admettre qu'on prétendît en savoir autant que lui sur son métier. Et apprécier la qualité d'un grain, c'était à lui de le faire.

— Ne te fâche pas, reprit Paulus. Si je viens te voir, c'est que je sais que tu me moudras la meilleure farine qui puisse être. Et je t'ai gardé du marché mon meilleur géromé...

Le meunier sourit et sa peau grise de farine sembla se craqueler le long de ses rides comme une vieille terre trop sèche. Il versa le seigle dans la trémie, disposa le sac vide sous les meules et aussitôt on entendit le frottement des grains et le crissement du grès. Le brouillard de poussière devint plus épais et commença à se déposer sur les manches de Paulus.

— Te voilà recouvert de folle farine, remarqua Petitcolas qui se tenait un peu en arrière.

La femme de Jean Voirin les rejoignit.

— Qu'est-ce que vous avez appris sur les guenoches ?

Les deux Géromois se regardèrent avec étonnement. Ainsi la sorcellerie troublait jusqu'à cet endroit naturellement tranquille.

— Deux sorcières ont été brûlées peu après le marché et deux autres vont êtres arrêtées à Dompierre, confia Petitcolas.

— Jésus Marie ! s'écria la femme en joignant ses mains dans un nuage de poudre grise. Ces procès ne sont donc pas encore finis !

— Mais comment se fait-il qu'il y a tout d'un coup tant de guenoches ? fit Paulus.

— Malin qui le saurait ! décréta le meunier. En tout cas elles sont là et elles nous empestent la vie...

Ce qu'ils ignoraient, c'était que l'obsession de la sorcellerie envahissait de nouveau la Lorraine. Son Procureur général alimentait le bûcher de Nancy et adressait à tous les prévôts des consignes pour accentuer la chasse aux sorcières.

3

Six mois plus tard, le soleil d'avril réveillait la répandise avec la douceur attentionnée d'une amoureuse. Près de la grange des Relles Gouttes, dans un carré de terre noire, Paulus et Marion bêchaient leur jardin. La glèbe, encore humide du souvenir des dernières neiges, collait lourdement à leurs sabots et leur donnait des formes monstrueuses. Marion prenait pourtant plaisir à enfoncer la bêche dans cette terre tendre plus noire que cendre, à la retourner en grosses mottes compactes qui s'effritaient, roulaient en boules sur le fumier et l'enterraient au fond de la tranchée.

Marion aimait cette terre qui était la sienne, qui n'avait plus rien de commun avec le tissu stérile et sauvage de friches dures, de caillasse et de chiendent qu'elle avait trouvé en s'installant aux Relles Gouttes. Elle avait créé ce jardin de ses mains, tout au long de ces trente années, en le désherbant patiemment, en le débarrassant des pierres qui, chaque printemps, semblaient remonter du ventre de la montagne. Année après année le jardin s'était amélioré, avait porté de plus belles récoltes. Elle n'avait ménagé ni ses mains ni son dos pour faire cette riche terre noire qu'elle connaissait grain à grain, cette terre qu'elle aérait, nettoyait, lavait, pétrissait chaque année.

Pendant que Marion piquait sa fourche dans le fumier et répandait celui-ci le long de la jauge, Paulus se saisit du râteau, peigna la surface du jardin naissant, brisa les dernières mottes, se baissa deux ou trois fois pour rejeter quelques mauvaises herbes et planta le manche de son outil en terre d'un coup sec. Avant de se remettre à bêcher il porta les mains à ses reins, d'un geste devenu machinal. Il n'avait pas vraiment mal, mais son dos lui rappelait maintenant les années et les fatigues accumulées.

Dans le silence de la montagne, Paulus se sentit tout entier parcouru par le souffle proche et discret de sa femme, un souffle régulier qui dégageait chaque fois un halo vaporeux, irréel, aussitôt dissipé, un souffle de vie qui soudain l'émut jusqu'aux racines de son être. Marion n'avait pourtant rien d'attirant ce matin-là avec ses jupons de serge grise qui rebondissaient autour de ses hanches et la grossissaient exagérément. Ses cheveux disparaissaient dans un bonnet gris sans coquetterie, sa chemise, d'un bleu passé, ne lui donnait ni grâce ni forme. Cependant Paulus était troublé de sentir sous l'apparence quotidienne toute la vitalité de sa femme, la détermination de son visage penché vers la terre et qui était à la fois le plus ferme et le plus doux du monde.

Marion sentit la sensualité de son regard et se tourna vers lui.

— A quoi tu penses, Paulus ?

— Si je te disais ! répondit Paulus avec un sourire polisson.

— Tu es terrible ! Tu vois ce que nous avons à bêcher ?

Ce printemps-là Marion avait décidé d'agrandir le jardin pour planter les cartoufles qu'Odile lui avait données. Il restait encore plus d'un jour de travail et Paulus reprit sa bêche. Il découpait avec son outil des bandes de terre plus larges que Marion et chaque fois qu'ils bêchaient ensemble, c'était un sujet rituel de discussion.

— Prends pas tant de terre à la fois, Paulus ! Tu te crèves le dos pour rien, dit Marion au moment où ils se rejoignaient au milieu de la tranchée.

— C'est ça, dis que je ne sais pas bêcher maintenant !

— Si tu laissais ton caillé en grosses mottes, tu crois qu'il serait bon, ton fromage ?

La comparaison les fit rire et ils se remirent au travail.

Le matin était bien avancé, le soleil avait réchauffé l'air et dissipé les buées. A mesure que Paulus et Marion descendaient la pente légère du jardin, ils laissaient au-dessus d'eux une terre plus épaisse, aérée, gonflée comme pâte à beignets. Ils venaient de faire une nouvelle pause quand un bruit de cavalcade retentit dans le sentier. Paulus se retourna juste à l'instant où le cavalier débouchait de l'ombre des sapins. C'était Petitcolas sur son cheval roussin.

Un silence de mort régnait dans le poêle des Relles Gouttes. Autour de la table vide Paulus et Marion se regardaient, atterrés par ce qu'ils venaient d'apprendre et qui avait éclaté comme la foudre dans le petit matin. Petitcolas, la tête dans ses mains et les yeux clos, ne disait plus rien. Une larme, sur la joue sèche et ridée, glissa inattendue sans qu'il fît un geste pour s'essuyer. Leur vieil ami de toujours était effondré.

Dans la grange silencieuse Paulus essayait de réfléchir. Il avait été très impressionné par le récit saccadé de son ami et ne réalisait pas encore vraiment que des sergents avaient pu faire irruption ce matin dans la répandise de Narouel, se saisir d'Odile et de son fils et les entraîner avec une corde aux poignets.

— Dis-moi, tu es sûr de ce que les sergents ont dit ? demanda Paulus à son ami tandis que Marion entraînait les enfants dehors.

— Mon Dieu, oui ! gémit-il. Ils l'ont traitée de sorcière et quand j'ai voulu la retenir, ils m'ont jeté à terre avec la crosse de leur arquebuse. J'en suis resté tout étourdi, mais j'ai bien compris ce qu'ils ont ajouté en partant...

— Et qu'est-ce qu'ils ont dit ?

— « Prie pour que ta femme révèle vite le nom de celles qui étaient au sabbat avec elle, sinon on saura bien la faire parler ! » Que vont-ils lui faire ? Ma pauvre femme ! Et mon petit Demenge, jamais plus je ne les reverrai.

Paulus était désemparé par le drame de son ami, mais il ne pouvait pas le laisser dans un tel désespoir. L'accusation qui pesait sur sa famille était impossible à croire. Elle ne pouvait être qu'une monstrueuse erreur qu'il importait de corriger au plus vite.

— Ecoute, Petitcolas, commença Paulus d'une voix qui se voulait assurée, je ne sais pas quelle folle a pu accuser les tiens, mais son horrible mensonge ne pèsera pas lourd à côté des témoignages de tous ceux qui vous connaissent. Personne à Gérardmer ne peut imaginer qu'Odile a jeté des sorts. Pense au contraire à tous ceux qu'elle a guéris. Quand le juge les entendra, il sera bien obligé de reconnaître qu'Odile est une bonne chrétienne. Et qui peut accuser un enfant de douze ans ?

Le marcaire de Narouel leva vers lui des yeux rougis et suppliants, des yeux qui s'étaient vidés de leurs dernières larmes et se cachaient maintenant au fond des replis de son visage défait et bouleversé.

— Tu crois qu'ils déposeraient devant le juge ?

Ses lèvres articulaient à peine et ses mains tremblaient sur la table familière, mais un accent, au fond de sa gorge brisée, montrait qu'il s'accrochait comme un naufragé au frêle espoir que Paulus venait de lui tendre.

— Et comment ! affirma celui-ci d'une voix ferme. Ceux qui ne voudront pas aller témoigner pour toi, je saurai bien les décider.

A ce moment Marion rentra dans la grange, le visage étrangement troublé. Elle s'assit à côté de Petitcolas et confia d'un souffle, comme si elle avait à se confesser :

— Je sais pourquoi les sergents sont venus les arrêter ! Mes enfants eux-mêmes sont persuadés que Demenge est un sorcier. Il leur a tellement raconté qu'il dansait avec les guenoches, qu'il les embrassait, qu'il touchait leurs tétons ! Pour Evon et Dominique, votre petit Demenge est capable de commander les loups et les lynx. Il leur a montré de la cendre rapportée du sabbat et se fait fort d'illuminer l'étang de cent flammes bleues.

— Mais où a-t-il été chercher tout ça? geignait Petitcolas. Et qui peut prêter attention à des fables de gamin ?

— Je me demande à qui il a pu raconter ses sornettes pour se rendre intéressant, reprit Marion. S'il s'est amusé à dire qu'il allait au sabbat avec sa mère...

Les paroles imprudentes du jeune écervelé expliquaient certainement la visite des sergents. Paulus savait qu'un procès de sorcellerie pouvait s'engager sur des indices encore plus fragiles. Il regarda Marion et lut son affolement dans son regard mais dissimula sa propre inquiétude.

— Même si Demenge a raconté ces histoires à des voisins, le juge ne va pas le condamner pour ça. A son âge, il ne risque que des coups de bâton. Et ce n'est pas ce qui nous empêchera de prouver la bonne foi d'Odile. Tiens, tu te souviens des personnes de Dompierre qui devaient être arrêtées le jour où nous étions au marché de Bruyères à l'automne dernier ?

— Oui... répondit Petitcolas d'une voix absente.

— Ecoute-moi bien, reprit Paulus. L'une des deux, la Thomasse, a toujours nié avec force qu'elle fût une sorcière. A chaque interrogatoire elle a juré que c'était faux. Même sous la question, la pauvre femme répétait sans cesse qu'elle était une bonne chrétienne. Elle appelait les saints à son aide et priait Notre-Dame de pardonner les méchantes langues qui lui faisaient tant de mal. Tu dois t'en souvenir, son procès s'est terminé en janvier dernier...

— C'est vrai, on en a parlé...

— Eh bien, elle a été libérée. Malgré les témoins qui l'accusaient de sorcellerie, Thomasse a été acquittée. Odile aussi va être bientôt libérée, je te le dis !

La fermeté de Paulus aida Petitcolas à se ressaisir. Quand il repartit pour Narouel, Paulus et Marion descendirent avec lui pour consulter sans tarder les voisins, laissant derrière eux le jardin inachevé et les bêches plantées, insolites, au bord du gâteau de terre noire que fouillaient deux merles audacieux.

La nuit d'avril, précoce et froide, tombait déjà quand Marion remonta seule aux Relles Gouttes. Son mari était parti pour le village pendant qu'elle avait défendu la cause de son amie, auprès de plusieurs familles de Xonrupt. Celles-ci avaient toutes reconnu la gentillesse d'Odile et sa connaissance des herbes, mais l'accusation de sorcellerie troublait bizarrement les esprits.

— Je repense à l'été dernier, avait dit la jeune femme de Bernard Grossire. Ce jour-là je battais mon beurre et il n'arrivait pas à prendre. Je le battais, je le battais en vain. Odile qui passait par là, m'a dit de chauffer de l'eau et de la jeter dans le battoir. Je l'ai fait et le beurre a pris aussitôt. Je me rappelle maintenant que j'avais trouvé ça curieux.

Certaines femmes de marcaires, heureuses jusqu'à présent de recourir à la guérisseuse de Narouel pour soigner leurs vaches et leurs enfants, s'interrogeaient désormais sur sa façon de les guérir.

— Pour soigner ma vache, Odile lui a fait avaler un œuf mélangé avec des herbes. Le lendemain ma Nerre-Euye était guérie. C'est quand même étrange, ce pouvoir qu'elle a !

Marion avait répété sans relâche que la femme de Petitcolas ne soignait qu'avec des moyens naturels et joignait souvent les prières aux remèdes qu'elle tirait des plantes. Malgré ses affirmations elle avait ressenti le doute semé dans l'esprit des Géromoises depuis l'arrestation d'Odile. Heureusement d'autres femmes continuaient à tenir Odile pour une guérisseuse utile et estimable.

— Elle n'a rien d'une sorcière ! s'était écriée la femme Perrin. Quand ma fille Anne a eu des rougeurs aux yeux, c'est Odile qui l'a sauvée. Elle a effleuré ses paupières avec une pommade et nous a dit de faire neuf jours de suite neuf signes de croix sur elle en tenant trois noisettes dans la main droite. Après ces neuf jours, les rougeurs avaient disparu. Odile est la meilleure femme que je connaisse. Sans elle, ma fille serait devenue aveugle !

— Alors, qu'est-ce qu'on dit dans la vallée ? demanda Nicolas dès l'arrivée de sa mère.

— Oh ! tu sais comment sont les gens, murmura-t-elle. Quand ils avaient besoin d'Odile, elle était la meilleure des femmes. Maintenant qu'on l'accuse de sorcellerie sans fondement, je me rends compte que certains seraient prêts à le croire...

Les hésitations et les revirements de certaines femmes de Xonrupt l'avaient d'autant plus blessée qu'elle croyait sincèrement, en allant les visiter, que toutes s'affirmeraient disposées à soutenir Odile. Cette lâcheté qui frisait la méchanceté lui brisait le cœur et Marion n'eut pas le courage d'en parler davantage à son fils. Elle prit un tabouret et partit traire ses vaches.

Ce soir-là Marion ne cessa pas de trottiner à petites sabotées sur le sol tassé de la grange. Elle allait et venait de l'âtre chaud où la soupe embaumait, à la porte d'entrée, dans le froid désert de la nuit. Elle bougeait sans cesse en projetant son ombre agitée sur les cloisons de bois, goûtait la soupe en l'aspirant à petites bouffées, remettait une bûche dans la cheminée, se mêlait du caillé que surveillait Nicolas, envoyait Evon chercher de l'eau puis se ravisait, prenait le seau et sortait elle-même à la fontaine. Ses sabots piétinaient la terre à petits coups avec un entêtement de biche en désarroi. Qu'est-ce qui pouvait retenir Paulus si tard au village ? Et s'il était allé trop loin en voulant défendre la femme de leur ami ? Et si les sergents l'avaient arrêté à son tour ?

— Nicolas, va au-devant de ton père, ordonna-t-elle tout à coup nerveusement.

— Mais il va rentrer...

Marion décida de descendre elle-même malgré la nuit. Elle connaissait si bien chaque motte du sentier qu'elle traversa la répandise sans trébucher. A l'orée du bois, cependant, l'obscurité la retint un instant. Elle leva les yeux mais ne put distinguer la statue de la Vierge au manteau. C'était pour elle un signe d'abandon et elle crut voir un homme noir qui rôdait sous les sapins. Aussitôt elle se signa et remonta précipitamment vers la grange. Celle-ci était encore à bonne distance quand un hennissement lui figea le sang. En tremblant de tout son être elle perçut des bruits mous dans l'herbe, une forme noire qui fonçait sur elle. Très vite elle pria :

— Douce Vierge Marie, protégez-nous !

La forme sauta du cheval. C'était Paulus.

— Quelle peur tu m'as fait ! souffla Marion. Qu'est-ce qu'on dit au bourg ?

— Un interrogatoire doit avoir lieu prochainement. Certains Géromois sont indignés, mais il en est d'autres qui se posent des questions...

Ils rentrèrent dans la grange et chacun prit sa place habituelle autour de la table. Pensif et soucieux, le maître de maison avalait sa soupe en silence et toute la tablée se taisait.

— J'ai peur, avoua Paulus. Je n'ai rien dit devant Petitcolas, mais avec ces prévôts, quand ils tiennent quelqu'un, on ne sait jamais...

En parcourant le bourg, Paulus avait senti la majorité des villageois hésitante, prête à se ranger aussi facilement d'un côté ou de l'autre, attendant finalement la décision de la justice pour se faire une opinion. Certes quelques Géromois avaient confirmé à l'ancien juré des Relles Gouttes qu'ils le soutiendraient dans son action et témoigneraient en faveur d'Odile, mais Paulus savait que beaucoup d'autres prêteraient plus d'attention à l'avertissement brutal du tabellion Balthazard.

— Je vous ai toujours dit que vous aviez tort de vous fier à cette guérisseuse de Saint-Gengoult, à cette apothicaire d'herbe du Diable !

Une bonne partie de la nuit, Marion ne dormit pas. Sa pensée terrorisée allait d'Odile dans sa prison à cet Etre Noir qui rôdait dans la Lorraine pour y voler des âmes.

Avec la fatigue, elle n'eut bientôt plus qu'une obsession : à quoi ressemblait ce Macraigne, cet Ennemi aux Cent Visages, ce Maître aux Ecus de Cendre, ce Mauvais, ce Sans Nom ?

Marion se rappela soudain une femme de Bruyères que le Malin faisait s'envoler du lit de son époux. Effrayée, elle se serra contre son mari qui avait les yeux grands ouverts et regardait le noir.

4

Sur le coteau du Phény s'étirait une cohorte de cavaliers bavards, vêtus de gros drap, montant des chevaux rustres sur des selles sans finesse. On reconnaissait parmi eux Paulus Chan Coline, le commis-juré Parmentier, le greffier Jean Claudel et le coutelier La Rivière. Ils étaient dix-huit en tout et se rendaient au château d'Arches pour le procès d'Odile et de son fils. Dix-huit que Paulus était parvenu à convaincre de témoigner en leur faveur parmi la centaine de feux que comprenait Gérardmer. Ils étaient fermement décidés à éviter à tout prix qu'une condamnation de sorcellerie n'accable un des leurs et n'entache l'honneur de leur communauté.

Pour arriver à ce résultat Paulus n'avait pas ménagé ses efforts durant les derniers jours. Avec son ami La Rivière il avait patiemment, mais avec insistance, visité tous les Géromois pour les persuader de l'innocence d'Odile et de Demenge et pour leur expliquer les risques du procès. La plupart sentaient intuitivement qu'une condamnation risquait en effet de rejaillir sur eux, d'entraîner la recherche d'éventuelles compagnes de sabbat et de troubler pour longtemps la paix de la vallée. Mais ils n'osaient pas pour autant franchir le pas qui consistait à s'engager devant le prévôt en défenseurs de personnes accusées du crime le plus abominable. Quelques-uns seulement avaient accepté de témoigner par amitié pour

Petitcolas et l'ancien juré des Relles Gouttes. Quant à ceux qui croyaient dur comme granit aux ragots maléfiques, Paulus et La Rivière les avaient dissuadés d'aller déposer en les prenant au piège de leurs propres arguments. Si Odile était une guenoche, n'avaient-ils pas à craindre de douloureuses représailles ? La veille au soir enfin ils étaient montés à Narouel réconforter Petitcolas et le détourner de les accompagner à Arches.

— De toute façon tu n'as pas le droit de témoigner puisque tu es le mari et le père. Et puis, si tu étais là, nous serions plus tendus pour plaider. Mais sois tranquille, nous allons être dix-huit à défendre ta famille et nous la défendrons chèrement !

Le groupe de cavaliers pressa l'allure quand il arriva à la hauteur des tombes des pestiférés. Au-delà, parmi les granges du Phény, plusieurs étaient encore désertes et sans feu. La vie était longue à reprendre sur cette montagne. De la vallée voisine de Creusegoutte s'élevait un panache tranquille de fumée blanche. Pendant la descente vers le val de Vagney, une corneille traversa le chemin en croassant et le Chipot du Rain lança :

— C'est l'esprit d'une guenoche !

Personne ne rit de sa plaisanterie. Paulus, plongé dans ses réflexions faisait le point des témoignages recueillis et cherchait à prévoir les réactions des juges pendant que La Rivière invectivait une fois de plus les officiers de la Prévôté :

— Barbe de bouc ! Quand nous laisseront-ils en paix dans nos montagnes ?

Le voyage de Gérardmer à Arches était toute une expédition avec ses six bonnes lieues et son très mauvais chemin souvent défoncé et rendu bourbeux par la fonte des neiges. Les grenouilles étaient les reines des flaques multiples. Les ornières boueuses contraignaient les chevaux à monter sur le bas-côté et les cavaliers devaient courber la tête sous les branches. Malgré ces précautions les Géromois étaient déjà tout crottés quand ils traversèrent sans s'arrêter le bourg de Vagney où ils avaient coutume de venir chaque année à la Saint-Martin élire leur maire et leurs jurés. Ils ne pouvaient pas se permettre de s'attarder s'ils voulaient assister à l'ouverture du procès en tout début d'après-midi.

Après Vagney la vallée s'élargissait et les montagnes s'étageaient en ballons plus modestes, quelquefois zébrés de pentes déboisées par le travail des charbonniers. On n'était pas bien loin des mines de cuivre de Ramonchamp qui nécessitaient tant de charbon pour un faible rendement. Un peu avant Remiremont la petite troupe de montagnards croisa un chariot qui conduisait en Suisse du sel de Lorraine et elle dépassa un lourd équipage de marchands italiens qui portaient à Nancy des étoffes de Milan et des formes de parmesan. A l'approche des villes le chemin paraissait plus fréquenté mais n'était pas plus carrossable. Les chevaux se fatiguaient, les marcaires commençaient à se plaindre mais Jean Claudel, dans la force de sa jeunesse et avec l'entraînement que lui donnait la compagnie d'arquebusiers, les conduisait sans ménagement.

Enfin les Géromois parvinrent au bout de leurs peines et de leur voyage éreintant. Dès l'entrée dans la ville d'Arches ils mirent pied à terre.

— Quel voyage ! Et quelle idée j'ai eue de vous suivre, gémit en titubant Nicolas Blaise, le doyen du groupe.

Fourbus et sales, ils auraient voulu prendre un moment de repos, mais alors qu'ils laissaient leurs montures en sueur à la taverne du *Fer à Cheval,* Jean Claudel les rappela à l'extérieur :

— Voici le prévôt qui monte au château. Il faut nous dépêcher !

Au milieu de la ruelle s'avançait un groupe d'hommes cérémonieux en tenue impeccable et stricte, tout de noir et blanc. En tête marchait le prévôt d'Arches Philippe Pirouel entouré de deux sergents. Le visage dur et la démarche hautaine, il avait déjà fait avouer plusieurs sorcières du Thillot et sa seule vue suffisait à éveiller l'angoisse. Derrière lui suivaient plusieurs personnages sévères. Tout l'aréopage des juges se rendait au château pour juger Odile et Demenge. Ce cortège fit passer sur les Géromois un vent de frimas et de peur. Les secousses du voyage étaient oubliées depuis qu'ils avaient sous les yeux l'image vivante du châtiment. Seul importait maintenant de garder en eux toute la force morale dont ils auraient besoin pour parler devant le prévôt. A partir de cet instant ils gardèrent instinctivement le silence pour éviter de se communiquer leur anxiété tandis qu'ils montaient la ruelle à leur tour en direction du château.

Malgré l'assistance nombreuse qui se pressait derrière la rangée des témoins, un silence pesant régnait dans la grande salle du château quand le prévôt fit quérir l'accusée Odile de Narouel. A l'ouverture de la porte un murmure se leva. La femme qui s'avançait lentement ressemblait plus à un spectre qu'à Odile. Elle trébuchait et mesurait ses pas pour dissimuler la gêne provoquée par la corde qui liait ses chevilles et entravait ses jambes. Elle était vêtue avec les habits simples des champs dans lesquels les sergents avaient dû la surprendre, mais la jupe souillée et la chemise défraîchie portaient déjà la marque des journées de basse-fosse. Les cheveux défaits et collés par l'humidité de la prison, les yeux hagards à bout de larmes et le visage labouré par l'angoisse l'avaient transformée. Après l'obscurité du cachot elle était visiblement aveuglée par la lumière et se laissait guider vers la place qui lui était assignée tout en s'efforçant de rester droite et de dissimuler sa peur.

— Heureusement que Petitcolas ne voit pas sa femme ainsi ! chuchota La Rivière.

Absorbée par l'interrogatoire qui l'attendait Odile ne prêtait aucune attention à la foule et ne remarqua pas les Géromois. Debout face à ses juges, elle écouta le prévôt qui ouvrait solennellement le procès.

— Nous, Philippe Pirouel prévôt d'Arches, avons ce jour d'hui fait représenter par-devant nous au château de Son Altesse, Odile, femme à Petitcolas de Narouel, précédemment y constituée prisonnière pour cas de sortilège à la requête de Monsieur le Procureur Général des Vosges.

Odile prononça son serment et le sieur Pirouel l'interrogea derechef sur son nom, surnom, âge et d'où elle était native.

— Je m'appelle Odile, énonça-t-elle calmement, fille de feu Colas du Noir Ruxel. Je suis peut-être âgée de quelque quarante-cinq ans et je suis la femme à Petitcolas de Narouel.

— Combien d'enfants as-tu de ce mariage ?

— Deux enfants mâles, Clément et Demenge qui aura bientôt treize ans.

— As-tu déjà été aux mains de la justice ?

— Je n'y ai jamais été avant cette fois.

— Pour quelle cause penses-tu être détenue ?

— Je crois que c'est pour une accusation de sortilège.

Malgré l'affaiblissement du séjour en prison, la voix d'Odile s'entendait nettement dans toute la salle attentive. Jusqu'à présent l'accusée avait répondu rapidement à chaque question, avec une candeur et une assurance qui devaient faire bonne impression aux juges. Mais l'assistance retint son souffle au moment où tomba la question fatidique.

— Tes comportements et les charges tirées des dépositions de plusieurs personnes de Gerbépal témoignent assez suffisamment de ton sortilège, déclara le prévôt en haussant le ton impérieusement. Reconnais maintenant que tu as renoncé à Dieu ton créateur, que tu t'es laissé aller aux tentations de Satan ennemi du genre humain et que tu t'es donnée à lui. Dis-nous de suite en quel temps ce fut et en quelles circonstances.

— Par ma foi, je suis une bonne chrétienne, répondit-elle aussitôt avec fermeté. Je n'ai jamais été une guenoche !

— Les dépositions témoignent tout le contraire ! Par respect du serment que tu as prêté en nos mains et pour ton propre salut, tu dois nous déclarer sans plus tergiverser comment tu as été séduite du malin esprit !

— On me fait grand tort à déposer de tels mensonges contre moi, dit-elle d'une voix affligée. Dieu m'a tenue pour femme de bien et m'y tiendra toute ma vie. Satan ne m'a jamais tentée et je n'ai jamais été en sa compagnie.

— Prends bien garde de dire la vérité, intervint le lieutenant d'échevin. Si l'information que nous poursuivons aujourd'hui confirme nos soupçons, nous saurons bien te faire avouer.

— Vous pouvez me faire mourir. Vous causerez un grand tort à mon mari et à mes enfants. Mais je ne me départirai jamais de cette vérité. Je n'ai jamais été une guenoche. Que je sois attachée à la queue d'un cheval si je mens !

Malgré l'insistance du prévôt agacé, Odile ne s'écartait jamais de ses premières réponses. Le public impatient commençait à gronder contre celle qu'il tenait par avance pour une sorcière, tandis que les Géromois, révoltés par ces manifestations hostiles, admiraient au contraire le courage et la persévérance de la femme de Narouel.

— C'est une femme qui a l'âme droite et bien trempée comme la lame d'un couteau, apprécia La Rivière. Le manche s'use mais l'acier ne bouge pas.

Les juges se consultèrent un moment à voix basse, le prévôt réclama de nouveau le silence et le doyen Ferry s'adressa à l'accusée d'une voix chevrotante :

— Si tu confesses librement ton péché, nous en tiendrons compte. Tu soulageras ta conscience et au lieu de rester sous la domination de Satan tu retourneras à Dieu ton créateur.

— Je suis une pauvre pécheresse, reconnut humblement Odile. Mais quant au crime de sortilège, jamais je n'en ai été entachée. C'est par haine qu'on a pu m'accuser. Je maintiens que je dis la vérité.

Des mouvements confus animèrent la foule quand commença l'interrogatoire des témoins. Le Parmentier, en tant que juré de la communauté de Gérardmer, s'avança le premier pour prêter serment. Odile le regarda avec étonnement, son visage tendu et raviné était incapable d'exprimer le moindre signe de satisfaction ou de gratitude. L'injustice de son arrestation et l'acharnement du prévôt à lui faire avouer un crime qu'elle n'avait pas commis l'avaient jetée dans un gouffre étroit de solitude, où la lumière de l'amitié elle-même ne parvenait pas.

— Je n'ai à dire que du bien de la prévenue, commença le Parmentier. Elle connaît les plantes et a guéri beaucoup de bêtes et de gens. Voici quatre ans ma fille Judith dépérissait par manque d'appétit. Odile a remis à ma femme des herbes séchées en lui recommandant de préparer une infusion pendant neuf jours de suite à la lune descendante. A la nouvelle lune, notre fille avait retrouvé l'appétit. Sans la femme de Petitcolas, elle aurait fini par mourir.

— Et toi, tu connais ces plantes? lui demanda le lieutenant d'échevin. Tu sais où elle va les chercher?

— Je ne les connais pas exactement, mais ce sont des plantes toutes simples que chacun peut rencontrer sur son chemin.

Les juges hochèrent la tête en renvoyant le Parmentier. Paulus, Jean Claudel et La Rivière se regardèrent avec un certain soulagement. Le premier témoin s'était bien sorti de l'interrogatoire et leurs dépositions se présentaient sous de meilleurs auspices. Jean Grossire comparut à son tour et le prévôt devança son témoignage par une question :

— Dis-nous quand et dans quelles circonstances tu as entendu dire qu'Odile de Narouel était une sorcière.

— Mais je ne l'ai jamais entendu avant cette heure-ci! Je l'ai toujours tenue pour une femme de bien et je peux vous assurer qu'elle n'a jamais eu de querelles avec ses voisins.

Plusieurs Géromois se succédèrent en confirmant les guérisons produites par Odile et en assurant fermement qu'elle était une bonne chrétienne. Le prévôt pourtant ne semblait pas disposé à se laisser convaincre et s'entretenait à voix basse avec les juges. Il fit alors appeler un témoin de Gerbépal qui rapporta les confidences insensées du jeune Demenge.

— Son fils nous a dit qu'il allait au sabbat avec sa mère, la femme que voici. C'est une guenoche. Voici un an mon maître Mougeolle s'était pris de querelle avec elle pour des siennes oies qu'elle menait au marché et qui s'étaient échappées dans son champ. Peu après elle lui fit tarir une vache et rendit malade un bœuf. La nuit du jour du Vendredi Saint mon maître traitait et tâchait de guérir son bœuf quand cette guenoche entra dans l'étable sous la forme d'un chat noir. Je lui ai donné quelques coups et elle parla à voix intelligible. Puis elle sauta à la lumière qu'elle éteignit et finalement se sauva.

— Odile de Narouel, gronda le prévôt, dis-nous désormais sans détour si à l'aide du Malin ton maître, tu t'es transformée en chat pour entrer en l'étable dudit Mougeolle avec qui tu avais eu querelle.

— Par ma foi je vous jure que ce n'est pas vrai, répondit Odile d'une voix étranglée. D'ailleurs je n'ai jamais eu d'oies chez moi !

— D'où vient que tu ne jettes aucune larme comme pourrait faire une femme de bien moins touchée que toi ? demanda le doyen.

— J'ai pleuré tout ce matin dans ma prison et ainsi je peux avoir jeté toutes mes larmes.

Le doyen hocha la tête et le prévôt appela un second manouvrier de Gerbépal qui récita précipitamment sa déposition :

— Voici environ six ans avant la Pentecôte par jour de mercredi à heure de Vêpres cette guenoche dansait et sautillait au derrière du logis de mon maître Richard en même temps qu'une tempête et une grosse grêle tomba sur le finage. La même nuit par son sortilège elle délia du berceau et ôta des linges mon petit enfant afin de lui faire courir fortune en haine de ce que je l'avais vue ainsi dansante.

— Tu ne peux le nier, dit le sieur Pirouel à Odile.

Reconnais que ton maître Satan t'a donné le pouvoir de faire tomber la grêle.

— Ce n'est pas vrai. Je n'ai jamais été derrière la maison de ce Richard. Au contraire d'être sorcière, je suis remplie de la grâce de Dieu et ceux qui déposent contre moi en sont bien éloignés.

Un brouhaha menaçant s'éleva de nouveau du public. Malgré les dénégations d'Odile les deux derniers témoignages l'accablaient. Alors que La Rivière s'impatientait de pouvoir contredire les gens de Gerbépal, le prévôt fit comparaître l'un des sergents qui avaient arrêté Odile, et se fit remettre par le greffier un petit sac qu'il délaça avec précaution.

— Lors de sa capture, dit le sergent, j'ai trouvé sur elle un chapelet en la croix duquel manque une partie.

Le sieur Pirouel sortit du sac un chapelet de bois usé et jaunâtre et l'exhiba devant le public. Il y manquait deux grains et la croix était en partie cassée.

— N'est-ce pas vrai que Satan te recommande de le tenir ainsi défectueux, ennemi juré qu'il en est ? Voici un indice bien grand de ton sortilège !

— Il est tombé un jour derrière la grange, protesta-t-elle, et je n'en ai pas d'autre. Mais par ma foi, il n'y a là aucune œuvre de Satan.

— Une femme de bien aurait apporté plus de soin à son rosaire ! fit remarquer le prévôt. Et toi, sergent, n'as-tu pas une autre révélation à faire ?

— Oui. J'ai trouvé dans son logis les choses dont m'ont parlé certains habitants de Gerbépal, des sortes de fruits qu'elle fait grossir et se multiplier sous terre. Il paraît que l'été dernier elle avait tout un verger dont les pommes poussaient sur les racines.

Le sieur Pirouel retourna le sac et fit rouler sur la table quelques boules grisâtres et difformes qui provoquèrent un remous d'étonnement dans l'assistance. Seuls Paulus et Odile reconnurent aussitôt les cartoufles que celle-ci gardait dans sa grange pour mettre en terre au mois de mai. Quel rapport pouvaient-elles avoir avec ce procès ?

— Voici la preuve des vénéfices d'Odile de Narouel ! tonna le prévôt.

Pendant que les juges observaient les cartoufles sans oser les toucher, il fit appeler deux nouveaux témoins de Gerbépal dont un mendiant.

— Cette guenoche enfonce ces crottes de Satan en terre et elles se mettent à creuser des galeries comme des taupes, à copuler entre elles et à se multiplier.

Puis un domestique de taverne confirma :

— Ce sont des avortons de démons. Chaque fois que cette guenoche prend son maître par le membre viril, elle enterre ses fruits maudits qui se multiplient sous terre.

Paulus était sidéré par ce qu'il entendait et croyait vivre un cauchemar. Désormais il se sentait directement impliqué dans ce procès. Il avait lui aussi des cartoufles dans sa grange et si les sergents l'apprenaient sa famille entière risquait d'être soupçonnée. Il mit Jean Claudel dans la confidence tandis que les juges se consultaient, examinaient les cartoufles et interrogeaient de nouveau la femme de Narouel.

— Reconnais-tu que ces choses maléfiques viennent de chez toi ?

— Je ne comprends rien à ce que ces gens viennent de dire, répondit Odile décontenancée. Cela vient de chez moi, mais ce sont de simples légumes qui n'ont rien de maléfique...

Puis le prévôt s'adressa d'une voix menaçante aux Géromois qui n'avaient pas encore témoigné.

— Vous avez entendu ? Elle reconnaît que c'est elle qui s'adonne à cette culture. Il est temps, Géromois, que vous répariez votre négligence et que vous reconnaissiez les sortilèges de cette femme. Prenez garde que la colère du Ciel et de Son Altesse ne retombe sur votre tête ! Que le témoin suivant approche !

Paulus était le seul à pouvoir apporter un démenti précis aux élucubrations des gens de Gerbépal. Sur cette question qui était bien le nœud et le tournant du procès, lui seul pouvait apporter les éclaircissements nécessaires et réfuter ces hypothèses diaboliques. Il fallait qu'il aille témoigner maintenant. Pourtant l'angoisse l'étreignait. Arriverait-il à conjurer la menace qui pesait sur son foyer ? La Rivière sentit son anxiété et lui serra le bras avec amitié tandis que Jean Claudel lui soufflait :

— Il faut tenir bon. Je t'appuierai.

— Odile est une femme de bien, commença Paulus lentement pour assurer sa voix. Elle a guéri mon épouse d'une grande fièvre.

Le prévôt l'interrompit sèchement.

— Dis-nous plutôt en quelle assemblée diabolique elle multiplie ces monstruosités et avec qui elle les répand ?

— Mais ce ne sont que des légumes ! D'ailleurs je ne pense pas que messieurs les juges, avec le respect que je leur dois, tiendront compte des suppositions imaginaires des gens de Gerbépal.

— Les juges savent ce qu'ils ont à penser, répliqua le sieur Pirouel agacé par l'aplomb de Paulus. Dis-nous si tu connaissais l'existence de ces déjections maléfiques.

— Je les connaissais effectivement, mais elles n'ont rien de diabolique : ce sont des légumes comme des carottes ou des raves, et qui s'appellent des cartoufles.

— D'où tiens-tu cela ? Personne n'en connaît l'existence et comment expliques-tu qu'ils se multiplient sous terre ?

— Si vous le permettez, messieurs les juges, je vous ferai remarquer bien humblement que d'autres légumes se multiplient sous la terre. Quand on plante une gousse d'ail, personne ne va supposer un vénéfice parce qu'on en récolte toute une tête. Et puis il peut exister des plantes que nous ne connaissons pas encore ici. Le jour où je suis allé à Nancy j'ai entendu parler de légumes verts et allongés que cultivent les jardiniers de Son Altesse et qui s'appellent des courges. Ce n'est pas moi qui vous l'apprendrai, honorables juges, mais les témoins de Gerbépal les auraient sans nul doute trouvées aussi magiques que les cartoufles de Narouel.

Les juges écoutaient avec attention les arguments du marcaire. Le lieutenant d'échevin fit une remarque à l'oreille du doyen et Paulus saisit dans son regard une lueur d'approbation qui l'encouragea à poursuivre.

— Monsieur le Prévôt, vous me demandez de vous expliquer comment ces légumes se multiplient. Mais je suis un simple montagnard, un homme bien trop ignorant des sciences pour prétendre expliquer les mystères de la nature. Je peux en revanche témoigner que ces cartoufles ont été apportées à Odile de Narouel par un homme honorable et savant, un professeur de l'université de Pont-à-Mousson qui les avait trouvées en Suisse et qui s'appelle Michel d'Essentier. Il a dû en remettre d'autres au jardinier de Son Altesse. La Cour de Nancy doit les connaître maintenant et s'étonnerait beaucoup que vous soupçonniez une femme de sortilège sur le simple fait de cultiver des cartoufles ! Le seigneur Jean de Martimpré chez qui Odile a travaillé peut d'ailleurs vous le confirmer.

C'est au milieu de sa déposition que Paulus avait eu l'idée subite et audacieuse de citer le nom du seigneur de Martimpré. Rien ne pourrait contraindre celui-ci à venir devant le tribunal en raison de ses privilèges de noblesse, mais il était la meilleure chance de salut. Le témoignage d'un seigneur pèserait plus lourd que celui des manouvriers de Gerbépal dans la balance de la justice.

La déclaration du marcaire des Relles Gouttes avait réussi à ébranler les juges qui se mirent à examiner de plus près ce qu'il appelait avec tant d'assurance de simples cartoufles. Aucun d'eux n'en avait entendu parler mais après des explications si précises ils étaient embarrassés par leur ignorance. Ils se consultèrent longuement et cette fois la position modérée du doyen sembla l'emporter.

— Les juges en aviseront, déclara le prévôt comme à regret. Au témoin suivant !

En regagnant sa place, Paulus remarqua l'expression moins crispée d'Odile. L'hostilité de la salle semblait s'atténuer et un mutisme perplexe succédait aux murmures malveillants. Les témoins suivants, tous Géromois, persistèrent à présenter Odile comme une femme de bien, innocente et utile à la communauté.

— Nous avons besoin d'une femme comme elle, soutint La Rivière. Les chirurgiens sont loin et ne viennent pas en hiver. Si elle n'était pas là pour nous soigner, nous pourrions mourir à la première fièvre.

Jean Claudel s'était réservé de comparaître en dernier pour pouvoir corriger toute impression néfaste qu'une déposition aurait pu laisser. Il s'approcha de la table avec dignité et déclina ses qualités dans un silence religieux.

— Je m'appelle Jean Claudel, fils de feu tabellion Claudel mon père, que Dieu le garde. J'ai suivi des études de droit chez un avocat de Nancy et je suis maintenant greffier de la communauté de Gérardmer et commandant de sa compagnie d'arquebusiers.

Ce préambule impressionna les juges au point que le prévôt le dispensa de prêter serment.

— Je supplie premièrement messieurs les juges de pardonner la longueur de ma déposition, mais en tant que greffier de Gérardmer je peux alléguer et certifier de façon formelle que le comportement et la réputation d'Odile de Narouel n'ont jamais été ceux d'une sorcière, mais qu'au contraire elle fut pendant toute sa vie une femme de bien. Aux dépositions véridiques des Géromois je veux ajouter le rôle considérable que cette femme a rempli lors de la peste dans notre village voici six ans. C'est avec un grand courage et une compassion extrême qu'elle visitait ses voisins et les assistait dans cette époque de trouble en leur conseillant des remèdes préventifs, lesquels ont assurément sauvé de la contagion de nombreux Géromois.

— Quand bien même cette femme aurait fait ces guérisons, intervint le prévôt, il demeure qu'elle est d'une malice inouïe, impudente et éhontée de ne pas convenir des faits rapportés par les témoins de Gerbépal !

— Je ne peux croire qu'Odile de Narouel a eu le pouvoir de rendre malade un bœuf, de faire tomber la grêle ou de se transformer en chat. Ces gens de Gerbépal se sont laissé abuser par leur imagination et, par ma foi, j'espère que Dieu leur donnera la grâce de reconnaître leur erreur et de se rétracter d'un faux serment qui est un péché honni de Notre Seigneur Jésus-Christ et les éloigne de leur salut. Si leurs dires étaient exacts, ils auraient été confirmés par les maîtres desdits prétendus témoins, lesquels je ne vois point en cette salle.

La charge officielle de greffier donnait un crédit et une autorité qui permettaient à Jean Claudel de contester certains témoignages en recueillant l'attention favorable des juges. L'auditoire était impressionné par le langage assuré du juriste et par l'entretien qui se nouait entre la Cour et lui.

— Que pensez-vous de ces cartoufles ? demanda le lieutenant d'échevin.

— Nous n'avons certainement pas fini de découvrir les merveilles que notre Créateur a mises à notre disposition dans ce monde. Je comprends l'étonnement d'un mendiant ou d'un domestique de taverne, mais toute personne cultivée est capable de reconnaître de nouvelles découvertes. Ces cartoufles sont peut-être utiles et nous devrions nous en réjouir plutôt que de les condamner. Je vous citerai en exemple un autre légume inconnu des Lorrains, une céréale que les Allemands commencent à cultiver dans la plaine d'Alsace sans y voir de sortilège, bien que les épis en soient vingt fois plus gros que ceux du seigle ! Il s'agit du maïs dont m'a parlé le tabellion Fabry de Bruyères, apparenté à la famille Hugo d'Epinal que votre honneur connaît sans doute.

Le mayeur d'Arches approuva de la tête, mais le prévôt s'énerva en sentant le revirement de la Cour.

— Il est pourtant certain que cette femme s'est rendue au sabbat puisque son propre fils l'a reconnu !

— Voilà bien une grande charge que les fanfaronnades d'un garçon de douze ans ! Ne savez-vous pas l'inconséquence et la légèreté de cet âge ? Ce petit Demenge a été influencé par les histoires de sorcellerie que tout un chacun se rapporte de bouche à oreille dans les veillées. Il a voulu lui-même se rendre intéressant devant les autres jeunes de son âge. Vous ne pouvez pas sur ces histoires maintenir votre présomption encontre une femme de bien qui n'a jamais usé du moindre vénéfice.

— Nous allons derechef interroger Demenge et nous verrons bien.

Comme le jour déclinait dans la salle on alluma les bougies sur la table avant de faire entrer le petit Demenge. Ebloui par les lumières celui-ci s'arrêta un instant, aperçut sa mère et se précipita vers elle malgré la corde qui l'entravait. Odile s'agenouilla et pressa un instant son fils contre sa poitrine. Les yeux clos, ils étaient seuls au monde à cet instant et pour toute l'assistance émue ils ne représentaient plus qu'une mère et son enfant. Avant que le prévôt n'ait le temps de poser sa première question, Jean Claudel déclara d'une voix haute et claire :

— Avez-vous vu la manière dont ils se sont retrouvés ? Croyez-vous qu'une sorcière éprouverait une telle tendresse pour un enfant qui l'a fait accuser ? Ce sentiment d'indulgence et de générosité ne peut venir que de la grâce divine.

Le sieur Pirouel remercia froidement le greffier et interrogea Demenge, mais ce fut sa mère qui répondit avec un accent déchirant :

— Pour l'honneur de Dieu, laissez mon fils en paix ! Faites de moi ce que vous voulez, mais ne le tourmentez pas. Par Benoît-Florent notre protecteur, rendez-le à mon mari !

— Taisez-vous ! Et toi, Demenge, prends garde de ne point faire de réponse mensongère et impudente, et rappelle-nous ce que tu as vu, étant avec ta mère ensemble aux assemblées diaboliques.

Demenge leva les yeux vers sa mère puis répondit en tremblant :

— J'ai vu personne ! Je n'ai jamais été au sabbat. Ce que j'ai dit, c'était pour étonner mes voisins.

— Nous te donnerons des coups de bâton pour te faire avouer, menaça le prévôt.

— Mais je dis la vérité.

— Tu avais pourtant dit le contraire !

— C'était alors que je mentais. Que le Bon Dieu me pardonne ! Je...

Le garçon éclata en sanglots et des élans d'attendrissement et de pitié se manifestèrent dans la salle. Les charges apportées par les témoins de Gerbépal paraissaient lointaines et peu vraisemblables. Après la plaidoirie du greffier et les dénégations de Demenge, plus rien ne semblait devoir être retenu contre les prévenus. Les Géromois soulagés croyaient déjà à la libération immédiate de leurs amis et prêtèrent une attention confiante au prévôt quand il réclama le silence.

— Nous Philippe Pirouel, prévôt d'Arches, pour n'avoir pu tirer autre chose des prévenus, nonobstant toutes remontrances et admonestements, avons sur ces dénégations appointé que les témoins seront recollés et puis confrontés une nouvelle fois, à l'effet de quoi est mandé à nos sergents de les adjourner pour comparaître par-devant nous lundi prochain et de reconduire les prévenus en leur prison.

5

Bien minces étaient pour Odile de Narouel les chances d'échapper au bûcher. En l'absence d'aveu de la prévenue, le procureur lui faisait généralement appliquer la question « autant que ses âge et forces en pourront supporter pour en tirer la vérité ». Doigts et orteils écrasés dans des grésillons de fer, le corps étiré sur une échelle jusqu'à la limite de sa résistance, l'accusé finissait presque toujours par avouer ce qu'on voulait lui faire dire. Ensuite il ne servait à rien de rétracter ces aveux. La mort par le feu était alors certaine.

Pour toute la communauté de Gérardmer le procès en cours était d'une importance considérable. L'écho du premier interrogatoire s'était répandu dans le bourg jusqu'aux répandises les plus reculées. Malgré les assurances répétées des amis de Petitcolas, malgré les solides explications du greffier Jean Claudel, les esprits étaient fortement troublés. Les déclarations des témoins de Gerbépal renforçaient la position de ceux qui croyaient la guérisseuse de Narouel capable de sortilèges. Les plus dévots étaient outragés par le chapelet défectueux qu'on avait trouvé sur elle, mais plus nombreux étaient ceux qui s'inquiétaient de ses fameuses cartoufles. Ne les connaissant que par ouï-dire, ils en exagéraient la taille et leur multiplication prenait des proportions affolantes. Crottes du Diable ou légumes ? En fait la majorité des Géromois était perplexe et la référence à quelque lointain professeur ne suffisait pas à les convaincre. La vérité ne pouvait venir que de la décision des juges.

Dans cette atmosphère indécise, à cette étape de l'instruction où un nouveau témoignage défavorable risquerait de faire basculer le sort d'Odile de Narouel, l'opinion des Géromois était capitale pour elle. Bien sûr la femme de Petitcolas n'avait eu que de bons rapports avec ses voisins, mais il suffisait que l'un d'eux se souvienne tout à coup d'une ancienne querelle pour qu'il puisse lui imputer ses malheurs. Paulus, Jean Claudel et La Rivière en étaient conscients et passaient leurs journées à parler avec les uns et les autres, à leur rappeler les bienfaits d'Odile, à les convaincre de sa dévotion, à les tranquilliser sur l'origine naturelle des cartoufles. Ils essayaient de persuader d'autres marcaires d'aller témoigner avec eux à l'audience suivante, mais aucun ne voulait prendre un tel risque. Le mieux qu'ils pouvaient faire était de taire leur doute et d'attendre le jugement. En ce début de printemps où la montagne vosgienne oscillait entre le froid des dernières neiges et la renaissance des prairies, l'âme de ses habitants balançait elle aussi entre la hantise de la sorcellerie et l'attente d'une grâce divine.

Paulus laissait son fils couler les fromages et ne remarquait ni la clôture à réparer ni les rigoles à dégager. Les essies disjointes sur un coin de la remise pouvaient attendre et les géromés affinés s'amoncelaient de jour en jour. Sa seule préoccupation était le procès d'Arches et il y consacrait toutes ses forces et tout son temps. Il ne sentait plus la fatigue de l'âge ni les douleurs de ses reins et parcourait avec sa jument les quatre versants de Gérardmer aussi inlassablement que lorsqu'il était commis-juré. Il retrouvait fréquemment La Rivière, apportait des bouffées d'espoir à son ami Petitcolas et cherchait avec Jean Claudel comment parer à la grande incertitude du procès.

Ils avaient tout d'abord demandé au seigneur de Martimpré d'attester que le professeur Michel d'Essentier avait bien offert les cartoufles à Odile, mais le nouveau noble ne voulut pas condescendre à se rendre au château d'Arches. Cependant il se déclara prêt à témoigner si un officier public de la Prévôté venait enregistrer chez lui sa déposition et Jean Claudel en sa qualité de greffier y procéda aussitôt.

Puis les trois Géromois résolurent de s'informer quelque peu sur les témoins de Gerbépal qui constituaient la principale charge contre Odile et Demenge. Ils se rendirent à plusieurs reprises dans le village voisin où ils consultèrent le curé du lieu, firent bavarder le tavernier et recueillirent les confidences de quelques laboureurs. Ils apprirent ainsi que le mendiant ne faisait que des apparitions périodiques dans le village et qu'il avait disparu depuis le procès. Le domestique était un homme sans moralité qui avait engrossé une manouvrière et les deux autres témoins n'étaient guère plus respectables. Le laboureur Mougeolle ne se souvenait d'aucune querelle pour des oies avec la femme de Petitcolas mais préférait ne pas intervenir dans une affaire si délicate.

— Avec ce mauvais bruit, on ne sait jamais, leur dit-il. Je ne veux pas passer un jour pour le complice d'une guenoche. Depuis que j'ai appris ce procès, je me suis empressé de faire une offrande à saint Blaise de Bruyères et je m'en suis bien porté. Vous devriez en faire autant si vous ne voulez pas tomber malade !

Quand ils interrogèrent le sieur Richard, il ne se souvint pas davantage d'avoir vu Odile danser derrière son logis, mais se rétracta dès que Jean Claudel lui suggéra d'aller témoigner.

— Après tout je n'en sais rien. Avec la tempête qu'il faisait, je ne suis pas sorti de chez moi. Si Phulpin l'a vue, c'est peut-être vrai...

Quand les dix-huit Géromois se représentèrent à la seconde audience, ils espéraient parvenir à réfuter les témoins à charge. Le prévôt d'Arches fit introduire Odile de Narouel dont le visage était rongé par les journées d'attente en prison.

— En l'audition précédente nous t'avons accordé un délai jusqu'à ce jour d'hui. Nous espérons qu'il t'a été profitable et que tu vas convenir et confesser ton sortilège presque avéré par la déposition de plusieurs témoins.

— Il n'en est pas autrement que ce que j'ai déjà déclaré, répondit Odile. Je suis aussi femme de bien qu'une autre.

Le sieur Pirouel procéda alors au recollement des témoins en faisant lire par le greffier les dépositions de la première audience. Tour à tour chaque Géromois approuva le procès-verbal de son témoignage et Odile reconnut les guérisons évoquées. Cette seconde journée était une répétition longue et lassante de la première. Le ton chaleureux que les marcaires avaient eu alors pour leurs amis de Narouel était noyé dans la lecture monocorde et insipide du greffier d'Arches. Aucun accent de reconnaissance ou d'amitié n'en ressortait plus et l'assistance s'engourdissait dans l'attente de quelque nouveauté.

Le recollement des témoignages de Gerbépal n'apporta aucun éclaircissement supplémentaire et le procès semblait s'enliser dans le formalisme procédurier qui infailliblement, menait à l'épreuve de la question, quand arriva le tour de Paulus Chan Coline.

— Tout ce que vous avez lu de ma déposition contient bien la vérité, mais je dois vous fournir des précisions importantes. Je me suis renseigné auprès de nos voisins de Gerbépal. Le sieur Mougeolle et le sieur Richard ne se souviennent pas des faits prétendus par leurs manouvriers. Ledit Mougeolle a même reconnu qu'il n'a jamais eu de querelle avec Odile de Narouel.

— Pourquoi n'est-il pas ici pour le dire lui-même ? intervint le prévôt.

— Je vous rapporte sous la foi du serment ce qu'il m'a dit, mais il vous appartient de requérir sa présence ici. Quant aux autres témoins de Gerbépal, ils sont de moralité trop douteuse pour que messieurs les juges puissent leur faire confiance. Enfin la déposition du seigneur de Martimpré a été recueillie par notre greffier officiel de Gérardmer et vous sera remise tout à l'heure par ses mains.

Cette réfutation des témoins de Gerbépal était fragile mais suffisante pour éveiller chez les juges et dans l'assistance le doute à leur égard. Dans le brouhaha provoqué par les révélations du marcaire des Relles Gouttes, le prévôt dut annoncer qu'il réclamerait un complément d'information à Gerbépal, lut la déposition du seigneur de Martimpré et suspendit brusquement l'audience.

Le public retourné par l'intervention d'un seigneur en faveur d'Odile quitta la salle en désordre et bruyamment. La sincérité des témoins à charge devenait discutable, l'innocence d'Odile et Demenge paraissait maintenant évidente et leur libération ne pouvait plus être qu'une question de jours. Le courage et la ténacité des montagnards avaient eu raison des pièges de la chasse aux sorcières.

Pourtant le filet qui enserrait l'épouse et le fils infortunés de Petitcolas allait mettre encore plusieurs semaines à se dénouer. Pendant qu'ils dépérissaient dans une basse-fosse obscure et malsaine, il fallait attendre que, sur les conclusions du prévôt, le Procureur général des Vosges adresse sa requête aux Echevins de Nancy et que ceux-ci en retour prononcent leur jugement. Aussi, l'émotion de cette longue attente était-elle à son comble lorsque les dix-huit Géromois par une belle journée de mai, revinrent écouter enfin la sentence.

— Vu la procédure extraordinairement instruite par nous Philippe Pirouel prévôt d'Arches contre Odile de Narouel et son fils Demenge prévenus de sortilège et vénéfice, vu les conclusions de Monsieur le Procureur général des Vosges, vu l'ordonnance rendue par les Maîtres Echevins et Echevins de Nancy, avons conformément à icelles ordonné leur élargissement des prisons du château de Son Altesse en ce lieu. Nous les renvoyons jusques à rappel et leur enjoignons qu'ils aient à se comporter si paisiblement et modestement que les habitants dudit Gérardmer ne puissent tirer de leurs actions aucun juste sujet de plainte. Lesquels en outre avons déclaré déchargés des dépends de la procédure et non obligés au paiement d'iceux.

Quand les Géromois reprirent le chemin de Gérardmer, ils avaient le cœur léger. Odile et Demenge étaient avec eux, libres et sans tache. Avec leur acquittement toute la communauté était lavée de la honte et délivrée des risques de la délation et de l'inquisition.

De tout le groupe des montagnards, Odile était celle qui avait le plus de mal à réaliser la fin de ses tourments. Le visage effondré par les émotions des semaines passées, les yeux éteints, les hardes souillées par sa longue détention, les poignets encore violacés des liens qui l'avaient souvent enserrée, Odile se laissait entraîner sur le cheval de Jean Claudel comme un être sans vie. Les seules paroles qu'elle parvenait à prononcer étaient pour demander des nouvelles de son mari et pour bénir la belle Vierge Marie. Dans l'émotion de sa libération et sous l'empire des grâces qu'elle rendait à sa divine bienfaitrice, il ne lui venait même pas à l'esprit de remercier les dix-huit Géromois pour l'assistance qu'ils avaient apportée à la Providence.

Autour d'eux les montagnes s'élevaient de plus en plus hautes sur chaque flanc de la vallée qui se resserrait. A partir de Vagney, Paulus ne pensait déjà plus qu'à sa répandise, à Marion qui serait si soulagée en le retrouvant, à Nicolas qu'ils pourraient marier en toute quiétude à la fille du laboureur Lemarquis de Granges. Son plus grand désir était de n'avoir plus jamais à faire avec Arches et sa Prévôté. La vraie vie était celle des Relles Gouttes, avec son bétail et ses fromages qui lui rendaient si bien la chaleur de ses soins, avec le lait des chaumes qui était bien pour lui le sang de la liberté.

A quelques toises de là, dans le coin le plus reculé des montagnes lorraines, à plusieurs lieues des marchés de grains et du siège de la Prévôté, malgré les loups et les lynx, il allait retrouver la paix.

Paulus Chan Coline aurait été encore plus serein ce jour-là s'il avait su qu'un an plus tard, le 2 juillet 1618, il fêterait avec Marion et tous ses amis un grand événement, le baptême du premier enfant de son fils Nicolas. Un petit-fils qui lui donnerait plus de joie et de fierté que les trois enfants de sa fille Barbeline car il porterait son nom. Il serait Paulus le Jeune, le nouveau Paulus Chan Coline et reprendrait le flambeau sacré du troupeau qu'on garde sur les chaumes et de ces riches géromés que l'on apprécierait encore longtemps, de la Cour du duc de Lorraine aux montagnes des lointains cantons suisses.

Épilogue

A l'aube de l'automne 1638, des nuages froids occupaient la clairière de Saint-Jacques au-dessus des Relles Gouttes. L'endroit ne méritait vraiment plus le nom de répandise, tant il paraissait abandonné dans son fouillis de buissons et d'arbres morts. En son centre quelques pierres noircies étaient le dernier vestige d'une grange calcinée. Sous les premiers sapins, dans un coin où jamais montagnard n'eût idée de bâtir son logis, se dressait une masure biscornue, tout juste digne de la nuit d'un charbonnier misérable. A l'intérieur s'entassaient une vache famélique et six personnes en guenilles, serrées l'une contre l'autre pour se tenir chaud. Une petite fille qui pouvait avoir dix ans s'éveilla la première. Elle avait la tête posée sur le bras d'un vieillard et son premier geste fut de jouer avec sa barbe blanche. Comme le vieux ne bougeait pas, elle s'impatienta, lui tripota la joue, resta une seconde interdite, puis poussa un grand cri.

— Tante Evon, grand-père Paulus est tout froid !

L'un toucha la main du vieillard et la trouva déjà rigide, un autre lui tâta le front ou guetta son souffle sur ses moustaches. Paulus Chan Coline avait rendu l'âme pendant la nuit à l'âge de soixante-dix ans, entouré de sa fille Evon, et de quatre de ses petits-enfants survivants. Le plus grand d'entre eux, celui qui devenait le chef de la famille, n'avait que vingt ans et s'appelait aussi Paulus.

Ainsi s'achevait la vie de Paulus Chan Coline, aussi miséreuse que celle d'un mendiant, hors de la grange des Relles Gouttes qu'il croyait ne jamais quitter. Tout avait basculé depuis l'année 1630. En quelques mois Paulus avait perdu successivement sa belle-sœur Katherine, son frère Nicolas, et Marion qui avait été sa compagne pendant quarante ans. Puis il avait connu le retour de la peste qui emporta son ami Petitcolas, ainsi que le coutelier La Rivière, et le déferlement de la guerre de Trente Ans que le duc Henri II avait réussi de son vivant à écarter de la Lorraine. L'invasion avait pris bientôt pour les Lorrains une tournure tragique. Les soldats français qui se faisaient aider par leurs alliés suédois ne se contentaient pas de conquérir les places fortes et de razzier les récoltes, ils tuaient systématiquement, ils violaient, ils brûlaient par centaines les paysans enfermés dans les églises.

En 1634, les Suédois commandités par le roi de France avaient remonté les hautes vallées vosgiennes et mis à sac le bourg de Gérardmer. Dès lors ils revinrent de nombreuses fois, tantôt sur un coteau, tantôt sur un autre, au hasard des granges qui restaient debout. Les habitants se terraient dans la forêt dès qu'on annonçait leur approche, mais la soldatesque surgissait vite, à grand galop, et malheur à ceux qui se laissaient surprendre !

Les Géromois vivaient dans l'angoisse de ces raids sauvages. Parmi les nombreuses victimes on comptait les deux gendres de Paulus Chan Coline massacrés par les Suédois et sa fille Barbeline que des pillards avaient surprise à Narouel.

Evon, devenue veuve, vint habiter aux Relles Gouttes. Pendant que Nicolas surveillait le chemin d'accès, le reste de la famille allait à la cueillette des herbes, des fruits, et des racines qui formaient presque toute leur nourriture. Paulus prenait sa part de cette quête misérable qui rabaissait les humains à l'état d'animaux.

Un jour de cette année 1638, il était à l'écart dans la

forêt, disputant aux marmottes de jeunes plantes printanières, quand un vacarme épouvantable lui parvint des Relles Gouttes. Il n'eut qu'une pensée, l'espoir que Nicolas avait eu le temps de prévenir les autres pour qu'ils se dispersent dans les bois. Dominant sa frayeur il descendit aussi vite qu'il le put, mais il marchait avec peine, et il n'arriva que pour découvrir la grange en flammes. Devant ce qui avait été la porte de sa maison, là où se dressait la statue de saint Paul qu'il croyait être son protecteur, Paulus découvrit avec horreur ses deux fils Nicolas et Dominique transpercés de coups de dague et sa bru égorgée, le corps mutilé. Il se mit à crier comme une bête blessée et à courir follement sur le chemin en appelant la vengeance divine sur les ignobles soldats. Puis il revint, hagard, dans la clairière où s'appesantissait une lourde fumée noire. Il tomba à genoux près des trois cadavres et recouvrit leur visage. De la forêt s'avancèrent alors timidement des ombres. C'étaient Evon et trois enfants de Nicolas. En les retrouvant et en les serrant dans ses bras, enfin Paulus Chan Coline pleura.

Il manquait encore l'un de ses petits-fils. Pendant deux longues heures ils le recherchèrent avant de le découvrir au pied d'une roche, évanoui mais en vie, le bras droit tranché à la hauteur du poignet dégoulinant de sang, invalide à jamais. Les Suédois avaient signé leur crime.

Paulus n'avait ni les moyens ni l'envie de rebâtir la grange des Relles Gouttes. Avec ses petits-fils il dut se contenter d'ériger une hutte qu'ils placèrent par prudence à l'écart des chemins, dans la forêt de Saint-Jacques. C'est là que la mort le cueillit. Pendant ce temps, Turenne écrivait l'Histoire de France en passant et repassant des Vosges en Alsace.

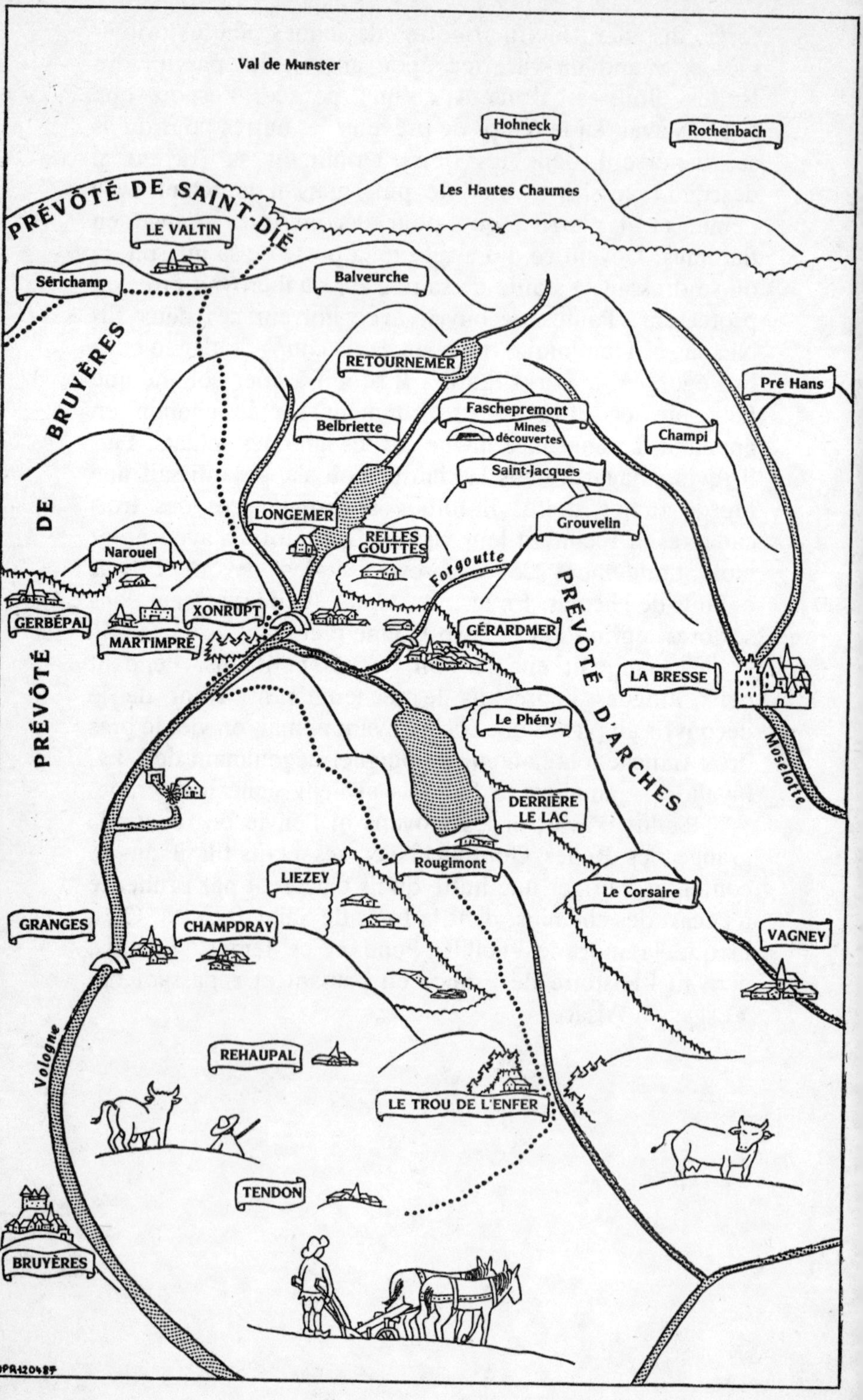

Val de Munster
Hohneck
Rothenbach
PRÉVÔTÉ DE SAINT-DIÉ
Les Hautes Chaumes
LE VALTIN
Sérichamp
Balveurche
BRUYÈRES
DE
PRÉVÔTÉ
RETOURNEMER
Pré Hans
Faschepremont
Mines découvertes
Belbriette
Champi
Saint-Jacques
LONGEMER
Grouvelin
RELLES GOUTTES
Narouel
Forgoutte
PRÉVÔTÉ D'ARCHES
XONRUPT
GERBÉPAL
GÉRARDMER
MARTIMPRÉ
LA BRESSE
Le Phény
Moselotte
DERRIÈRE LE LAC
Rougimont
LIEZEY
Le Corsaire
GRANGES
CHAMPDRAY
VAGNEY
Vologne
REHAUPAL
LE TROU DE L'ENFER
TENDON
BRUYÈRES
JPR120487

Lexique

Acensement : Attribution perpétuelle par le duc de Lorraine d'une terre moyennant versement d'une redevance annuelle (cens). Cette convention donnait pratiquement les avantages de la pleine propriété.

Admodiation : Location comprenant un droit d'entrée et une redevance annuelle.

Aide Saint-Rémy : Impôt direct payé chaque année et s'élevant à 32 gros par foyer.

Allemagne : Au XVIe siècle on désignait sous ce nom toutes les terres situées du côté oriental des Vosges, y compris l'Alsace qui était alors morcelée en plusieurs domaines appartenant à des évêchés, des monastères, des princes et des villes d'Empire.

Arches : Siège de la Prévôté, division administrative du duché de Lorraine, dont dépendait Gérardmer.

Arquebusier : Soldat armé d'une arquebuse. En 1615 le duc Henri II encouragea la création de milices dans les zones frontalières pour se prémunir des premiers troubles allemands, précurseurs de la guerre de Trente Ans. Dans ce cadre Gérardmer obtint 40 francs par an pour entretenir une compagnie d'arquebusiers.

Banalité : Droit seigneurial d'établir un monopole et

portant spécialement sur le four et le moulin. Ce droit s'appliquait dans tout le duché de Lorraine.

Bangard : Garde forestier.

Blaude : Blouse en lin tissé sur place à Gérardmer.

Bourgeoisie : Qualité d'habitant d'un bourg. Une personne venant d'un autre village et désirant s'y installer devait payer un « droit de bourgeoisie ».

Bruyères : Siège d'une autre prévôté. Lieu du marché le plus proche de Gérardmer.

Carresset : Brigand.

Cartoufle : Nom sous lequel on désignait la pomme de terre au XVIe siècle en Lorraine. Introduite des Andes en Espagne en 1534, transmise en Italie puis au fameux herboriste Clusius de Vienne, elle se répandit en Allemagne, en Suisse et de là en Lorraine près de deux siècles avant que Parmentier la fît connaître en France.

Cens : Impôt foncier payé annuellement à la Saint-Martin. Son montant, variable selon la qualité de l'emplacement, était le plus souvent compris entre 7 et 10 francs par jour de terre, mais il pouvait descendre en dessous de 2 francs pour des lieux particulièrement ingrats.

Chaptollier : Personne élue pour s'occuper des pauvres et des mendiants.

Charles III : Duc de Lorraine (1543-1608), fondateur de la *Ville Neuve* de Nancy et de l'université de Pont-à-Mousson.

Chaume : Lieu de pâturage sur les montagnes des Vosges. Les « hautes chaumes » désignaient plus particulièrement l'espace gazonné des ballons, loué pendant près de 3 siècles au duc de Lorraine par les Alsaciens de Munster, et de nouveau par les Vosgiens de Gérardmer, du Valtin et de La Bresse à partir de 1572. Le père de Paulus fut l'un des signataires du bail. Le droit de reprise s'éleva à 10 000 francs.

Commis-juré : Conseiller municipal adjoint au maire et élu pour un an par l'ensemble des habitants réunis en « plaids-annaux ».

Conduit : On comptait la population par conduit, c'est-à-dire par famille occupant un logis (en moyenne 5 personnes à l'époque considérée). Chaque année était dressé un « relevé des conduits et des demi-conduits » (ménages et veufs). L'on relevait en moyenne à Gérardmer 120 familles à la fin du XVIe siècle sans compter les mendiants. La peste de 1611 fit tomber ce nombre en dessous de 100 et la guerre de Trente Ans à moins de 40 conduits en 1640. Les soldats suédois et français et la peste provoquèrent ainsi une hécatombe des deux tiers de la population.

Couarôge : Veillée ou plus généralement assemblée de personnes qui bavardent.

Couâron : Petit plateau de bois carré et strié de rainures qui servait de couvercle à la forme à fromage.

Croix : De granit ou de bois elles étaient très nombreuses. Les familles en faisaient poser pour de multiples motifs ou simplement pour gagner le paradis.

Curvéhés : Beignets de Carnaval, appelés « merveilles » en d'autres régions.

Dîme : La dîme due par chaque foyer géromois au curé se composait de « barils » de beurre et de 12 fromages.

Enchère des fromages : Chaque année à la Saint-Jean les marcaires devaient apporter à Gérardmer une quantité de fromages équivalant à la fabrication d'une journée. Ceux-ci étaient vendus aux enchères par le receveur du duc et les marcaires recevaient en dédommagement un dîner et un certain poids de sel.

Essie : Lamelle de bois servant à recouvrir murs et toits de maisons.

Fabrique : Organisation laïque chargée d'administrer les revenus affectés à l'entretien de l'église.

Forme : Récipient cylindrique confectionné en lamelles d'épicéa pour y mouler les fromages.

Franc : 1 franc lorrain valait 7,26 g d'argent fin en 1589. Il se divisait en 12 gros valant chacun 16 deniers. En 1604 une livre de pain demi-blanc valait 12 deniers, une pinte (1,224 litre) de vin 2 gros et 4 deniers, une livre de fromage 4 gros.

Frayée : Sentier creusé dans la neige.

Frontière : Gérardmer étant situé le long de la frontière d'Allemagne, ses habitants étaient tenus de surveiller les passages et d'avertir la Prévôté en cas de danger.

Gérardmer : Construite autour d'un pavillon de chasse (ou « meix » en lorrain) que Gérard d'Alsace s'était bâti vers 1070, la ville de Gérardmer a reçu son statut du duc Ferry III en 1285. Les droits seigneuriaux sur Gérardmer appartenaient conjointement au duc de Lorraine et à l'abbaye de Remiremont. Son orthographe de l'époque était : Gérardmeix, ce qui explique sa prononciation.

Géromé : Fromage fabriqué à Gérardmer.

Géromois : Habitant de Gérardmer.

Grange : Maison de pierre et de bois des Hautes Vosges, servant à la fois à l'habitation et au bétail.

Gruyer : Officier public chargé de la gestion et de la surveillance des forêts.

Guenoche : Nom donné aux sorcières en Lorraine.

Guerre : L'armée protestante franco-allemande qui ravagea la Lorraine en 1587 ne toucha pas Gérardmer. En revanche l'invasion franco-suédoise déferla dans sa vallée à partir de 1634 et s'y installa pendant toute la guerre de Trente Ans.

Hauts : Nom désignant les parties élevées et peuplées des montagnes.

Henri II : Duc de Lorraine (1563-1624), époux de Catherine de Bourbon (sœur d'Henri IV), puis de Marguerite de Gonzague.

Jour : Unité de mesure des prés (équivalant à 20 ares), divisée en 10 « hommées ».

Kébosseye : Petite meule d'herbe déjà séchée et prête à être rentrée.

Lieue : Mesure lorraine valant 5 003 mètres et divisée en 1 750 toises.

Linceul : Drap de lit.

Lycopode : Plante forestière qui servait à filtrer le lait.

Mainmorte : En Lorraine on dit plus souvent mortemain.

Manouvrier : Personne sans terre qui vivait du louage de ses services.

Marcaire : Propriétaire d'un troupeau de vaches (qu'on appelait des « bêtes rouges » quel que soit leur pelage). Il les faisait garder sur les chaumes par un pâtre.

Marchottage : Petit commerce ambulant.

Marguillier : Personne qui administrait les comptes de la paroisse, entretenait l'église et sonnait les cloches.

Martimpré : Maison noble originaire de Bourgogne dont une fille épousa un roturier lorrain de la région de Gérardmer. Leur fils Jean servit dans l'armée du duc de Lorraine et obtint le droit d'user du nom et du titre de sa mère.

Mortemain : Droit seigneurial par lequel les biens des

personnes décédées sans héritiers revenaient à leur seigneur. Pour conserver la part d'héritage paternel à laquelle avait droit un frère décédé, on devait aussi s'acquitter de ce droit.

Nancy : Capitale de la Lorraine. Charles III quintupla sa superficie et la dota de fortifications gigantesques que Richelieu détruira.

Neuve Ville : Ville Neuve. Les Lorrains plaçaient souvent l'adjectif avant le nom.

Parmentier : Tailleur d'habits. Pourpoints, hauts-de-chausse, robes et garde-robes (tabliers) étaient taillés dans des pièces de toile ou de drap achetées sur les marchés voisins ou tissées par les Géromois sur leurs propres métiers à tisser.

Paroisse : La paroisse de Gérardmer n'a été constituée avec un vicaire permanent qu'en 1542. Auparavant les Géromois assistaient aux offices à Gerbépal.

Pâtre : Jeune serviteur gardant les vaches sur les chaumes

Peute : Adjectif lorrain signifiant vilaine, laide.

Pichenette : Petite pincée.

Poêle : Pièce principale chauffée par la grange où le marcaire vivait et fabriquait le fromage.

Prévôté : Le duché de Lorraine était divisé en baillages et chaque baillage en prévôtés. Les tâches y étaient réparties entre le receveur (perception des impôts), le prévôt (justice) et le gruyer (forêt).

Rapière : Epée fine et longue.

Reîtres : Cavaliers allemands à la solde des huguenots qui parcouraient la Lorraine à la fin du XVIe siècle.

Religion : Tout en étant uniformément catholiques, les Géromois étaient loin des courants de la Contre-Réforme. Leur piété était simple, imagée et bon enfant, comme celle de l'abbaye de Remiremont où l'on faisait à Noël une crèche avec de vrais animaux et un vrai bébé.

Remettre : Soigner. Verbe utilisé aussi bien à l'égard des fromages que des enfants.

Remiremont : L'abbaye située dans cette ville était moins un lieu de religion qu'un centre d'éducation des jeunes filles de haute noblesse. Des seigneurs de France et de Bourgogne y envoyaient également leurs filles.

Répandise : Vaste clairière gazonnée au milieu de la forêt vosgienne où le marcaire installait sa grange et faisait paître son bétail.

Sage-femme : Une femme expérimentée était élue dans chaque quartier de Gérardmer pour remplir cette fonction. Si l'enfant était mort-né, elle avait charge de l'ondoyer.

Schlitte : Sorte de grosse luge que les bûcherons chargeaient de bois pour le descendre de la montagne derrière leur dos.

Soyotte : Danse populaire de Lorraine qui se pratiquait en cercle autour d'un feu de bois.

Surcenage : Mode de déboisement consistant à détacher une couronne d'écorce sur tout le pourtour d'un arbre à sa base pour le faire sécher et le couper l'année suivante.

Surcenée : Nom d'un lieu déboisé par ce procédé.

Tabellion : Notaire.

Taxes : En dehors des impôts principaux (cens et aide Saint-Rémy), des taxes spécifiques frappaient la pêche ou l'ouverture des tavernes.

Tille : Parcelle de pré en forme allongée.

Trisser : Arroser ou envoyer des objets comme si l'on arrosait.

Vache : La race vosgienne (de poil noir et blanc ou fauve et blanc) était de petite taille mais riche en lait. On comptait au XVIe siècle 1 500 vaches en été sur l'ensemble des hautes chaumes. Pendant la guerre de Trente Ans il n'y en avait plus une seule.

Val Saint-Grégoire : Nom de la vallée de Munster en Alsace.

Table des matières

Achevé d'imprimer en décembre 1987
sur les presses de l'Imprimerie Bussière
à Saint-Amand-Montrond (Cher)

N° d'éditeur : 2634
N° d'imprimeur : 3173
Dépôt légal : mai 1987

Imprimé en France

ISBN 2-235-01734-7